XAVIER AUBRYET

LES

REPRÉSAILLES

DU SENS COMMUN

PARIS

LIBRAIRIE ACADÉMIQUE

DIDIER ET Cⁱᵉ, LIBRAIRES-ÉDITEURS

35, QUAI DES AUGUSTINS, 35

LES

REPRÉSAILLES

DU SENS COMMUN

DU MÊME AUTEUR

LA FEMME DE VINGT-CINQ ANS.

LES JUGEMENTS NOUVEAUX.

LES PATRICIENNES DE L'AMOUR.

Paris. — Typographie A. Pougin, 13, quai Voltaire.

XAVIER AUBRYET

LES

REPRÉSAILLES

DU SENS COMMUN

PARIS

LIBRAIRIE ACADÉMIQUE

DIDIER ET Cⁱᵉ, LIBRAIRES-ÉDITEURS

35, QUAI DES AUGUSTINS, 35

1872

INTRODUCTION

Le monde ne veut ni de César,
ni de Brutus.

LOUIS VEUILLOT.

I

Une des plus poignantes amertumes qu'on ressente
à l'étranger, quand notre propre pays., terre autrefois bénie, semble se changer en terre maudite, c'est
la clairvoyance imposée par le lieu d'observation.
Nulle part ailleurs on ne perçoit avec une plus implacable netteté d'optique la *diminution de la patrie;*
sur le théâtre des événements, dans le trouble de la
mêlée, dans le feu de l'orage, on ne discerne pas le
géant perdre de sa taille ou se mutiler de ses propres
mains; comment sentirait-on le sol natal s'enfoncer
insensiblement sous les pieds? Lorsqu'on regarde à
distance, qu'on n'est plus sur la scène, mais dans la
salle, quand on coudoie une autre société qui reste
debout sans perdre une ligne de sa stature ou de son
domaine, alors la comparaison s'impose d'elle-même.

C'est l'intégrité qui se charge de nous faire mesurer l'amoindrissement; c'est la santé qui accuse l'horreur de la maladie; puis on n'est plus dans la sphère du mirage, hommes et choses prennent leurs vraies proportions, et c'est avec un serrement de cœur qu'on entend dire, en parlant de la France, sur un ton qui profane cette sainte épithète : *la grande nation.* Ce fut longtemps une vérité, ne serait-ce plus qu'une ironie?

Autour de vous tout a gardé un aspect solide et régulier : la vie circule aisée et brillante, l'ordre et la sécurité respirent dans chaque mouvement du corps social, et l'on pense tristement à ce qui, chez nous, est tombé en poussière. Ce régiment qui passe gaiement musique en tête, pendant qu'au loin ses frères d'armes rentrent décimés dans leurs casernes, c'est la chanson qui contraste avec le cri de douleur. Sur aucun de ces visages qui se rencontrent on ne saisit l'expression de la haine ou de la vengeance; ces gentlemen de Piccadilly qui prennent le train de dix heures à la station de Victoria, s'en vont à la campagne à quelques milles de Londres. A la campagne! Hélas! Saint-Cloud n'est plus qu'un monceau de décombres, et la guerre civile a chassé les oiseaux des ombrages de Meudon! Ce croisement de riches équipages dans les allées de Hyde-Park vous rappelle que ce pauvre bois de Boulogne n'est plus qu'un désert aride, — création redevenue chaos. Vous marchez dans la vieille abbaye de Westminster, que n'a jamais souillée la voix d'un clubiste et que n'a jamais menacée le pétrole, plus barbare que le feu du ciel ; vous marchez, dis-je, sur ces dalles respectables qui sont des pierres tumulaires, et vous vous reportez à cette sauvage dévastation du cimetière du Père-Lachaise, lieu de repos qui a perdu sa devise ; où est maintenant le *Requiescat in pace?* A l'heure qu'il est, la tombe ne vous promet pas un asile plus sûr que la maison. On fait des barricades avec des *Ci-gît...* et l'on ensanglante les couronnes d'immortelles.

Où va cette foule empressée et curieuse? Voir le beau monde qui se rend au lever de la reine. *Le lever de la reine!* voilà une locution qui fait rêver. Comment, à notre époque jalouse, où la démocratie, suivant une appréciation célèbre, *coule tellement à pleins bords* qu'elle noie tout ce qu'elle ne brûle pas, il y a une nation qui se permet d'être libre en conservant précieusement une des plus asservissantes coutumes de l'ancien régime ! le *lever de la reine*, quels souvenirs d'élégance, de courtoisie et d'étiquette évoquent ces simples mots ! Aujourd'hui, ce n'est plus la cérémonie qui est à craindre, c'est la familiarité, une familiarité basse et brutale qui en veut à toutes les formes du respect ; et à nous autres, il ne nous est donné d'assister qu'au *lever du populaire*, ce souverain à cent mille têtes, qui exige, le fusil en main, qu'on vienne saluer sa majesté sordide campée sur un trône fait de pavés !

Je me rappelle l'impression à la fois douce et cruelle que nous éprouvâmes, il y a un an, dans ce superbe bois de la Cambre, qui est le bois de Boulogne de Bruxelles ; une promenade grandiose établie dans une véritable forêt. Les visiteurs étaient encore clair-semés, comme les feuilles, tant le vent du Nord avait fait attendre le printemps. Nous étions avec un ami, et notre pensée à tous deux se reportait vers la France. Ces vieux arbres, qui avaient déjà vu passer tant de générations, semblaient nous dire : Vos chênes sont par terre ; nous, nous sommes toujours debout ; et nous songions que c'était maintenant le canon seul qui faisait le *tour du lac*, quand au détour d'une allée nous vîmes venir à nous une charmante calèche découverte à quatre chevaux. Un homme de haute taille, à la physionomie grave et fine, mis comme un Anglais qui sait s'habiller, occupait le fond de la voiture avec une jeune fille : c'était Léopold II et un de ses enfants. Nous saluâmes en gens qui ne sont pas gâtés par les aspects princiers, et mon compagnon, qui avait pourtant des velléités républicaines, laissa échapper cette exclamation candide : « Que c'est bon de revoir un roi ! »

Un roi, en effet, cela voulait dire ce que cela a si longtemps signifié chez nous, avant la découverte de la démocratie pure : une société jouissant de son régime normal, toutes les élégances de la vie à leur place, le travail en pleine activité, l'atelier qui fonctionne à côté du salon qui brille, le public attentif

aux choses de l'esprit, les projets d'avenir, un large
crédit ouvert aux joies saines et aux bonheurs sérieux, si vous voulez, une semaine passée à Paris
en 1840, à l'époque où le pavillon de Marsan ne
redoutait pas les incendiaires, où le vicomte de Lau-
nay tenait plus de place dans les imaginations que
n'en tient aujourd'hui M. Babick. O années de l'âge
d'or, où êtes-vous? Nous voici retournés à l'âge de
fer de par la pluie des projectiles, et il y a maintenant le saint Médard de la mitraille. Quand nous
rentrâmes en ville, un immonde gamin, — les voyous
n'ont pas de nationalité, — nous cria en nous mettant
sous le nez un journal qui venait de paraître, et avec
un accent qui aggravait encore sa vilaine intention :
« Achetez l'*Écho du Parlement*, monsieur, Paris qui
brûle! » Paris qui brûle! catastrophe aussi étrange
que si l'on annonçait *le soleil qui s'éteint.*

Pauvre France! enfant gâté de Dieu qui s'est ré-
volté contre son père! Posséder tous les éléments de
grandeur et de prospérité, un sol merveilleux, une
position géographique admirable, une race qui, bien
mise en valeur, pourrait être la première sans im-
modestie, et fatiguer le reste du monde à force de
jeter sous ses pieds les dons qu'elle a reçus du ciel,
comme une reine de beauté qui s'enlaidirait volontairement, ou comme un homme de génie qui aspirerait
au crétinisme, voir tant de trésors engloutis, tant
d'aptitudes rendues inutiles, tant de qualités perdues, tant de temps précieux dévoré dans des que-

relles byzantines, pendant que les autres nations, moins brillantes, mais plus sages, poursuivent régulièrement leur marche sans toujours remettre en question le point de départ.

Les Français ressemblent à des voyageurs plus agiles que les autres, mais qui s'arrêtent si souvent pour se quereller, que les plus lents arrivent toujours au but avant eux; et voilà pourquoi, en dépit de tous ses patrimoines, la France a un retard incalculable sur ses voisins. Est-ce qu'en Angleterre, par exemple, il existe cette espèce odieuse et sacrilége qu'on appelle les *ambitieux* ? est-ce qu'il faut que gouvernement et société périssent, pour qu'une demi-douzaine d'avocats érigent leur *serviette* en portefeuille? est-ce qu'on se bat sur le ventre de la Patrie? est-ce que chaque matin on brise le mouvement de l'horloge, sous prétexte qu'elle n'est pas à l'heure?

On dirait qu'au berceau de notre nationalité, une méchante fée a paralysé pour certaines phases de notre existence les libéralités des fées bienfaisantes; la France est constituée pour devenir un paradis, et trop de Français s'ingénient périodiquement à la transformer en enfer; la fatalité de notre sang, c'est le suicide intermittent; les ennemis du dehors, les barbares extérieurs ne sont qu'un accident, ce sont les barbares du dedans qui font déchoir notre pays de son rang et de sa qualité.

II

A plusieurs dates fatales, la société a fait ce qu'elle reproche si vivement au Pouvoir tombé : elle a follement déclaré la guerre, retirant son ambassadeur auprès du Très-Haut lui-même ; elle a porté le défi à tous les principes de salut et de grandeur ; les libéraux se sont écriés : *Nous sommes cinq fois prêts* : il n'y a plus besoin ni d'Église, ni de magistrature, ni d'armée, ni de police ; les peuples sont définitivement majeurs ; la tutelle de Dieu, comme la tutelle des rois, n'est plus qu'un anachronisme ; tout ce que vous délierez dans le ciel sera délié sur la terre ; abolissons tous les freins ! plus de pénalités ! plus de prévention ! plus de répression ! Congédions le sergent de ville aussi bien que le bourreau ; *l'Humanité libre dans l'Univers libre*, voilà notre devise ; que craindrions-nous ? Un libéral vaut trois démagogues, en supposant que la démagogie ne soit pas une invention bonapartiste.

Et aujourd'hui l'immense armée de la déraison haineuse, qui s'était reformée en silence depuis sont dernier Iéna, vient, admirablement disciplinée, et aguerrie par ses éclatants succès, mettre le siége devant une ville plus précieuse et moins bien défendue que Paris, devant la *Cité du sens commun*, et elle ferait paraître douces les conditions de la Prusse, car de ces vainqueurs-là on n'obtiendrait même pas la

paix en leur abandonnant deux provinces aussi françaises que l'Alsace et la Lorraine : la Religion et la
Monarchie, avec cinq milliards de gloire !

Qu'on ne feigne plus de l'ignorer : que les railleurs
qui persifflaient avec tant d'agrément et de flair le
Spectre rouge, si épouvantablement ressuscité en
chair et en os, se pénètrent bien de cette vérité : la
question n'est plus entre telle forme de gouvernement
et telle autre ; la République, qui, pour quelques intelligences honnêtes, peut être une *raison*, n'est, pour
les dix-huit cents régiments de l'anarchie, qu'un sonore *prétexte ;* ce substantif sacré qui sert à d'atroces
profanations, comme le bandit qui vous assassinerait
en disant : *C'est pour ma mère*, représente le mot de
passe qui fait égorger toutes les sentinelles du Juste
et du Bien, pour arriver au cœur même de la place.

Vous vous imaginez, ô penseurs, qui devez bien
humilier votre cerveau, contenter par l'adoption d'une
étiquette dont elle se moque en faisant semblant de
l'honorer, cette Messaline collective qu'on appelle la
foule, quelquefois fatiguée, mais pas encore rassasiée,
après avoir donné l'assaut à cinquante gouvernements !
Eh bien ! installons-la, cette République, qui a ses
trois étapes sinistres comme l'invasion prussienne ;
découvrez un fondateur qui la rende enfin respectable, et vous verrez se produire contre la Loi toute
simple autant de colères et de révoltes qu'il s'en produisait contre le *Roi*. On reprochera à la Justice de
trouver des criminels, à la représentation nationale

de déplaire aux faubourgs, à la force armée de gêner les droits de l'homme, au Code pénal d'attaquer l'égalité. Que veut la Révolution, en effet? Que la *Loi règne et ne gouverne pas.* On exige de cette abstraction ce qu'on exigeait, en 1830, du duc d'Orléans, en lui *prêtant* la couronne.

Quelle parole humaine vous l'apprendra, si l'expérience humaine vous a laissés ignorants? Ce n'est pas aux trônes qu'en veut la Révolution, cette fille dénaturée de la liberté qui a donné plus de cent coups de couteau à sa mère, sans que le parricide lui soit jamais compté; c'est à la civilisation elle-même, à l'ordre social dans son essence. Louis XVI décapité, la République établie, la Révolution ne fait que commencer : ce ne sont pas les royalistes, ce sont les républicains qui s'égorgent. Rappelez-vous cette laconique réponse de Cambon, à qui on demandait d'écrire ses Mémoires : « Voilà tout ce que je sais de la « Révolution; on avait allumé un grand phare dans « la Constituante; nous l'avons éteint dans la Législative; la nuit s'est faite, et dans la Convention « nous avons tout tué, amis et ennemis. »

Cette nuit-là vient d'avoir de terribles pendants, et peut-être que la première fois le soleil se couchera pour ne plus se relever.

Après que le fauteuil de bois doré où le monarque de Juillet faillit s'asseoir entre une émeute et un régicide, eut été brûlé en place publique (aujourd'hui l'insurrection est plus exigeante), la Révolution

pardonna-t-elle? Juin voulut coiffer du bonnet rouge
la tête de la nation ; à cette époque, la France n'avait
pas le front si docile, mais il lui fallut cent mille
hommes pour repousser cette mode phrygienne, et
la République fit plus de martyrs que la Royauté.

Enfin, en dernier lieu, la déchéance de l'Empire,
imposée par la multitude et ratifiée par l'Assemblée
nationale a-t-elle apaisé ces appétits démocratiques
qui font des rois leur premier service et qui conti-
nuent par les particuliers? les dents s'aiguisent de
plus belle; si vous ne confisquez pas la table, ces
convives-là ne laisseront rien de la société.

Le vrai prétendant, ce n'est pas Henri V, ce n'est
pas le comte de Paris, ce n'est pas même la République, c'est le Mal qui depuis l'importune venue du
Christ a une importante revanche à prendre.

L'Envie est lasse de dissimuler; les Convoitises
sont lasses de se contraindre; la Brutalité est lasse
de supporter l'Intelligence; l'Animalité est lasse de
subir le *veto* du spiritualisme; toute doublure veut
être étoffe; tout déclassé aspire au premier rang;
synthétisez ces besoins d'assouvissement, mêlez-y quelques aspirations dérisoires, vous avez la Commune,
en germe depuis longues années, et longtemps pré-
méditée pendant le siége de Paris.

C'est ce que n'a pas daigné apercevoir sous trois
régimes différents, et surtout pendant les dix-huit
ans de l'Empire, cette bourgeoisie qui frappe perpétuellement les chefs d'État sur le corps de la

Patrie; assurément. nous prisions à sa valeur artistique ce stylet poli et brillant avec lequel les raffinés
du mécontentement faisaient de ces blessures savantes
qui n'amènent même pas une gouttelette de sang; mais
un sentiment pénible eût gâté un meilleur plaisir;
nous comprenions que ces coups subtils qui ne parais-
saient destinés qu'à la personne du souverain atteignaient en même temps le principe d'autorité dans ses
parties vitales, et nous ne partagions pas les jouissances de la galerie; peut-être encore n'aurions-nous
pas refusé à la *Lanterne* de M. Rochefort, malgré la
vulgarité et la monotonie des procédés, l'obole d'un
chatouillement, mais nous prophétisions déjà que ce
poison familier à l'usage exclusif des Tuileries devait
infecter la France tout entière; la *Lanterne*, qu'il a
fallu une débonnaireté sans exemple pour tolérer
vingt-quatre heures, a, sous prétexte de venger le
pays d'un homme, d'une femme et d'un enfant,
aliéné à la cause de l'ordre toute une génération
nouvelle; c'est le régicide compris à la façon de
Fieschi et d'Orsini, qui, pour frapper un seul être, se
souciaient peu de faire des milliers de victimes; j'associe à regret ces deux procédés si disparates, mais
ils marquent le point de départ et le point d'arrivée
des oppositions, de la Fronde élégante à la démagogie
cavalière; nous savons où aboutissent ces campagnes
de stérile ironie qui enrichissent peut-être une renommée, mais qui appauvrissent un pays. Ce sont
les salons qui les commencent, ce sont les cafés *q*

qui les finissent. Voilà plus de trente ans que la France est de plus en plus gouvernée par des opinions de café. L'anarchie sait choisir aussi parmi les gens du meilleur monde ses uhlans qui à trois ou quatre prennent également une ville tout entière ; si Paul-Louis Courier, cet esprit faux, laborieux et amer, revenait au monde, il aurait le crève-cœur de découvrir qu'il ne fut qu'un des premiers éclaireurs de M. Félix Pyat.

Ceci n'est pas un plaidoyer pour un régime, c'est la cause de la Patrie que je prétends défendre. Sans doute l'indignation contre les coups d'État est un généreux exercice, mais je connais quelque chose de plus beau encore, c'est de ne pas assurer la candidature des coups d'État. Ensuite, il ne fallait pas, en haine du 2 décembre, désorganiser les principes d'ordre et de sécurité nationale; demander ces prétendues libertés qu'on est obligé de retirer quand on est devenu les maîtres; sacrifier à des rancunes ou à des chimères l'honneur du drapeau; applaudir, même avec des mains gantées, à ces basses attaques qui se traduisent dans les foules par de basses vengeances, laisser entamer la discipline civile et militaire pour le plaisir d'amener la désobéissance universelle; l'Empire est tombé, mais en disparaissant il a découvert le vrai but de l'ennemi : la société.

Quand on pense qu'en présence des grandioses ambitions de la Prusse, un parti a pu prendre pour mot d'ordre le désarmement, on reste confondu d'un

tel aveuglement, dût-il être plus tard récompensé par
des honneurs; quand on songe encore que des pères
de famille ont fait un succès à des ignominies adres-
sées à une femme et à une mère, le fameux mot de
M. Quinet : la *Béotie dans Byzance*, se retourne terriblement contre ses amis. Je prends au hasard deux
exemples entre mille; mais si ces deux manœuvres
d'opposition ne sont pas sacriléges, je demande
qu'est-ce qui constitue la trahison envers la Société
et envers la Patrie?

Ce n'est pas seulement sous l'Empire que nous
avons souffert d'aussi atroces méprises; enfant, nous
nous rappelions ces mises en scène grotesques qui
avilissaient la royauté dans la personne d'un roi de
fortune, et la première fois que nous prîmes la plume,
nous, rattachés par raison à la monarchie traditionnelle, ce fut pour défendre les princes d'Orléans contre les légitimistes révolutionnaires.

L'éternel objectif des oppositions dans ce malheureux pays qui croit conduire le monde et qui finira
par être mené par lui, ce n'est pas l'intérêt de la
Patrie (selon nous la seule religion politique), c'est
le renversement du Pouvoir, même dans le passé,
car toute une jeune école cherche à déshonorer dans
l'histoire Louis XIV et Napoléon Ier; ce n'est pas
assez d'abattre des hommes vivants, il fallait coucher
par terre les statues, ne fût-ce que pour préparer
une litière à la Colonne renversée.

La Restauration, la Monarchie de Juillet, l'Em-

pire ont pu rencontrer çà et là en face d'eux des adversaires loyaux; mais le gros de l'ennemi ne pour-
suivait qu'un dessein *per fas et nefas :* la chute de
ces trois régimes, au risque d'écraser le pays dans
la secousse. Y eut-il rien de plus sacrilége que l'insurrection du 12 mai 1839 en pleine paix? Et pourtant M. Barbès, l'auteur de ce coup d'arbitraire,
resta vénéré, comme s'il avait fait œuvre pie.

Si la France n'a pas été écrasée, elle s'est trouvée singulièrement meurtrie à chaque ébranlement.
1830 inaugure la perte de nos alliances naturelles,
1848 marque la ruine du système constitutionnel,
1870 prépare avec l'amoindrissement de notre territoire l'avénement de la démagogie; chaque conquête
de la Révolution est une défaite pour la Patrie.

Les brouillons objectent de père en fils les périls
que présentent les intérêts dynastiques des princes,
mais ces intérêts dynastiques, on les crée précisément en faisant de la grande question d'administra-
tion une misérable question de personnes; si au lieu
de contester l'origine de tout pouvoir établi, on avait
le bon sens, comme les autres peuples, de laisser
l'hérédité fonctionner dans une famille régnante, les
rois modernes feraient ce qu'ont fait les rois anciens; sûrs de leurs lendemains, n'étant pas forcés
de recourir aux expédients pour se prolonger, ils ne
songeraient qu'aux intérêts généraux du pays; mais
en France, malgré l'axiome de droit : *donner et re-
tenir ne vaut,* on ne décerne les couronnes que pour

les retirer ; autrefois c'était la fidélité, maintenant c'est la versatilité qui est une vertu : ils ne savent pas ces ravisseurs de trônes que le vieux cri de : « *Le Roi est mort ! vive le Roi !* » était vingt fois plus libéral et plus noble que leur : « *A bas Charles X !* » ou « *A bas Louis-Philippe !* »

Quel immense avantage pour le pays si les oppositions s'exerçaient comme ailleurs en dehors de la personne des princes, ne s'inspirant que des besoins réels et dédaignant de servir les besoins factices, méprisant la popularité par honneur pour le peuple, ne sacrifiant jamais au gain momentané d'une cause les principes éternels, laissant aux gens de désordre les armes déloyales avec la balle du régicide, ne demandant que ce qu'elles seraient sûres d'accorder elles-mêmes si elles devenaient le Pouvoir. Comme elles s'imposeraient de par leur loyauté et leur désintéressement aux gouvernements les plus ombrageux ! on peut sévir contre la politique de sarcasme, on s'incline devant la politique de la discussion sérieuse et sincère.

Malheureusement, chez nous, à part quelques exceptions qui ne font que confirmer la règle, l'opposition a plutôt joué le rôle d'un conspirateur que le rôle d'un patriote ; conspirateur sans le savoir parfois, et désagréablement surpris de voir les pavés de ses bonnes intentions grossir les barricades, mais arrivant, somme toute, à faire les affaires de l'émeute au lieu de faire les affaires de la Patrie.

Qu'advient-il aujourd'hui de tous ces fiers che-

vaux de bataille qu'on entendit hennir pendant tant
d'années : le *droit de réunion*, la *liberté illimitée de la
presse*, la *garde nationale*, la *décentralisation*, l'*élection à tous les degrés;* les voilà qui rentrent piteuse-
ment à l'écurie après avoir désarçonné leurs meilleurs cavaliers. Le *droit de réunion?* c'est la tyrannie des clubs; la *liberté illimitée de la presse?* c'est
l'empiétement insolent sur la liberté d'autrui; la *décentralisation?* c'est la désagrégation politique sous un
synonyme flatteur; l'*élection à tous les degrés?* c'est
une de ces formules démocratiques qui ont du nombre
et de l'apparence et qui cachent une insupportable
inanité; on voulait donner des armes à tout le monde :
la *garde nationale*, cette institution bizarre que la
Monarchie plus tolérante avait maintenue, c'est la
République qui est obligée de la détruire !

Décidément le Progrès est un cheval qui recule et
qu'il faut surveiller.

Dans une profession de foi restée classique, M. Jules
Ferry, depuis ambassadeur de France à Athènes, parlait
avec éclat des *destructions nécessaires;* ironie du sort,
les *destructions nécessaires* s'appliquent maintenant à
tout ce que ce diplomate faisait profession de patroner;
on est obligé de brûler ce qu'il adorait, et le voilà
forcé d'adorer ce qu'il a brûlé; admirable résultat !

Ce dix-neuvième siècle, qui fait tant le positif et
qui accepte sans sourciller les plus monstrueuses
chimères, — pourvu qu'elles portent l'estampille démocratique, — vous renvoie toujours à la Science

quand vous vous permettez d'aborder une question de sentiment; nous devrions bien au moins avoir le bénéfice de cette rigueur intellectuelle et inaugurer ce que j'appellerai la *politique scientifique*. Être du parti des chiffres et des faits, c'est opposer aux passions inexorables la vérité plus inexorable encore.

Eh bien ! je le demande aux gens qui savent lire et compter; à quoi, depuis quatre-vingts ans, ont servi nos bouleversements périodiques ? Si, au lieu d'aller chercher des maîtres dans des clubs ou dans des camps, nous nous en étions tenus à nos chefs naturels, la France ne serait-elle pas en possession de dix fois plus de dignité et de liberté, avec sa vraie place assurée dans le monde et un budget d'un milliard de moins?

Je n'examine pas ici la question au point de vue moral, je ne la regarde qu'au point de vue matériel; certes, faire des Stuarts avec les Bourbons était une ingratitude et une iniquité; mais nous n'avons même pas su fonder une maison de Hanovre! Si pourtant la France avait dû gagner quelque chose à ces laborieuses catastrophes, nous eussions accepté le sacrifice. Mais l'œuvre révolutionnaire se solde par un passif effrayant; quand les Mirabeau voyageurs tonnent contre les deux Empires, ils oublient que ce sont leurs amis qui, à force de fautes et d'imprévoyances, construisirent ces deux établissements transitoires; 93 a fait le 18 brumaire, comme les journées de juin firent le 2 décembre.

Qui a déchaîné le suffrage universel, ce monstre à
sept millions de têtes, dressé à tenir la France intelligente entre ses mâchoires? est-ce nous, partisans de
l'égalité graduée et non de l'égalité brutale?

Qu'on ne nous arrête pas au passage en nous
jetant cette injure banale : *réactionnaire*. Nous ne
regrettons du passé que ce qui rendait la France
grande et honorée, ce qui faisait dernièrement parler
avec respect à M. Gambetta lui-même, du *magnifique développement de la monarchie*. Nulle servitude
politique, aucune iniquité sociale ne trouverait en
nous un défenseur. Nous savons d'ailleurs où se
forgent maintenant les arsenaux de tyrannie. La Révolution a relevé la Bastille pour les honnêtes gens.
Mais nous estimons que plus la France renie ses
traditions séculaires, plus elle déserte ses vérita-
bles destinées et tourne le dos à la liberté et à la
justice : un pays n'a pas deux histoires; comparez
1819 à 1871, et dites-nous de quel côté est le progrès.

Qu'entend-on répéter autour de soi maintenant des
deux côtés : qu'il faudrait, pour redonner de la co-
hésion à ce pays pulvérisé, une dictature de dix ans;
et l'on assiste à ce spectacle lamentable de libéraux
dévoyés, implorant un pouvoir noueux et qui frappe
bien fort; nous nous croyons plus libéraux en sou-
tenant le système de ces légères coërcitions du début
qui préviennent les épouvantables coërcitions de la
fin. *Principiis obsta*, c'est notre devise; malheureusement, en France, on ne laisse grandir que la ré-

volte ; aujourd'hui les événements nous donnent cruellement raison, et c'est nous qui avons le meilleur rôle, quand nous disons à la société effarée : Un *sceptre* est moins ravalant qu'une *trique*.

Je le reconnais, beaucoup de Français ont perdu la foi monarchique, mais il y en a encore plus qui l'ont conservée qu'on n'en compte ayant acquis les aptitudes républicaines. Du reste, royauté et république sont également menacées par la démocratie, cette terrible immolation de l'intelligence au nombre. Prévost-Paradol, en 1851, parlait des périls qui, sous la tyrannie d'un seul homme, pouvaient atteindre les classes éclairées. Que dirait-il aujourd'hui, quand les dix mille de l'élite peuvent être broyés légalement par les dix millions de la foule?

On réclame aujourd'hui l'égalité parfaite entre toutes les parties du corps ; accordez le droit de suffrage aux genoux, ils ne voteront pas pour le cerveau : ils voteront pour les pieds. C'est ce qui se passe en Amérique. Aujourd'hui, à Paris surtout, le foyer du monde, — hélas ! pour la propagation de l'incendie, — Richelieu, Colbert et Sully ne seraient pas certains de leur élection.

Nous nous arrêtons : poursuivre, ce serait empiéter sur le domaine de notre œuvre elle-même. La *Cité du bon sens* a maintenant, comme Paris, bien des quartiers brûlés qu'il faut rebâtir. La seule ambition de ce livre serait d'apporter quelques pierres utiles aux constructions d'urgence ; on nous recon-

aîtra quelque droit à nous présenter, nous avons
toujours été du parti des architectes contre les
démolisseurs.

La permanence de la race est un fait confirmé par
tous les historiens ; c'est ainsi que le Gaulois, avec
ses qualités et ses défauts, a toujours reparu sous les
couches germaniques et latines ; les deux branches
qui à l'origine divisèrent la grande famille gauloise se
retrouvent encore aujourd'hui dans leurs conditions
d'antagonisme ; les *Galls* plus spirituels, mais mani-
festant toujours la même répugnance à la discipline, la même turbulence, la même désunion, fruit
de l'excessive vanité, les *Kimris* moins brillants,
mais doués de plus de qualités de stabilité et de méthode. C'est surtout chez eux qu'on remarque les
institutions de classement et d'ordre : c'est là que
persévèrent les idées religieuses et monarchiques.
C'est aux *Kimris* que nous rattachent nos instincts
et notre origine. C'est au *bon sens* que nous demandons maintenant de nous protéger contre les abus de
l'*esprit*. Est-il encore temps, pour la Raison, qui
n'est pas moins menacée que la Foi, de redevenir
maîtresse ; les *Kimris* sauveront-ils les *Galls?* Si la
France ne veut pas être réduite en province allemande et devenir la Gallo-Prusse, elle avisera.

18 1-1872.

XAVIER AUBRYET.

LES
REPRÉSAILLES DU SENS COMMUN

SUB REGE RESPUBLICA

I

Tout dans la vie est un calcul d'appropriation et
de proportion. Que penserait-on d'un spéculateur
assez paradoxal pour aller planter dans les High-
lands d'Ecosse les ceps de vigne qui produisent le
Romanée ou le Château-Margaux? On illumine ai
à Charenton. Quelle idée se ferait-on d'un industriel établissant ainsi ses comptes : « J'ai cinq cent
mille francs de frais indispensables, et il ne m'est
pas possible d'espérer, même dans l'avenir, plus de

1

cent mille francs de bénéfice; » ses actionnaires lui répondraient : « Dépêchons-nous de fermer la maison avant la ruine totale. »

C'est la mesure de prudence que nous souhaiterions voir prendre par les partis, où, suivant l'expression populaire, « la queue emporte la tête; » nous voudrions qu'on eût la liberté de dire aux républicains honnêtes : « Comptez-vous; si vous êtes de force à dominer les faux frères qui déshonorent votre système politique et le nom porté par vous, montrez-le; si, au contraire, vous ne devez arriver au pouvoir que pour être débordés par une horde de misérables usurpant la qualité de républicains, alors résignez-vous à céder la place aux représentants d'un principe dont l'application est moins chimérique et qui n'exige pas que ses chefs portent une livrée secrète sous leurs habits d'apparat.

Quoi de plus dérisoire qu'un système qui ne peut vivre qu'avec l'appui de ses adversaires, et qui par lui-même manque d'existence propre? La République en France ne fait illusion un instant que grâce au concours des monarchistes; elle ressemble à un établissement industriel qui, reposant sur une base fausse et condamné à engloutir périodiquement son capital, se soutiendrait quelque temps avec l'argent que les entreprises rivales auraient la naïveté ou la générosité de lui fournir.

Que les graves esprits me pardonnent de choisir des analogies si pratiques ; je ne saurais trop rendre sensibles des vérités qu'on cache avec tant d'orgueil ; il importe d'ailleurs de faire descendre la République de ce septième ciel où l'installent les rêveurs pour la mettre à l'abri des épreuves terrestres. Le jour où nous discuterons nos affaires politiques comme on discute des affaires de famille ou de commerce, l'art oratoire y perdra peut-être quelques-unes de ces magnificences qui coûtent si cher aux peuples, mais le bon sens public y gagnera ; nous ne demandons pas que la tribune s'abaisse à devenir un comptoir, quoique les chiffres aient parfois leur poésie — témoin la souscription pour le rachat de la patrie — et que trop d'aridité au contraire se cache souvent sous des périodes fleuries ; mais nous réclamons la déchéance de deux royautés qui, avec des procédés absolument inverses, font le même mal à la France : la Solennité et la Gouaillerie ; car, chose étrange, cette race possédée du démon de la parodie, et qui ricane de ce qui ferait pleurer les autres nations, prend subitement un air grave et pénétré quand on lui débite quelques-unes de ces phrases vides et pompeuses qui nous rendent la risée de nos voisins ; nous vous paraissons bien ridicule, ô admirable peuple de Paris, quand nous prononçons ces trois mots : reli-

gion, propriété, famille, et vous vous montrez des
loustics intarissables pour tout ce que le monde
avait respecté jusqu'à votre avénement ; mais alors
il ne faudrait pas devenir sérieux comme un onagre
en écoutant les orateurs qui parlent des *droits im-*
prescriptibles de l'individualisme dans la collecti-
vité, ou les écrivains qui impriment que la *Com-*
mune et la fédération sont les bases de la liberté
pratique, et que c'était là une des pensées de la
politique féconde du gouvernement du 26 mars !

Non ! ce que vous avez bafoué, avili, sifflé,
traîné dans l'ordure du quolibet et de la caricature,
roulé dans les vomissements de votre esprit, depuis l'assassinat des otages jusqu'à l'incendie de
nos monuments, rien de tout cela n'approche de ce
que vous avez, dans vos clubs, encensé et applaudi
de niaiseries prétentieuses, de formules majestueu-
sement ineptes, d'effets à la Mélingue et de poses
de Buridan ; si vous vous plaisez à attacher des
queues en papier à tout ce qui est vénérable, il y a
une chose qui vous attire encore plus outrageuse-
ment, ô singes tigres, c'est le panache ; vous qui
criiez tant jadis contre les costumes officiels, quelle
débauche de plumets vous fîtes sous votre règne !
Eh bien ! chevaleresques amants de la justice, c'est
injuste, les pitres n'ont pas le droit de déserter
leurs grimaces et leurs pieds de nez ; Gavroche

vole la galerie en chaussant les lunettes d'or et en arborant la cravate blanche de M. Prud'homme.

C'est très-neuf et très-beau de dire à Bossuet : *Tu nous la fais à l'oseille,* de plaisanter les princes qui signent Henri tout court et les évêques qui s'appellent de leur petit nom ; mais alors il ne faut pas boire avec tant de dévotion les paroles de Garibaldi quand, dans cette langue atrocement baroque dont il a le secret, le Jéhovah de l'émeute peint la souffrance du *Chameau populaire.* Il est grand, il est sublime de découvrir que Napoléon Ier était un crétin, seulement alors on est tenu de ne pas admirer Dombrowski. Mais le peuple de Paris est ainsi fait : grattez le blagueur, vous trouverez le respectueux à rebours ; comme les comiques de petit théâtre, il n'a qu'une ambition : jouer les rôles sérieux.

II

Nous n'avons contre la forme républicaine aucune hostilité préconçue ; le seul mot de *République* excite toujours en France des railleries faciles ou des enthousiasmes de commande. Nous ne voudrions pas plus nous servir des unes que nous rendre esclaves des autres ; les épigrammes toutes faites nous fatiguent autant que les fanfares

officielles ; si le hasard avait eu la bonté de nous
faire naître plus loin de Belleville et plus près du
Niagara, ou bien encore plus voisin de la source
du Rhône que de son embouchure, le fantôme monarchique ne hanterait jamais nos rêves de gouvernement : mais tout le monde n'a pas le bonheur
d'être Suisse ou citoyen de l'Union ; nous appar-
tenons d'ailleurs au petit nombre de ceux avec
lesquels la République serait possible, attendu que
nous sommes volontairement respectueux du droit
d'autrui ; mais c'est précisément parce que nous ne
sentons pas assez, dans l'immense majorité du
peuple français, cette vocation du *self government*,
que nous trouvons la forme républicaine aussi arti-
ficielle à Paris qu'elle est naturelle à Zurich ou à
New-York.

C'est une question de race et de lieu ; ni la géographie ni l'histoire ne combattent en Suisse et aux
Etats-Unis l'idée de la République ; le système fédé-
ratif qui serait la mort de notre patrie, malgré les
belles théories de Proudhon, est, au contraire, la
condition propre de leur existence ; leurs précédents ne les engagent point dans une autre direction ; l'une, république solennellement reconnue
par les rois, avait lutté de tout temps pour la constitution qui la régit encore ; les autres, nés d'hier
et ne datant que d'eux-mêmes, pouvaient confier à

un sol vierge, et en lui imprimant la flexion qui
lui convenait, le plant de leur jeune liberté.

Toutes les traditions servaient les Suisses, nuls
souvenirs ne gênaient les Américains ; ce petit
peuple et ce grand peuple, ı un continuateur,
l'autre créateur, se mouvaient dans la sincérité de
leur rôle ; mais ce qui pour eux est une vérité
physique et morale, devient par cela même pour
nous le plus vulgaire des contre-sens.

La France ressemble à un arbre antique auquel
on voudrait, après huit cents ans de durée, imposer,
des racines jusqu'au sommet, une torsion générale ;
le tronc, autour duquel tant de générations se donnant la main, s'élève droit comme une colonne, on
rêve de le faire pencher ; les maîtresses branches ont
poussé au soleil levant, on tente de les incliner à
l'ouest ; mais le géant séculaire se joue des efforts des
pygmées d'un jour ; le bois se redresse dans sa majesté, et l'ombrage qui a abrité des générations
moins ingrates reprend sa position première.

Je n'aborde pas ici une question de sentiment ; il
y a des gens auxquels parler cœur serait le dernier
manque d'esprit. J'abandonne l'idéal pour me tenir
dans le réel, et je me borne à dire aux démolisseurs qui se piquent de patriotisme : « Vous aurez
beau multiplier les décrets, on n'abolit pas le passé ;
vous ne pouvez pas faire que, pendant huit siècles,

vous n'ayez grandi et vous ne vous soyez dévelop-
pés dans les conditions monarchiques ; c'est de
la royauté que datent votre croissance et votre
virilité ; c'est à elle que se rapportent, non-seulement votre force et votre éclat, mais vos plus intimes habitudes d'esprit, votre conscience nationale,
pour ainsi dire ; elle est votre mère légitime ; ses
caresses ont été mêlées de duretés, et son lait fut
parfois trempé de vos larmes, mais enfin elle vous
a faits ce que vous êtes ; sans elle, vous ne seriez
pas ; plus libérale que ne le pensez, c'est elle qui a
préparé entre tous les siens cette égalité dont vous
vous déclarez si fiers ; pour que ses enfants les plus
obscurs ne fussent pas privés du bénéfice de la
justice commune, elle a su frapper ses enfants les
plus illustres ; sans sa main puissante, les cadets
auraient été mangés par les aînés ; sans son
persévérant travail, la France serait depuis
longtemps une proie que se partageraient les nations voisines ; notre unité, menacée aujourd'hui
par les ennemis extérieurs et intérieurs, car le sé-
paratisme vaut le démembrement, est son œuvre
admirable et auguste.

Et à l'heure qu'il est, répudiant votre sang,
vous allez vous adresser à une mère d'emprunt
qui n'a plus ni l'autorité ni le prestige nécessaires
pour tenir en harmonie et en équilibre les parties

diverses de ce grand corps qui fut la France;
fleuve qui vous révoltez contre votre source et qui
désertez votre lit naturel, vous allez demander à
des eaux étrangères une alimentation factice;
vieux peuple en quête de jeunes aventures, vous
ressemblez à un sexagénaire qui entreprendrait de
recòmmencer sa vie; chantez tant qu'il vous plaira
des sérénades sous les fenêtres de la Liberté, avec
votre voix enrouée à force d'avoir crié au despotisme, personne ne prendra au sérieux votre vocation républicaine, Lindors qui avez l'âge de Bartholo, et les Yankees qui passent vous riront au
nez en attendant qu'alliés d'une monarchie absolue,
ils vous montrent le cas qu'ils font des peuples re-
négats de leur histoire.

III

A quoi cela sert-il de s'insurger comme des écoliers contre ce maître éternel, la force des choses?
pouvez-vous changer les lois de la physiologie?
Dans l'ordre physique, nos plus lointains aïeux
nous transmettent leur constitution, et telle maladie moderne qui semble une surprise, n'est
qu'un héritage du 15e siècle peut-être; dans l'ordre
moral, en est-il autrement pour ce qui concerne
la formation des goûts, des instincts et des ten-

dances? Je le reconnais, sur beaucoup de points la France a perdu la foi monarchique, mais elle n'a pas conquis les aptitudes républicaines, parce qu'encore une fois, ni son caractère ni son tempérament ne la disposent à cet état de société qu'elle n'a jamais connu que comme une crise révolutionnaire; médicalement, la république c'est la maladie de la France; la monarchie, c'est sa santé.

Aussi, qu'arrive-t-il, c'est que chez nous, sous le couvert de ce mot si noble et si grand : *République*, se cachent toutes les aspirations perverses : les ambitions déçues, les passions envieuses, les brutalités aveugles, les haines ineptes. Sans doute, il y a en France des hommes de bonne foi qui ne sont pas indignes de ce titre sévère et qui oblige autant que noblesse : *républicains*, et c'est à eux que je m'adresse pour vérifier un simple calcul de statistique.

A quelle opinion appartient le boutiquier frondeur qui ne fait pas ses affaires? inutile de chercher, il est républicain; qu'est-ce que peut être le *travailleur* qui ne veut rien faire et qui s'insurge contre le patron laborieux? n'ayez pas peur, il n'est pas monarchiste, il est républicain; qu'est-ce qu'est l'avocat sans cause? parbleu! le défenseur de la république, cela lui fait un client tout trouvé; et le publiciste indigné contre un pouvoir qui ne veut pas de lui? républicain ; vous n'aurez pas, je suppose, la naïveté de demander à un repris de justice s'il vote pour Henri V ; comme il ne pardonne pas à la société, il se proclame républicain.

La République, cette autre majesté, devient ainsi, dans un pays qui n'est pas fait pour elle, le prête-nom auguste des vengeances secrètes, des appétits de bête fauve, des révoltes illégitimes ; principe de paille, comme il y a des hommes de paille, il permet, grâce au concours de quelques gens avouables, à une foule de gens sans aveu, de couvrir les plus vilaines entreprises de la convoitise ou de la vanité ; c'est l'Enfer ayant volé les portes du Paradis, et les élus se trompent à ce mirage qui fait la joie des damnés.

Les républicains sincères m'accorderont, ils le reconnaissent eux-mêmes, que Démocratie est fatalement génératrice de Démagogie ; dans les latitudes où la République est un fruit naturel, la mère ne se laisse pas dévorer par l'enfant : une insurrection à Boston ou à Philadelphie ne se réprime pas avec les moyens doux qu'emploient les monarchies ; mais chez nous, où la République est un produit de serre chaude, la Force n'a pas le droit de se mettre au service de la Loi ; on l'a bien vu aux premiers jours de la Commune ; l'opinion populaire n'avait pas encore pardonné à la République de

1848 la répression des journées de Juin. Clément Thomas a payé pour le général Cavaignac, appelé *boucher* par les agneaux des faubourgs parce qu'il empêcha qu'on ne menât la Société à l'abattoir !

Eh bien ! dans le camp royaliste, rencontrez-vous les mêmes abus de termes ? Est-ce que la *monarchie* a jamais engendré la *monagogie ?* Est-ce que la foule s'y montre disposée à égorger ses chefs s'ils ne leur obéissent pas ? Est-ce que le Nombre y opprime l'Élite ? Est-ce que l'élément d'en bas entend y régenter l'élément supérieur ? La République implique un héroïque effort de toute une nation pour que chacun reste à sa place et n'empiète pas sur le domaine de son voisin ; du moment que ce contrat tacite n'existe pas et qu'on escalade les positions comme on escalade les gradins dans un cirque où il n'y a pas de gardiens, la monarchie est la meilleure conservatrice de la hiérarchie sociale.

Lorsque les *républicains modérés,* — qui ne peuvent jamais exercer leur modération, — viennent, petite minorité qu'ils sont, dire à la grande majorité monarchique : Servez-nous d'appoint, c'est comme si le possesseur d'un capital infime disait à son voisin : Donnez-moi vos trois cent mille francs pour faire l'appoint de mes quinze mille francs, mais j'entends que la propriété soit en mon nom.

Qui dit appoint, dit somme accessoire servant de

complément pour le payement d'une somme prin-
cipale ; les centimes demandant l'appoint des louis,
c'est le renversement de l'arithmétique.

Pourquoi, si les chiffres sont encore une vérité,
pourquoi n'est-ce pas l'honorable fraction des républicains modérés qui daigne devenir l'appoint de
la masse monarchique? puisque, réduits à eux-
mêmes, ils ne sont de force ni à diriger le mouvement, ni à contenir leurs amis; pourquoi s'ob-
stinent-ils à jouer le rôle de pont qui mène aux
abîmes ?

Des républicains immodérés, il ne saurait être
question ici; on sait ce que signifie le parti qui se
coiffe du bonnet phrygien, et qui adopte pour son
drapeau la couleur de l'incendie ; il déblatère beaucoup contre le césarisme; qu'est-il lui-même? Un
César collectif qui, au nom de la liberté, entend
supprimer toutes les libertés; qui, au nom des
droits de l'homme, rétablirait l'esclavage pour l'humanité ; ceux là, la République ne les contentera
pas plus que la monarchie; ils feront à tout pouvoir raisonnable et régulier la même opposition
farouche et niaise qu'ils ont faite aux régimes qui
passaient pour arbitraires, et c'est là un point de
vue auquel les partisans de l'idée républicaine ne
prêtent pas attention; on se figure qu'une fois le mot
royauté biffé du dictionnaire, nous devons entrer

dans une période d'apaisement ou de fraternité ; on a déjà vu, on reverra peut-être à qui les Écarlates en veulent : aux rois ou aux sujets ? Je m'adresse aux républicains avec lesquels on peut raisonner, et avec qui l'on pourrait vivre, et je demande la permission de leur poser ce dilemme :

IV

Supposez le rétablissement de la monarchie : qu'y aurait-il de changé à votre situation et aux services que vous pouvez rendre au pays?

Ou vous êtes des hommes de plus de valeur que les chefs du parti royaliste, et alors de par le prestige du talent et des lumières vous les dominerez; ou vous êtes des hommes de moins de valeur que les principaux représentants de l'idée monarchique, et alors de quel droit ne voulez-vous pas accepter votre infériorité? Je place Henri V sur le trône; si M. Gambetta est réellement la puissante intelligence que prétendent ses fidèles, qui l'empêchera de déployer sa capacité au profit de son pays? Si, au contraire, M. Gambetta, malgré toutes ses séductions oratoires, n'a pas l'étoffe d'un homme d'État, je lui demande, au nom de la France, de trouver tout simple qu'un plus habile gouverne à sa place.

Ce que je tiens à établir nettement, c'est que

la royauté qui passe pour étouffer tous les talents (on l'a bien vu en Prusse) ne gênerait aucun mérite intelligent, ne paralyserait aucun essor nouveau, ne découragerait aucun dévouement utile; évidemment le programme de la République jacobine ou socialiste ne serait pas le sien; elle ne ferait pas fermer les églises et n'abolirait pas la propriété; mais la république modérée elle-même est tenue de laisser aux citoyens la libre jouissance de leur culte et de rompre avec la doctrine communiste : Je cherche vainement ce que la monarchie moderne, telle qu'elle se comporte autour de nous, en Hollande, en Suède, en Belgique, en Danemark, donne de moins qu'une Répuque, et je sais bien ce qu'elle donne de plus.

Seulement elle ne permettrait plus à des égoïstes qui, contrairement à l'esprit de nos rois, relèguent la patrie au second plan, de se tailler des pourpoints dans le drapeau de leur pays ; ôtez Louis XIII à Richelieu, vous faites peut-être de l'illustre ministre un seigneur féodal ne voyant plus que les intérêts de sa caste; donnez à Cromwell un maître légal, et vous servez la cause du vrai progrès; il faut dans une société bien organisée un point fixe autour duquel tout puisse évoluer; l'insurrection est le plus sacré des devoirs, mais pas contre la mécanique.

Après ma profession de foi de tout à l'heure, je me sens bien à l'aise pour parler de la République; je suis de ceux qui n'aiment à la calomnier ni dans son principe ni dans ses hommes; mais contrairement à l'opinion reçue, je trouve cent fois plus digne et plus libéral pour les citoyens d'un pays de s'incliner devant une autorité supérieure et consentie par eux que de se ruer perpétuellement les uns sur les autres à la poursuite de la première place dans l'État. Je ne veux pas, il m'humilie d'être immolé à l'ambition particulière d'énergumènes qui veulent entrer par les fenêtres dans les honneurs et dans le crédit; les *parvenus* ne me causent pas moins de répugnance dans la politique que dans la vie privée.

Si l'on se donnait la peine de raisonner un peu, on verrait que la royauté, dans un pays affolé de fonctionnarisme comme le nôtre, offre encore l'avantage d'exciter bien moins que la république les convoitises générales; avec un prince, il y a des gens qui se résignent à n'être que les seconds; avec la République, il n'y a personne qui n'espère être le premier.

Un spirituel républicain — on voit que je ne recherche pas les épigrammes — nous disait l'autre jour en constatant la nullité et l'étroitesse de son parti : « La France n'a plus le choix qu'entre une république avec des institutions monarchiques, ou une monarchie avec des institutions républicaines. »

C'est cette dernière forme qui nous paraîtrait la plus acceptable, parce qu'elle réaliserait l'accord de la tradition et des besoins modernes ; nous voudrions la monarchie avec tout ce que la République est censée garantir de franchises nécessaires, et voilà pourquoi nous adopterions volontiers pour devise, comme au vieux temps, où, avec des rois sur le trône, on disait la République en parlant de l'État : *Sub rege respublica.*

On vient nous objecter que les monarchies ne durent plus que vingt ans ; elles ne doivent cette limitation qu'à la sottise des peuples : 1830 au point de vue politique et 1848 au point de vue social sont deux bévues qui ne prouvent rien contre les deux établissements renversés par ces deux dates fatales ; en tous cas, si un médecin venait vous dire : « Je ne vous garantis que vingt ans de santé à la fois, » vous le regarderiez comme un bienfaiteur.

Ces vingt ans, la République nous les a-t-elle jamais donnés ? elle a commencé par huit années de sang et de larmes à notre première révolution ; elle nous a donné plus tard quatre années de troubles et d'angoisses ; que nous assure-t-elle aujourd'hui ? Il est glorieux de mépriser le côté éphémère de la royauté, mais encore pour avoir ce droit-là, faut-il soi-même compter une période régulière d'existence, les Éphémères réclamant l'honneur de l'Immortalité, c'est le monde à la renverse.

Là je rencontre cette argutie : on ne fait pas à la République le crédit nécessaire pour se fonder : c'est le mot d'ordre des incompris ; les gens de valeur s'affirment à leur apparition ; comment, de 1792 à 1800, de 1848 à 1851, le génie républicain n'avait pas le temps d'enfanter des œuvres ! il faut que la société périsse en attendant cet enfant qui ne vient jamais. La République ne réussit pas parce qu'elle n'est ni dans les besoins, ni dans les conditions, ni dans les possibilités de la nation qui la demande ; le châtiment des principes factices, c'est la stérilité.

Faisons justice d'une dernière fatuité : on dirait vraiment que la République est une découverte et qu'on avait attendu le monde moderne pour enfanter cette merveille. L'Histoire ne sanctionne pas les caprices de ces vanités malades. La République est une idée aussi vieille que la Royauté. Loin d'être la forme définitive, elle est plutôt la forme primitive des nations ; tout le problème se réduit à des conditions d'acclimatation pratique ; et, en pensant à New York intact, tout en regardant Paris à moitié brûlé, nous dirions : « La République ! vérité au delà de l'Océan, erreur en deçà ! »

DE LA PRÉTENDUE DÉCADENCE

DES PEUPLES CATHOLIQUES

I

Il n'y a rien de persécutant comme les para-
doxes qui deviennent des lieux communs, de la
même façon que les oppositions deviennent Pouvoir. Les uns prennent des airs tranchants que n'a
jamais connus la Vérité, les autres donnent au
principe de l'autorité une couleur de tyrannie. Ce
fut jadis la gloire d'une petite école de viveurs intellectuels de prétendre que *la Suisse était un pays
de plaines et que, l'été venu, les habitants tiraient
les montagnes de leurs magasins de décors, puis fei-
gnaient de chanter le ranz des vaches ;* vulgarisez
ce piment de facétie ; vous en faites quelque chose
de plus fade que le plus plat des manuels de géographie ; les étincelles ne sont pas faites pour le
rôle des *feux fixes.*

Un fantaisiste inventa un soir, entre quatre murs,
avec quelques amis, la thèse qu'un Génevois valait

quatre Romains, et que dorénavant ce serait le libre examen et non plus la Foi qui soulèverait les montagnes ; vous ne pouvez plus maintenant passer sans être assassiné à tous les coins de rue par cette découverte : « Le progrès n'appartient qu'aux nations protestantes ; voyez dans quelle infériorité gisent les peuples catholiques ! » Et l'on affecte de jeter sur les papistes modernes le regard de méprisante supériorité que les *Têtes-Rondes* jetaient sur les *Cavaliers ;* en effet, que semble être le protestantisme dans ce siècle où le Christ sera crucifié une seconde fois ? un Cromwell qui entre tout botté dans l'Église ; de quoi le catholicisme fait-il l'effet au premier abord ? d'un Stuart près d'être détrôné et qui va embrasser la carrière des princes errants.

Ce point de vue flatte les sectaires étroits et âpres qui nourrissent la défiance de la forme monarchique dans le monde religieux plus encore si c'est possible que dans le monde politique, et qui préfèrent les sécheresses de la Raison aux plus fécondes douceurs de la Croyance ; ils veulent aussi que Dieu règne et ne gouverne pas ; et c'est leur dernière concession, car pourquoi plutôt un roi dans le ciel que sur la terre ? Pour eux, le temple est toujours trop orné, le culte n'est jamais assez sobre, et il ne tient qu'à l'introduction d'un tableau de sainteté ou d'un instrument de musique qu'ils ne crient au *paganisme* comme il y a deux cents ans.

Puis, malgré la tristesse que leur inspirent nos défaites, nous aimons à le croire, —ils n'en jettent pas moins un petit regard d'orgueil du côté de la Prusse, qui, tout en écrasant la France, vient d'affirmer si haut la supériorité de l'idée protestante; à tout prendre, ils ne sont pas tout à fait des vaincus comme nous, ils sont aussi un peu des vainqueurs, puisque le drapeau de la République, qui est le leur, flotte plus haut que le drapeau français; leur Dieu est moins le Dieu de saint Louis que le Dieu de Guillaume, et ils ne peuvent être bien fâchés que la superstition catholique ait trouvé son Sedan; les misères intérieures de la patrie, en regard des triomphes allemands, ne viennent-elles pas confirmer leurs secrètes tendances? Notre décadence n'est-elle pas la conséquence de notre système religieux? La grandeur de la Prusse n'est-elle pas la glorification de l'Évangile revu par Luther?

Ah! si Henri IV, disent ces admirateurs de l'étranger et ces détracteurs de leur pays, si Henri IV avait eu l'heureuse inspiration de faire asseoir avec lui sur le trône le Dieu qu'il amenait, le protestantisme serait devenu notre religion d'État, la France eût abjuré des erreurs séculaires, et nous eussions

gardé en Europe la place et le rang qui nous sont
dus. Paris valait peut-être bien une messe, mais
une messe ne valait pas tout le royaume, et l'on
eût sacré le progrès à Notre-Dame, devenue une
autre cathédrale de saint Paul, tandis que, pour
avoir voulu rester fidèles au culte de nos pères,
nous voilà rejetés à l'arrière des nations. Vive
Henri IV *première manière !*

Si l'on porte les yeux vers les autres départements de l'idolâtrie primitive, quel affligeant spectacle ! L'Autriche entre en dissolution, l'Espagne se
débat dans des convulsions sinistres, l'Italie ne
commence à se relever que parce qu'elle secoue le
joug de l'asservissement spirituel; quand la Ville
sainte sera une capitale profane, Rome ressaisira
peut-être sa splendeur; mais comme le Mecklem-
bourg brille mieux que la vieille Castille ! comme
Spandau à lui tout seul est plus lumineux que la
Sicile ! ce sont les rayons de la Réforme qui donnent à ces régions négligées du soleil ce solide
éclat, tandis que des latitudes plus favorisées comme
méridien restent plongées dans les ténèbres catholiques; qui aurait jamais prophétisé que c'est à
Séville et à Palerme qu'on finirait par ne plus voir
clair à midi ?

A Dieu ne plaise que j'accuse même d'une velléité de défection morale tous ceux des nôtres qui

appartiennent à une autre Eglise; les protestants d'Alsace ont assez montré que la communauté des opinions religieuses ne dispose pas au relâchement du devoir contre l'ennemi; là où la conscience aurait pu opérer un rapprochement, le cœur se chargeait de garder les distances. Et d'ailleurs, le premier autel n'est-il pas l'autel de la Patrie? La piété filiale réunirait des frères plus divisés; les *fidèles* des deux camps ne sont pas ici en question; je ne m'en prends qu'aux philosophes hautains pour lesquels les humbles ne sont que de la chair à sophisme, et qui prétendent détourner les peuples, dans l'ordre politique comme dans l'ordre religieux, du vrai génie de leur race.

II

Eh bien! nous dirons aux maîtres de la pensée moderne qui calomnient l'œuvre du Catholicisme, comme ils défigurent l'œuvre de la Royauté : votre haine savante, — si sauvagement traduite par la foule, — égare votre perspicacité; vous voyez le brin de paille d'un dogme qui gêne votre superbe, vous n'apercevez pas la poutre de l'incrédulité universelle qui doit écraser le monde.

Assurément, nous traversons une crise sociale plus douloureuse et plus mortifiante que la période barbare de notre histoire; aux symptômes que nous accusons, la Faculté européenne semble nous condamner, car il n'y a que les souffrances de l'agonie qui puissent égaler les souffrances de l'enfantement, et notre fin est plus dure que notre formation. Toutefois, Dieu, que vous n'admettez plus, cassera peut-être l'arrêt des médecins, et si *avancé* que soit le pays, il y a peut-être encore de l'espoir.

Mais ce n'est pas parce que la France est *catholique*, c'est parce qu'elle n'est plus *rien* dans l'ordre religieux, qu'une pareille décadence la frappe, ce qui est tout à fait différent. Les autres sociétés ont gardé des croyances qui les règlent. Les Livres saints, au-delà du détroit, ne sont pas considérés comme un recueil de fables, et vous ne trouveriez pas un ballot d'athées sur la place de New-York; partout ailleurs, les peuples ne discutent même pas la reconnaissance d'un Etre supérieur; l'élément religieux n'est pas banni de leur territoire; si réfractaires à la servitude qu'on les suppose, ils s'inclinent devant la nécessité d'un frein divin, et les représentants de cette autorité surhumaine, le pope ou le pasteur, le rabbin ou l'iman, sont sous la sauvegarde du respect public.

Or, qu'est-ce qui se passe chez nous? Sans doute la famille religieuse n'est pas encore abolie, et l'église comme le temple ne sont pas déserts;

à côté des vieilles fidélités, toutes les jeunes intelligences n'ont pas répudié les croyances qui font partie de leur honneur, et il y a encore des adorations qui rachètent bien des blasphèmes. Mais dans le sens général du mot, un grand bienfait s'est retiré de nous ; nous sommes menacés de perdre la foi religieuse, de même que nous avons perdu la foi monarchique ; un souffle de négation dessèche les cerveaux, les plus puissants comme les plus humbles ; l'âme du peuple, comme l'âme des docteurs, n'est plus avec Dieu ; cette France nouvelle, qui insulte à l'ancienne, ainsi qu'un fils qui bat sa vieille mère, cette France-là est aussi bien à mille lieues du protestantisme que du catholicisme, et elle ne veut pas plus de Calvin que de Pie IX ; ce qui lui est insupportable, ce qui exaspère ses instincts de révolte, c'est l'élément religieux, à quelque degré qu'il soit ; la mosquée lui est aussi suspecte que la cathédrale, et le Coran la blesserait autant que l'Évangile.

Ce qu'elle poursuit avec une fureur aveugle et sauvage, c'est l'idée de Dieu sous toutes ses formes ; elle a déclaré la guerre, — la guerre des rues, — au surnaturel ; elle se ferait tuer au besoin pour confesser le Néant. On aurait beau lui jeter en pâture le célibat des prêtres, l'ultramontanisme, les rites qui offusquent sa vue, les dogmes

2

qui paraissent empiéter sur sa raison, on ne désar-
merait pas sa passion de radicalisme; le vicaire
savoyard lui semble tout aussi insupportable que
le plus fougueux prélat, et la modeste chapelle
évangélique ne trouverait pas plus grâce devant
elle que la plus fière cathédrale; elle en voudrait
à l'église en chambre; je ne sais pas si aujour-
d'hui elle n'appellerait pas l'abbé Châtel : *calotin*.

Ses tendances ne sont pas un mystère; elle les
proclame en haut avec une suffisance, et en bas
elle les affiche avec un cynisme qui excluent toute
illusion; Dieu a aujourd'hui ses *irréconciliables*
comme les autres souverains; ce que veut cette
France spéciale, c'est l'abolition de tous les cultes,
depuis la plus sommaire des expressions chrétien-
nes jusqu'au judaïsme; quelque pseudonyme que
prenne l'*infâme à écraser*, qu'il s'appelle Jéovah
ou même Allah, elle n'en poursuit pas moins en
lui un ennemi personnel.

Mais avec un instinct qui honore son flair d'é-
ternelle insurgée, c'est au Catholicisme qu'elle réserve le meilleur de ses aversions et le plus gros
de ses attaques; elle voit avec justesse dans le prêtre le plus sûr gardien des droits de cette société
qu'elle veut détruire, le défenseur le plus intime
de l'ordre, le premier dompteur de l'esprit de révolte, et elle exècre plus encore que l'agent de la

sûreté publique ce personnage mystérieux qui fait
la police des âmes. Elle sait parfaitement que tant
que la Croix sera la maîtresse de ce monde la
Barricade ne prévaudra pas, et elle n'entend pas
qu'avec l'action sur l'enfance le prêtre fauche l'é-
meute en herbe ; où prendre les recrues pour ces
grandes campagnes de l'ambition contre le bon
sens et la justice, si une dangereuse corporation
inspire à une génération nouvelle, — espoir de
l'anarchie, — le sentiment de la hiérarchie et de
la discipline ? Il ne s'agit plus aujourd'hui de faire
des chrétiens, mais de faire des hommes ; la Religion énerve, il n'y a que la Révolution qui virilise.

Qu'on ne vienne pas soutenir avec cette candeur
frondeuse qui caractérise le libéralisme moderne
que si la France est matérialiste et sceptique, la
faute en est aux exigences croissantes du *catholicisme* et qu'une religion plus appropriée aux besoins du siècle retiendrait les consciences qui
veulent s'appartenir ; faites le joug aussi léger que
vous voudrez ; inventez le catholicisme libéral,
comme nous avons eu l'empire libéral, restaurez
le gallicanisme dans toute sa pureté, inventez une
gauche religieuse comme il y a une gauche politique, et vous ne satisferez pas les appétits de destruction qui s'en prennent à l'autorité divine comme
à l'autorité humaine.

Qu'est-ce que le protestantisme chez nous? la plus importante des *gauches religieuses;* on n'a pas à craindre avec elle la monarchie théocratique; c'est la République dans l'ordre spirituel. Eh bien! supposez que cette gauche arrive au pouvoir, elle aurait le sort de toutes les oppositions qui deviennent maîtresses, elle serait débordée par ces masses qui ne discernent pas le Dieu de Mgr Dupanloup du Dieu de M. de Pressensé et qui voudraient brûler l'Evangile avec le Grand Livre et le Code pénal.

Sachez donc regarder de plus haut et de plus loin : ce n'est pas le *Syllabus,* ce n'est pas le dogme de l'infaillibilité pontificale qui jette dans le positivisme révolutionnaire les forcenés qui crient : mort aux prêtres! Quel point de contact ont-ils avec les doctrines catholiques? En quoi les gênent-elles? Ils n'ont mis le pied dans une église que le jour où ils en firent un club; ils naissent, vivent et meurent à l'abri de tous les sacrements; on cherche où pourraient les atteindre les persécutions de l'Eglise, eux qui disent avec plus d'intolérance : hors du cabaret, point de salut!

Croit-on qu'un ministre luthérien aurait plus d'action sur ces brutes pour lesquelles on feint de faire les chatouilleux et les difficiles? C'est là une illusion de philosophes qui ne connaissent les hommes que par les livres; ce dont le grand parti du désordre ne veut plus, c'est de la loi divine, sous quelque forme qu'elle se produise ; un Dieu constitutionnel leur déplaît autant qu'un Dieu absolu ; ce qu'ils rêvent et qu'ils acclament, ce dont ils attendent le salut, leur Messie en un mot, c'est l'athéisme avec ses conséquences logiques, et la jeune école de la liberté contemporaine les encourage dans ce fanatisme à rebours ; vous vous plaignez des sévérités de l'Église noire ; vous verrez quel infernal despotisme l'Église rouge fera peser sur le monde. « Dussions-nous employer la violence pour extirper du cerveau humain l'idée de Dieu, disait dernièrement un des chefs du radicalisme, nous remplirons notre devoir » ; on le voit, c'est tout un avenir de chirurgie intellectuelle qui nous est promis.

Nous aimons cette franchise ; elle dispense d'illusions laborieuses et elle éclairera peut-être les bonnes âmes qui croient que, sans le cardinal Antonelli, Belleville et Montmartre seraient restés dans le giron de l'Eglise, et que M. Louis Veuillot a fait perdre les *beaux quartiers* à la cause de la religion. Hélas ! Bérangers de la prose, vous auriez beau inventer le pape des bonnes gens, comme le chantre de Lisette célébrait un Dieu qui aimait à rire et à boire, vous réaliseriez même ce consolant tableau : *Garibaldi bénissant Pie IX*, que vous ne

2.

toucheriez pas l'esprit d'un jacobin ou le cœur
d'un fédéré! il faut viser plus haut pour conquérir
ces glorieux suffrages; le régicide ne suffit plus, et
le déicide est de rigueur.

Toutes les homélies des *quakers* contemporains
ne changeront rien à cette situation; entre leur
programme et le programme de la révolution, il y
a un écart immense qu'aucun artifice de réforme
ne saurait combler; M. de Pressensé, par exemple,
se flattant de conjurer les défections religieuses, ne
serait pas plus heureux que M. Jules Favre essayant
de faire des conservateurs avec des incendiaires.
Ce sont des architectes qui, lorsqu'ils veulent rebâtir, ne trouvent que des démolisseurs.

Vous cherchez dans l'atmosphère catholique une
des raisons de la multiple décadence de la France;
elle n'est pas dans les imprudences, si vous le voulez, d'une religion particulière, elle est dans cette
horreur de toutes les religions qu'aucun autre ordre
plébéien ne manifeste avec tant de jactance et de
cruauté; vous tenez à savoir pourquoi la liberté,
possible en Angleterre et en Amérique, semble impossible en France? précisément parce que la rude
race anglo-saxonne admet, du maître à l'ouvrier,
ce départagement sublime, ce frein supérieur,
l'idée de Dieu; quand riches et pauvres, petits et
grands, sont sur les points principaux d'accord

pour reconnaître un même maître, les causes de
guerre sociale sont considérablement diminuées,
l'ordre civil naît tout naturellement de l'ordre religieux, une force idéale retient les haines et les
convoitises ; l'athéisme, c'est le déchaînement de
toutes les tyrannies, car c'est le *bon plaisir* indi-
viduel substitué à une grande loi générale; le nom
de Dieu inscrit en tête d'une constitution est une
garantie de liberté. L'accusation de décadence se
retourne ici contre les accusateurs; nous défions
un peuple religieux d'être esclave, nous défions un
peuple athée d'être libre.

III

Il est fâcheux qu'on ne fonde pas des maisons de
santé pour les nations frappées de démence ; nous
y enverrions cette France étrange qui dénature avec
une frénésie de malade le sens des mots et des
choses.

Voici une religion qui par la parole et par l'exemple impose le respect des droits d'autrui, la pratique des devoirs, la refrénation des passions mauvaises; elle apprend la fraternité à l'égoïste, le
renoncement à l'orgueilleux, la soumission au
rebelle; elle exalte le courage, elle grandit le dévouement, elle verse sur toutes les plaies un baume

d'une incomparable suavité; elle envoie sur les
champs de bataille les plus braves; elle délègue
auprès de ceux qui souffrent les plus doux; spiritualiste par excellence, elle dompte ce corps toujours prêt à être indigne de l'hôte immortel qui lui
a été confié, et d'un bouge elle sait faire pour l'âme
un palais; elle assure à l'esprit un perpétuel triomphe sur la matière; elle rend enfin la créature humaine plus voisine de Dieu, et c'est de cette généreuse et admirable institutrice qu'on ose venir dire
qu'elle *abrutit!*

Si ce n'étaient que des voix avinées qui fissent
entendre ce stupide blasphème, on s'expliquerait
encore un tel effet de l'ivresse ; mais que de graves
professeurs, que des publicistes ayant souci de leur
dignité, que des directeurs de l'opinion commettent de sang-froid ce grossier déni de justice, s'as-
socient de leur cabinet à ces quolibets de la rue,
que le Savoir épouse sans pudeur l'Ignorance,
comme un homme bien né qui épouserait sa cui-
sinière, voilà ce qui passe toutes les prévisions de
mésalliance.

Ils savent comme nous que le Catholicisme est
le plus magnifique corps de doctrine et de morale,
et ils ne rougissent pas d'appeler un *éteignoir* cette
lumière qui éclaire le monde depuis dix-huit siècles ! ils n'ont pas honte de qualifier d'*abrutissante*
cette source d'ennoblissement et de rédemption !

Nous ne sommes pas suspect; si nous étions juge et partie, on pourrait nous récuser; nous n'entendons être qu'un témoin cité à la requête de la réalité; entre la France catholique et la France athée, qu'on prononce; de quel côté sont la dignité, l'abnégation, l'héroïsme? Qu'est-ce qui s'est montré le plus glorieusement dans cette guerre sainte pour les uns et profane pour les autres? n'est-ce pas l'élément royaliste et catholique? Qui s'est le plus distingué par le dévouement filial envers la patrie? n'est-ce pas cette jeunesse qui portait à côté du drapeau français la bannière de la Vierge? Quel spectacle offrait-elle pendant que la démagogie qui devait plus tard flétrir du nom de *Capitulards* ces preux qui se battaient à sa place, préludait au crime par l'orgie chronique? On n'a pas oublié ces zouaves pontificaux et ces volontaires de l'Ouest venant entendre la messe dans la cathédrale d'Orléans avant de se faire tuer; leur chef levait l'épée en l'air en criant : Dieu et Patrie! ils s'agenouillaient comme sous l'âge d'or de la piété française; pendant ce temps, à Paris, qui donnait aussi de beaux exemples, les bataillons qui devaient plus tard fusiller les prêtres étaient cités à l'ordre du jour pour leur émotion devant l'ennemi, et revenaient cuver le vin blanc sous l'œil de leurs cantinières, en s'écriant : Nous sommes trahis! Je le

demande aux gens qui ont encore un reste de
bonne foi, de quel côté était l'abrutissement?

Supposez une France toute catholique au lieu
d'une nation divisée en croyants et en sceptiques,
quelle différence dans l'élan universel, dans la ré-
sistance nationale! On a beaucoup raillé les invo-
cations du roi Guillaume au Tout-Puissant, mais
croit-on que des troupes d'athées eussent montré
la force et la persévérance de troupes pleines de
foi? Il est un Dieu qu'il est dangereux de nier,
c'est le Dieu des armées. On se rappelle cette
opposition frappante; quelques jours après la dé-
claration de guerre, pendant que la gouape parisienne obstruait les boulevards de ses processions
cyniques en vomissant, sur l'air des *Lampions*:
« A Berlin ! » sur les places publiques et dans tous
les temples de la capitale prussienne on entendait retentir des psaumes ; il y a les peuples qui *crient* et
les peuples qui *prient;* et rien que dans ce contraste d'attitude apparaissait tout un ensemble de
signes précurseurs.

J'ai vu de près des gens de toutes les religions,
et je rends justice aux qualités protestantes; mais
je ne crois pas que le catholicisme fasse des
hommes moins distingués; qu'y a-t-il de plus
éclairé comme esprit et de plus pénétrant comme
vues que les jésuites? Mais restons dans la sphère

laïque ; ne connaissez-vous pas à côté de vous!
dans l'armée, dans la finance, dans les lettres,
dans la magistrature, des catholiques qui sont des
hommes de premier ordre ? Je cherche vainement
en quoi le catholicisme arrête l'essor ou étouffe
l'expansion des intelligences ; je pense qu'il en est
un peu de lui comme des généraux qui arrêtent la
bravoure des gens décidés à observer vis-à-vis de
l'ennemi une distance respectueuse.

Il y a cependant deux puissances que gêne le catholicisme dans l'intérêt de la liberté générale : les
passions et l'orgueil ; les philosophes gourmés qui
pardonneraient encore à l'Eglise de mortifier leur
chair devenue indifférente au plaisir, ne lui passent
pas de vouloir humilier leur cerveau ; les austéri-
tés catholiques ne les atteignent plus, mais ce
qu'ils appellent les fables catholiques irritent leur
raison si accommodante sur toute autre espèce de
légende ; les commandements de Dieu, ils les ac-
cepteraient encore ; mais contre les dogmes et les
miracles, ils s'insurgent tout net. Ils n'admettent
pas que la Création puisse avoir des secrets pour
eux, et que le Créateur n'ait pas pris l'homme pour
confident. L'infini froisse ces atomes : c'est une
question d'amour-propre.

La décadence d'un pays ne vient pas de la conservation, mais de la perte de ses croyances. Si les

nations latines avaient la foi de leurs devancières, elles retrouveraient, malgré la longue carrière qu'elles ont fournie, la meilleure partie de leur splendeur, et c'est ce qu'elles ont gardé du catholicisme qui arrête encore leur dissolution.

Il y a un fait dont l'importance échappe aux détracteurs des religions : c'est la succession des races sur la scène du monde ; les peuples ont leur jeunesse comme les hommes, et les séves collectives s'épuisent comme les séves particulières. L'Italie, l'Espagne, la France ont, tour à tour, après la Grèce et Rome, tenu ce flambeau de la civilisation qui semble aujourd'hui passer à des mains plus jeunes et plus robustes. Qui dit que la prépondérance provisoire de la race germaine ne sera pas aussi un jour confisquée par la race slave ? Rendre une religion responsable de ce qui n'appartient qu'à la force des choses, c'est vouloir que les médecins vous guérissent de la vieillesse.

Mais les peuples au déclin sont semblables à ces chênes antiques qui peuvent encore donner des pousses nouvelles, quoiqu'ils aient été plusieurs fois visités par la foudre ; politiquement et religieusement, c'est encore le Catholicisme qui serait capable de sauver la France ; il y a dans l'institution catholique une vitalité d'ordre et d'équilibre, une séve d'éternité qui referaient notre constitution épuisée ; loin d'être une cause d'appauvrissement, il est la meilleure hygiène d'une nation malade, et l'Allemagne tremblerait si l'Italie, l'Espagne et la France s'avisaient un jour de s'appeler *les peuples repentis*.

LA DOCTRINE DU TORRENT

—

I

Il y a deux despotismes dans ce monde et j'emprunterai au langage financier une qualification pour les mieux définir. Tout le monde sait ce que c'est que la *rente nominative* et la *rente au porteur ;* la première constitue un titre qui ne peut donner des droits qu'à un possesseur spécial et suivant des formalités qui sont des garanties; la seconde représente une propriété banale à l'ordre du premier venu et qui passe indéfiniment de mains en mains ; tant pis pour vous si l'on vole le chiffon de papier qui représente peut-être toute votre fortune !

Eh bien ! nous avons de même sur le marché des idées le *despotisme nominatif* et le *despotisme au porteur*.

Le *despotisme nominatif*, c'est un chef d'État absolu, qu'il soit empereur, monarque ou dictateur, qu'il s'appelle Louis XIV, Napoléon ou tout simplement Cromwell. Une nation a l'inconvénient

d'être régie par une volonté unique, mais elle a
l'avantage de ne pas souffrir de tyrannies en sous
ordre qui cherchent à prévaloir sur cette autorité
fixe et supérieure ; rien ne se fait qu'au nom d'une
seule personne, mais par là, précisément, aucun
exercice anonyme de la souveraineté publique n'est
possible. En même temps, ce grand Pouvoir, établi
au-dessus de la société entière, est tellement en
vue, qu'il est responsable à toute heure et de toute
chose. Le bien comme le mal, tout descend de lui,
ce qui est une injustice, mais le mal comme le
bien remonte à lui, ce qui est une autre iniquité,
et ces deux défauts de balance se compensent ; il
ressemble à la plus haute flèche d'un monument
qui domine une ville : il peut être le plus facile
point de mire pour l'ennemi, mais il est en même
temps le meilleur poste d'observation pour l'étudier. *Ah ! si le roi le savait !* s'écriaient naïvement
les pauvres gens sous l'ancien régime, lorsqu'une
oppression subalterne les menaçait, tant le recours
à un juge définitif et au-dessus des misères humaines est dans l'esprit du plus humble comme du
plus superbe, et quand c'était un prince un peu de
l'humeur du calife Haroun-al-Raschid, surnommé
le *droiturier*, et qui se déguisait en marchand étranger pour s'assurer du bonheur de ses sujets,
l'agneau avait quelquefois raison contre le loup.

II

Le *despotisme au porteur*, c'est la souveraineté
occulte et sans contrôle éparpillée entre des indivi-
dus qui terrorisent au nom de la liberté.

C'est, par exemple, en 89, la crapule parisienne
qui déjà alors donnait des espérances, venant faire
ces ignobles journées des 5 et 6 octobre, date fatale
de l'avénement de la populace en France. C'est encore ces éternels quinze cents repris d'émeute,
mêlés de quelques gamins de tout âge, imberbes
ou sexagénaires, qui s'intitulent fièrement le *Peuple*,
titre dérisoire gravement reconnu par les historiens,
et qui périodiquement vous balayent une Chambre
législative sans même crier gare aux députés. C'est
la tourbe féroce qui dans les campagnes met le feu
aux châteaux, en vociférant : Paix aux chaumières !
dans les villes, jette à l'eau des innocents qui lui
déplaisent, massacre des prêtres en disant, avec un
rire bestial, qu'un capucin n'est pas un homme,
fusillent des généraux qui sont l'honneur de cette
prétendue République qu'elle est censée chérir,
crache au visage de ses victimes et souille jusqu'à
leurs cadavres en appelant bandits les malheureux
qui se défendent.

Et dans tous ces assassinats, il n'y a jamais d'assassin ; comme c'est tout le monde, ce n'est personne. Dans cette société anonyme pour l'exploitation du crime, vous ne trouvez jamais un gérant responsable ; toutes ces têtes se dérobent avec une insolente souplesse à l'infamie et au châtiment ; autant, avec la complicité de l'Océan tout entier, accuser d'un naufrage telle vague précise !

Ah ! le despotisme de la foule, le plus exécrable et le plus terrible de tous, parce qu'il est à la fois insaisissable et mystérieux ! Si du moins on trouvait pour le flétrir ces belles indignations qu'on nourrit contre le despotisme d'un seul, ce danger qui a du moins le mérite d'être ostensible et attaquable, si ce césarisme collectif, la pire des servitudes, inspirait aussi vaillamment les vengeurs de la dignité que le *Monocésarisme*, cette bête noire de la jeune école, mais vous adressez vos doléances aux *penseurs*, espérant trouver en eux un appui ; ils vous répondent avec un peu de dédain pour votre candeur : « Il faut bien, monsieur, laisser passer la *colère du peuple. On ne discute pas avec le torrent.* »

Vous êtes un grand homme, vous êtes une force protectrice, une lumière bienfaisante ; vous êtes le chêne immense et superbe qui assure l'abri à toute une génération, attendez-vous à trouver pour-récompense à une heure donnée le poignard d'un escarpe solennel.

Vous êtes, au contraire, un ramas de *propres à rien* qui se croient des *propres à tout*, vous semez autour de vous l'anxiété et l'opprobre ; vous opprimez chaque existence à chaque minute. Ce qui, dans la bouche des rois de France, n'était qu'une simple formule, devient, dans la vôtre, qui pue le vin ou le fiel, la phrase la plus sérieuse du monde ; chacun de vos gestes signifie : *CAR, tel est notre plaisir*, et contre ce César-là, il n'est même pas permis de rêver un Brutus !

III

Ah ! la *doctrine du torrent*, si complaisamment professée par les puritains du libéralisme ! Nous la connaissons depuis bien des années : elle est l'excuse des plus hideuses oppressions, elle est le plus sanglant affront fait à la liberté. La *colère du peuple !* Vous nous la baillez belle ! Où prenez-vous votre *peuple ?* Au café du coin ! Où prenez-vous votre colère ? Dans votre désir secret de sacrifier les honnêtes gens. Quand, au 18 mars, une troupe de misérables, — qui avait dû s'exercer bien souvent aux protestations contre le 2 Décembre, — fit tirer froidement sur des citoyens désarmés, ce guet-

apens sinistre appartenait-il encore à cette majestueuse *colère du peuple* jusqu'ici respectée comme
un dogme?

Nous le savons bien, que la foule peut devenir
un torrent qui, suffisamment gonflé, ravage tout
et emporte les fondations les plus solides : c'est
pour cela que le devoir des gouvernants est de ne
jamais laisser le flot grossir au point de devenir
torrent; il faut faire contre les aveugles caprices
de la multitude ce qu'on fait contre les aveugles
caprices de l'Océan quand on veut fonder un port
qui soit sûr : le bon sens commande de multiplier
les digues et les épis, et de prolonger les jetées
aussi avant qu'on le peut dans la mer; si vous voulez que le mouvement social s'opère comme le mouvement maritime, si vous voulez que les navires
intellectuels vous apportent librement les progrès
de la civilisation, au lieu de vous incliner devant
tous les déchaînements populaires, créez, dans
l'intérêt de la liberté, des ports contre la foule.

Ainsi, quand vous avez une représentation nationale légitime et sincère, à quoi servent les clubs,
cette seconde Chambre qui entend annihiler la première, et où l'on s'aveugle sous prétexte de s'éclairer? Je n'ignore pas que les penseurs ont déclaré
que les clubs sont des soupapes de sûreté; mais à
force de prodiguer les soupapes de sûreté, on finit

par perdre toute la vapeur. Pourquoi une bonne
fois ne pas accorder à tout le monde le nom de
peuple ? Nous demandons au moins l'adjonction des
capacités. N'est-il pas honteux pour nous, à près
de cent ans d'intervalle, que des énergumènes qui
jouent le rôle de peuple comme des figurants de
théâtre parlent au nom de la nation ? Ne devrait-on
pas leur dire : Nous ne reconnaissons comme expression des volontés du peuple français, qu'une
délibération librement prise dans ses comices.
Est-ce qu'une Chambre envahie brutalement ne devrait pas se reformer sur un autre point du territoire? Pourquoi les coups d'État de la blouse se-
raient-ils plus sacrés que les coups d'État partis
d'en haut ?

Mais en France, la terre promise des contre-
sens, il règne une absurdité traditionnelle : on est
d'une fureur sauvage contre l'oppression chimérique, on se montre d'une évangélique douceur à
l'endroit de l'oppression réelle ; la postérité sourira
en songeant à tous les êtres débonnaires que nous
avons appelés tyrans, à commencer par M. Véto
pour finir par Louis-Philippe. Une simple remarque : Sous César tout seul, il n'y avait pas de jour
ouvrier où l'on ne fît entendre des clameurs de
martyr; hurler quotidiennement qu'on est esclave,
n'est-ce pas prouver qu'on est déjà libre ? en tout

cas, quel voluptueux soulagement! Sous le vrai
terrorisme, sous Rigault-Tinville, par exemple,
vous n'entendiez pas ces éloquentes protestations,
et, chose bizarre, le silence ne coûtait pas; tout
bavard politique devenait un Conrart; on menait
en prison la moitié d'une ville, et on ne songeait
plus aux *lettres de cachet*. Il est vrai qu'on avait
démoli la Bastille. On n'a pas complété la légende
du Sybarite que gênait un pli de rose; peut-être
se fût-il accommodé de coucher tout à fait sur la
dure. Les hommes sont ainsi faits, une légère
entrave les irrite profondément, et ils supportent
avec calme la suppression totale de leur personnalité, de même qu'il y a des gens qu'un simple *bobo*
exaspère et qui trouvent une patience d'ange pour
une terrible maladie.

Mais ces balances de compte ne se font pas facilement dans l'esprit français : éternels voyageurs
de Charybde pour Scylla, quinze pour cent de despotisme nous semblent onéreux, et nous nous pré-
cipitons dans des aventures qui quadruplent le
chiffre; je sais bien que l'idéal politique n'est pas là,
mais quand la réalité vous domine, quand on n'a
le choix qu'entre deux régimes d'arbitraire, encore
est-on tenu de ne pas imiter cet ancien Français
qui se mettait dans l'eau de peur d'être mouillé.

C'est parce que nous ne sommes pas de ceux

3.

qui ont fait le césarisme, c'est parce que nous sommes de ceux qui se contentaient d'une liberté décente et régulière; que nous avons le droit de protester contre la tyrannie d'en bas; à Louis XIV, un grand monarque, en dépit des attaques mesquines, il y a certains jours où nous préférerions peut-être Louis XVIII, le roi constitutionnel par excellence, mais au goujat disant : *L'État c'est moi*, nous préférons même le vieil amant de Mme de Maintenon. Le *roi Soleil* n'a jamais eu l'impudent égoïsme du *roi Pétrole*.

Un grand poëte, qui sait le prix des choses, laissait échapper, il n'y a pas longtemps, cet aveu sincère à propos d'un livre fameux : « C'est bien commode, un empereur ! » Jugez donc, en effet, une tête de Turc couronnée ! de quoi amener aisément bien des mille !

Il est certain que si Victor Hugo eût voulu faire les *Châtiments* contre Avoine fils, Maljournal et Régère, il eût malgré tout son génie échoué dans cette tâche ingrate. Où est en tout cela la justice distributive? voyez! une vraie tyrannie qui ne peut même pas être flétrie ! Quel privilége ont les grands seigneurs de l'insurrection ! grâce à leur obscurité et à leur nombre, ils échappent à la satire comme à la répression. Il n'y a rien dans ce monde de démoralisateur et de niais comme la *doctrine du Torrent*.

LES

FAUX POINTS DE VUE HISTORIQUES

I

Une frontière plus précieuse encore que le Rhin,
ce fleuve maintenant grossi de tant de larmes, sépare l'Allemagne de la France.

L'Allemagne a le génie de l'exactitude : lisez un
guide de voyage allemand, vous serez frappé de
tout ce qu'il contient de précis, de substantiel et de
pratique ; c'est de l'essence de réalité. Daignez accorder un regard à l'*Almanach de Gotha*, cette antique publication qui a l'air de n'être que le nobi-
liaire suranné des rois et des princes : il ne vous
échappera pas un renseignement sur la constitution
particulière de chaque État, sur les forces militaires
de chaque nation, sur son régime politique et
civil ; c'est de la concentration de statistique à haute
dose, et où tous les chiffres semblent contrôlés par
une cour des comptes idéale. Ah ! si depuis Sadowa
quelqu'un s'était avisé à Paris de consulter ce chef-

d'œuvre d'informations, l'*Almanach de Gotha!*
mais il nous suffisait de l'*Almanach pour rire!*

La France a le génie de l'inexactitude ; c'est de
chez nous qu'est sorti le voyageur qui, à sa première sortie dans une grande ville, ayant rencontré
une femme rousse, écrivait à ses correspondants :
« *Ici toutes les femmes sont rousses.* » L'à-peu
près nous charme ; l'absolu nous choque comme
trop technique ; c'est pour cela que le provisoire a,
dans notre pays friand de surprises, plus de chance
que le définitif ; quand nous voulons atteindre ce
gibier difficile qu'on nomme la vérité, nous nous
contentons de tirer au jugé, et nous ne sommes
que de médiocres chasseurs ; il nous manque d'ailleurs deux vertus vulgaires qui croissent comme le
houblon sur la terre germanique : l'Attention et
la Patience.

Il fallait me lever pour prendre un dictionnaire,

s'écrie Alfred de Musset, quand il s'agit de savoir
si l'on dit *mahométisme* ou *mahométanisme*, et le
poëte reste couché. C'est le symbole de la France
élégante et raffinée ; elle ne se lève jamais pour
prendre un dictionnaire ; quant à l'autre, la France
des cafés chantants ou parlants, elle savoure Ver-
mesch ; mais ne lui demandez pas de la présenter à
Guizot ou à Macaulay ; elle ne connaît pas ces gens-là.

Avons-nous à supputer nos effectifs ? nous imi-

tons ces restaurateurs légendaires qui font débuter
l'addition par le numéro du cabinet; un journal de
1870 me tombait dernièrement sous les yeux;
cette feuille grave, qui avait certainement la prétention d'éclairer plusieurs départements à la fois,
avertissait charitablement ses lecteurs que la France
pouvait mettre douze cent mille hommes en ligne,
tandis que l'Allemagne aurait fort à faire pour réu-
nir six cent mille combattants. O lumière, voilà de
tes coups! Hélas! le feu follet aussi est lumière.

A quels apitoiements touchants nous nous li-
vrions sur le compte de la *landwher !* Ces bons pères
de famille ne tiendraient pas durant quinze jours
de campagne; à peine s'ils auraient le triste courage de se servir de leurs fusils! Ces *patres
familias*, malgré leur ventre et leurs lunettes,
ont incendié, tué et ravagé avec une méthode
exemplaire. *Von Prudhomme* ne s'est pas montré
moins cruel que des sbires de profession; mais là
où éclate surtout notre candeur, due comme toujours à une aimable ignorance, c'est lorsque nous
redoutions les rigueurs de l'hiver de France pour
des hommes du Nord accoutumés à un climat aussi
barbare qu'eux-mêmes : camper à Versailles en
décembre pour des Poméraniens, cela équivalait en
temps de neige pour un Parisien à se trouver à
Nice. Autrefois le cœur était à gauche, mais, com-

me dans Molière, « nous avons changé tout cela. »

D'ailleurs nous méprisons les faits, et ils nous le rendent bien ; nous malmenons les dates si elles nous résistent, nous croyons dompter la force des choses en grossissant les calculs trompeurs ; nous sommes les matamores de l'arithmétique.

I I

Avec cette tendance à ne rien approfondir et à nous établir sans gêne dans le faux, — car, chez nous, l'Erreur a pignon sur rue et la Vérité n'a même plus de puits, — on juge ce que peut être notre tempérament en matière historique ; on s'est fort égayé jadis aux dépens de ce bon abbé Loriquet. Mais, aujourd'hui, dans le camp opposé, Loriquet s'appelle Légion ! La grave Muse de l'Histoire, nous la coiffons d'un bonnet phrygien et nous en faisons une proche parente de la citoyenne Théroigne de Méricourt, cette horrible mégère au minois chiffonné, qui fut l'aïeule des pétroleuses.

Jamais peuple n'eut la prétention d'être aussi primesautier que le peuple français, et je n'en connais pas qui s'immobilise dans plus de routines volontaires : il me fait l'effet d'un prisonnier garrotté qui crierait plus fièrement que ceux qui sont en liberté : « En avant! En avant! » Nous nous indignons avec une majesté niaise contre les chaînes illusoires dont nous chargent les prétendus tyrans, et nous supportons avec une aisance humiliante les chaînes que nous nous forgeons à nous-mêmes. Ce siècle, qu'on appellera peut-être un jour l'Age de feu, prononce à tout bout de champ le grand mot de science; quand voudra-t-on appliquer à la Politique et à l'Histoire la méthode scientifique?

Ce qui empêche l'appareil intellectuel français de fonctionner normalement, et ce qui finira par en faire une machine de rebut, c'est l'encrassement des préjugés. Qu'il y ait encore, par exemple, au fond des campagnes des affligés qui se figurent que le comte de Chambord personnifie le retour de la dîme et des droits féodaux, on le pardonne à la rigueur, il faut bien passer quelque chose à l'infirmité humaine; mais que, seulement dans une ville de cinq mille âmes, on trouve des gens en habit noir et en cravate blanche qui vous répètent cette monstrueuse niaiserie, c'est à élever avec le bronze de la colonne, si pittoresquement déboulonnée par M. Courbet, l'ennemi personnel de Raphaël, une statue à Calino.

On aimerait presque mieux croire ici à la méchanceté qu'à la sottise ; personne n'est dupe de ce grossier mensonge, mais les faux monnayeurs de la pensée ont intérêt à répandre ce bas métal de la calomnie, et ils trompent le paysan tout en ricanant de sa crédulité.

C'est ainsi que nous sommes arrivés, dans cet ex- « *doulx et plaisant royaulme de France,* » à compter une notion juste et saine pour cent allégations empoisonnées.

Que de mal a causé cette formule haineuse : « *les Bourbons sont rentrés dans les fourgons de l'étranger.* » Il y a comme cela en France une douzaine de mots d'ordre du mensonge, qui servent de ralliement aux sots de tous les partis, car un adversaire intelligent méprise ces grandes calomnies contenues en quelques mots. « *Les Bourbons sont rentrés dans les fourgons de l'étranger,* » je le veux bien, ô dévots de Louvel ! mais en tout cas, même malgré le poignard de votre patron, quand le vieux Louis XVIII céda la place à son frère, les Bourbons avaient glorieusement reconduit l'étranger, et sans 1830, les fameux fourgons de l'arrivée auraient bien pu faire partie de leurs propres équipages ; mais il est de règle maintenant que la République est tout et que la Patrie n'est rien.

Remarquez que dans le même ordre d'idées nous ne nous associons pas davantage aux plats commérages qui représentaient les hommes de 48, — ces néo-Girondins écrasés maintenant par une autre

Montagne comme vivant exclusivement de côtelet-
tes au coulis d'ananas.

Les *Crimes des papes*, les *Nuits de Saint-
Cloud*, l'*Autrichienne en goguette*, la légende sur
la mort du prince de Condé, la fable qui faisait
prendre à Louis XV des bains de sang de petits
enfants, et tant d'autres libelles vengeurs qui ne
devraient être déshonorants que pour leurs auteurs,
c'est la boue noire des pamphlets qui salit souvent
le noble chemin de l'Histoire. Quelques écrivains
haut placés ne rougissent pas de s'y crotter sous
prétexte de chercher des perles; mais comment,
ne fût-ce que par mesure d'édilité, un tombereau
n'enlève-t-il pas périodiquement ces immondices
qui, de même que Dieu se repentit d'avoir créé
l'homme, forceraient Guttemberg à se repentir
d'avoir inventé l'imprimerie?

III

Je me hâte de remonter vers des régions moins
basses, quoique je me range à l'avis de ceux qui
pensent que les éclaboussures du ruisseau ne soient
pas si fort à dédaigner : dans l'ordre physique, la
boue de Paris détermine des taches indélébiles,
mais un objectif d'attaque plus important que ces
piéges grossiers qui surgissent sous les pieds des

honnêtes gens, ce sont les grandes lignes du sophisme.

Pour combien de gens qui se jugent éclairés, la
France ne date que de 89 ! On peut dire que cette
théorie étroite et jalouse qui supprime tant de siècles de grandeur, car la France n'aura jamais un
avenir aussi glorieux que son passé, a la force
d'une opinion nationale; nous n'avons jamais compris pour notre part cet étrange calcul d'amour-
propre qui consiste à ravaler tout ce qui vous a
précédé pour exalter l'élément contemporain; les
Français de nos jours semblent éprouver une ma-
licieuse fierté à laisser entendre que leurs ancêtres
étaient de parfaits gredins; s'il se figurent que ce
genre d'esprit de famille les relève aux yeux des
autres peuples, ils se trompent plus que mari de
Molière n'a jamais été trompé, et l'on pourrait dire
que nous sommes les Sganarelles de la politique.

Ni les Anglais, ni les Allemands, pour prendre
les deux races les plus vitales, ne songent à renier
leurs prédécesseurs; nous, nous feignons de croire
que le Progrès, ce dieu qui ne connaît pas d'obstacles, ne peut être efficacement adoré que si nous
jetons à la voirie, non seulement les renommées
brillantes, mais encore le nom des Pères de la patrie. La Révolution a brutalement détruit les tom-
beaux de nos rois, comme un renégat qui brûle-

rait des portraits de famille! Les ingrats qui devaient placer Marat au Panthéon jetèrent au vent les restes d'Henri IV. Ah! si du moins un peu de cette poussière généreuse pouvait féconder les piétés patriotiques, comme une semence confiée au hasard fait cesser la stérilité d'un terrain! Mais on n'a d'oreilles que pour écouter les rois sacrés à Belleville, et qui disent à leurs troupes : Suivez bien mon panache rouge, il vous conduira au chemin de l'ignominie et de la défaite!

Cet acharnement des Français en général à poursuivre le suicide national rétrospectif, je le retrouve dans l'œuvre grave et sérieuse d'un des dépositaires du secret démocratique; assurément, le livre de *la Révolution* de M. Edgar Quinet, en faisant réserve de la passion anti-religieuse qui en dépare les plus nobles pages, témoigne d'un effort soutenu pour arriver à la sérénité de jugement; nous étions tout à l'heure dans les bas-fonds, nous sommes maintenant sur la montagne avec un prophète qui se pose en même temps en oracle.

Avec quelle stupeur lisons-nous, dans un travail d'une telle application, des assertions comme celle-ci (tome I, p. 57) :

« Le premier caractère des cahiers du tiers-état
« en 89, c'est qu'aucun de ses vœux ne s'appuie sur
« un des précédents de l'ancienne France. Tous

« reconnaissent que le passé n'a rien à enseigner
« ni à léguer au présent. *Une nation obligée de*
« *renier son histoire, voilà le point de départ.* »

Comment concilier cette renversante proposition
avec le plus catégorique des documents, avec le
résumé des cahiers fait à l'Assemblée nationale
par M. de Clermont-Tonnerre, un libéral sans peur
et sans reproche, le même qui prononça quelque
temps après ces fières paroles : « La Constitution
sera, ou nous ne serons plus. »

« Nos commettants, messieurs, dit M. de Clermont-
« Tonnerre dans ce remarquable rapport, sont
« tous d'accord sur un point; ils veulent la régé-
« nération de l'État, mais les uns l'ont attendue
« de la simple réforme des abus et du rétablisse-
« ment d'une constitution existante depuis qua-
« torze siècles, et qui leur a paru pouvoir revivre
« encore, si l'on réparait les outrages que lui a
« faits le temps et les nombreuses insurrections
« de l'intérêt personnel contre l'intérêt public.

« Les autres ont regardé le régime social exis-
« tant comme tellement vicié, qu'à l'exception *du*
« *gouvernement et des formes monarchiques,*
« *qu'il est dans le cœur de tout Français de ché-*
« *rir et de respecter, et qu'ils nous ont ordonné de*
« *maintenir,* ils nous ont donné tous les pouvoirs
« nécessaires pour créer une constitution et as-

« seoir sur des principes certains la prospérité de
« l'empire français. »

(A cette époque, pour désigner l'État, on em-
ployait indifféremment ces trois mots : le Royaume,
l'Empire, la République; aujourd'hui on n'a plus
le bonheur de pouvoir user de ces synonymes, ils
sont devenus irréconciliables — commes les hommes.)

« Tous les cahiers reconnaissent et consacrent
« le gouvernement monarchique, l'inviolabilité de
« la personne sacrée du roi et l'hérédité de la
« couronne de mâle au mâle.

« Quant au pouvoir législatif, la pluralité des
« cahiers le reconnaît comme résidant dans la
« représentation nationale, sous la clause de la sanc-
« tion royale, et il paraît que cette maxime an-
« cienne des Capitulaires : *Lex fit consensu po-*
« *puli et constitutione regis,* est généralement con-
« servée par nos commettants. »

Et c'est en présence de ce texte formel, qu'un
maître, qui a charge d'âmes, déclare qu'aucun des
vœux des cahiers ne s'appuie sur un des précédents
de l'ancienne France et que la nation est obligée de
renier son histoire.

Si les grands éclaireurs du genre humain entendent ainsi la dispensation de la lumière, comment
se comporteront les simples flambeaux? J'aime

mieux les ténèbres que l'optique des verres de couleur.

Pourtant quelle sincérité, quelle loyauté respirent dans les paroles que nous venons de citer! « *Le gouvernement* et *les formes monarchiques qu'il est dans le cœur de tout Français de chérir et de respecter !* » A cette époque, un citoyen ne croyait pas aliéner son titre d'homme libre, pour reconnaître une autorité fixe placée au-dessus de la masse mouvante des intérêts ; il était réservé à notre temps de croire qu'un trône tient trop de place dans une nation.

Remarquez encore cette sage maxime que nous avons souvent invoquée et qui excite volontiers les railleries des ignorants : « *Lex fit consensu populi et constitutione regis.* » Comme elle peint avec un souverain bon sens cette nécessité de laisser dans un certain état vague les droits réciproques des gouvernants et des gouvernés ! Dieu est parce qu'il est, en France le roi était parce qu'il était. Il ne faut pas plus troubler les sources du pouvoir que les sources de la vie. Aujourd'hui, à force de discuter tout le monde, nous ne pouvons plus avoir de chef ; nous ne sommes plus les *sujets* de personne ; nous sommes quarante millions de rois en guerre les uns contre les autres.

Comme enfin les termes nets et fermes de cet

exposé mettent à néant ce procédé d'accusation si
commun contre le passé : *Dix-huit siècles d'oppression!* En général, le Français, qui se croit malin
pour avoir créé le vaudeville, voit gros et voit faux :
Dix-huit siècles d'oppression! Entendez-vous d'ici
le bruit de ces chaînes accumulées? Quel cauche-
mar historique! Quoi! Charlemagne, Louis VI,
saint Louis, Charles V, Louis XII, Henri IV représentent des époques d'oppression? Mais jusqu'en
1660 nous avions ces libertés provinciales et municipales que vous cherchez à reconquérir aujour-
d'hui; le grand siècle a égaré sur le compte du
moyen âge; c'est rabaisser l'Humanité que la croire
capable de porter pendant près de deux mille ans
le collier de la servitude; la Révolution est un Don
Quichotte collectif qui prend souvent des moulins à
vent pour des géants de tyrannie; somme toute,
dans les âges qui ont précédé le XIX siècle, il y
avait des pouvoirs mal définis, des abus tenant
moins à des intentions arbitraires qu'à la force des
choses; mais il régnait un grand sentiment de bonne
foi populaire et de hiérarchie sociale : ces socié-
tés-là n'étaient pas gangrenées comme la nôtre;
elles n'avaient besoin ni du couteau, ni du fer
rouge.

IV

Un argument que j'oserai qualifier non pas d'argument *ad hominem* mais *ad bestiam*, ce sont les *crimes de la monarchie*. Tout à l'heure nous parlions des *dix-huit siècles d'oppression*, où l'on fait par conséquent entrer Pharamond ; ici on prend une à une, de l'an 400 après Jésus-Christ jusqu'à nos jours, les fautes des gouvernants et les barbaries de chaque état social, et l'on dresse un bilan d'iniquités à faire frémir les émeutiers de quinzième année.

Que diriez-vous d'un homme qui, suivant le cours d'un fleuve immense, s'ingénierait à ramasser les souillures qui flottent à sa surface, et vous dirait en vous montrant cet ingénieux amas : « Tenez, voici le Rhône, ou voici le Danube ! »

C'est ce que les professeurs d'indignation font avec le long parcours de l'histoire de France ; assurément les rois et les temps sont faillibles. Je ne défends ni la Saint-Barthélemy, ni la révocation de l'édit de Nantes, aussi imputables à l'opinion publique qu'aux volontés d'en haut ; mais établissez l'actif et le passif de cette énorme suite de siècles, et vous verrez combien les grandeurs l'emportent sur les misères.

Et quand même cela ne serait pas un *Conte de ma mère l'Oie*, les *Crimes de la monarchie*, il y a une époque qui s'est chargée en dix-huit mois de réaliser le mal qu'on n'avait pas osé faire en dix-huit siècles : c'est la Terreur ; cherchez sur le trône de France, depuis le premier Capétien jusqu'au dernier, et vous verrez si vous trouverez la petite monnaie d'un Carrier ou d'un Collot d'Herbois. Fi donc! il n'y a pas un de nos rois qui ait dérogé jusqu'à être un assassin. Le coup d'arquebuse de Charles IX, tirant sur son peuple, est une plaisanterie de buveur de sang en goguette.

C'est une abominable tricherie que de prétendre qu'en 89 le *peuple* avait à se venger des dix-huit siècles d'oppression qui l'avaient précédé. D'abord, très-vraisemblablement, il ne pensait pas aux prétendues souffrances des générations qu'il n'avait même pas connues ; de même qu'en 1870 nous ne songions pas à nous venger de 93 ; ensuite, le roi était très-aimé comme l'avaient été saint Louis, Louis XII, Henri IV, Louis XIII, et même Louis XV jusqu'à son retour de Metz. M. Michelet, qui parlerait avec respect du plus infime des prolétaires, mais qui traite les princes avec une absence de cérémonie toute particulière, avoue, en parlant de Louis XVI, que le peuple de Paris ne détestait pas ce *gros homme;* les femmes l'appelaient notre

4

bon papa… Les *dix-huit siècles d'oppression*, comme arme de combat, n'ont jamais existé que dans le cerveau des publicistes : il y a comme cela des milliers de crimes de cabinet qui n'ont jamais été commis.

Autre argument *ad bestiam.* Dès que vous ne nourrissez pas pour la Révolution un culte irréfléchi, les interlocuteurs vous disent d'un ton aussi méprisant que s'ils parlaient à un parricide : «Vous reniez votre mère politique; que seriez-vous sans la Révolution? *Vous battriez l'eau des fossés pour faire taire les grenouilles qui empêcheraient votre seigneur de dormir.* »

Là nous tombons au-dessous de l'*Almanach Liégeois;* en ce qui me concerne, mes ancêtres étaient plus heureux et plus libres que moi; mais je veux généraliser le débat, et je soutiens que sous l'ancien régime la bourgeoisie et le peuple n'étaient ni aussi effacés ni aussi martyrs qu'on se l'imagine dans les écoles; il y a mille lettres de famille qui témoignent de la douceur et de l'égalité relative de cet état social, qu'on représente sous de si noires couleurs; l'ancienne société jouissait d'ailleurs d'un privilége que nous avons perdu; elle possédait le premier des biens; elle avait le droit de s'appartenir; nous, nous sommes les esclaves du lendemain.

Vous convenez que la première Assemblée constituante était un foyer de capacités et de lumières; or, de quoi se composait en grande partie la plus brillante réunion d'hommes qu'ait jamais vue la France? de petits bourgeois obscurs qui n'auraient pas présenté ces qualités de distinction, si un vrai régime d'oppression eût existé, car il les aurait étouffés.

Que messieurs les boutiquiers soient bien persuadés qu'un mercier sous Louis XV était aussi heureux et plus sûr de sa prospérité particulière qu'un mercier sous la troisième République.

En finissant, je formule un vœu : l'histoire est maintenant un art plus conjectural que la médecine du temps de Molière. Je demande qu'on en fasse une science exacte. Les Anglais, qui gardent le respect de leur patrie et qui ne se plairaient pas à traîner dans la boue même la statue de Henri VIII, ont maintenant dans chaque capitale un délégué chargé d'extraire des rapports adressés par les ambassadeurs à chaque ministère des affaires étrangères toutes les pièces qui peuvent concerner leurs annales particulières; tous les trois mois les divers correspondants font un rapport en séance publique sur leurs travaux; c'est ainsi que nos voisins entendent élever patiemment, sûrement et avec une harmonieuse vue d'ensemble l'édifice de leur histoire ; la jeunesse anglaise y puisera plus tard un enseignement d'État pour ainsi dire.

Chez nous, l'élément officiel a toujours été en défaveur, toutes les tendresses étant réservées à l'élément d'opposition ; seulement, comment instruire un pays de son passé avec tant de versions contradictoires? N'en déplaise aux farouches indépendants qui ne comprennent pas que l'État n'est pas autre chose que la personne morale de la société, il faudrait une histoire officielle qui ne fausserait ni les faits ni les esprits. En France, à part quelques grands travaux d'hommes consciencieux dont le nom est sur toutes les lèvres, qu'est-ce que l'Histoire? C'est la passion politique au service des partis. Que devrait-elle être? la Bible laïque d'une nation, une Bible dont, verset par verset, le texte serait voté comme on vote une loi. Il est encore moins ridicule de prendre le Pirée pour un homme que de prendre la royauté française, cette génératrice de notre ingrat pays, pour la grande maîtresse de l'oppression.

LES DEUX MORALES

I

C'était jadis un des triomphes de ces jeunes puritains qui devaient plus tard se couronner de tant de roses que de reprocher sévèrement à M. Nisard l'invention des deux morales. Deux morales ! juste ciel ! quel monstre à deux têtes ! Quel dangereux épauvantail pour les grossesses intellectuelles ! Comme son approche couvrait de confusion le fier visage de la Liberté, quoiqu'elle aussi ait su se faire un front qui ne rougit jamais ! Deux morales ! bifurcation terrible pour les pèlerins du progrès qui cherchent la vraie route à suivre : impiété foudroyante capable d'ébranler les colonnes du café de Madrid, ce temple de la régénération par l'absinthe gommée.

De quel air de mépris ces Troppmann politiques pour lesquels la France est une autre famille Kinck — il n'a pas dépendu d'eux de l'enterrer tout à fait — de quel air de mépris, dis-je, ces assassins qui réclament toujours contre la peine de

4.

mort toisaient l'homme de sens et d'esprit qui
avait eu le tort irrémissible de crier cette expression
irrespectueuse : *la littérature facile!* Car, *ne touchez pas à la bohême!* est une prescription autrement impérieuse que le fameux : *Ne touchez pas
à la reine!* si tombé en désuétude. Leur conscience
était si droite! leur âme si pure! et quels stoïques!
une épine de moins blessait ces sybarites de la
privation ; ils déployèrent à proclamer l'unité de la
morale plus d'âpreté que les Prussiens à décréter
l'unité allemande ; quels scrupules de blancheur
chez ces hermines de club ! Le toucher d'un prince
leur eût semblé une souillure, tandis que le contact d'un prolétaire semblait une purification ; car
ce ne sont plus les rois, ce sont les républicains
qui maintenant guérissent les écrouelles.

Le dogme de l'*Immaculée conception*, qu'ils ba-
fouaient tant qu'il ne s'agissait que de l'Église ordinaire, ils le prenaient très au sérieux en le trans-
portant dans l'Église rouge, la seule en dehors de
laquelle il n'y ait pas de salut. Il est évident que
Sully, Colbert, Turgot, tous ces grands bienfaiteurs
de la France, demeurent suspects aux penseurs ;
ils avaient du sang monarchique dans les veines ;
pour jouir de la confiance populaire, il faut avoir
été conçu sans péché, comme Garibaldi.

C'était le bon temps où des pontifes déclaraient

dans les conciles démocratiques que Rossini était
un petit compositeur parce qu'il n'était pas un
grand citoyen ; jeter deux ou trois sergents de ville
à l'eau est en effet une bien autre preuve de génie
que d'avoir fait un *Guillaume Tell*. Voyez-vous les
muses modernes demandant à un musicien : —
Es-tu *carbonaro* ? — Non, je suis artiste. — Eh
bien ! quand tu t'appellerais Mozart, la gloire t'est
défendue. Ce qu'une école très-exclusive, très-ja-
louse, et qui a horreur de la musique, admire au
fond dans Wagner, ce n'est pas le créateur, c'est
le démolisseur. Le fumet révolutionnaire qui
s'exhale de sa personne attire seul ces réfractaires
de la langue des sons ; avoir tiré sur un roi serait
pour un compositeur crotté (comme il y avait les
poëtes crottés) un brevet de haute popularité ; avoir
tiré sur le peuple, condamnerait à l'obscurité la
plus flétrissante le plus éclatant maestro.

Supposez aujourd'hui Weber prenant par politesse
le bâton de constable pour s'associer à la répression d'une émeute, la Sainte-Wehme démagogique lui refuserait la reconnaissance de ses chefs-
d'œuvre ; on brûlerait le *Freyschutz* en place de
Grève.

Car, en France, *on n'est pas un bourreau*
quand on fusille des généraux ou des prêtres ; les
victimes en soutane ou en épaulettes ne comptent

pas, mais *on est un bourreau* quand en couche
en joue des despotes de la rue toujours en révolte contre toutes les lois sociales ; le fusil a deux
morales : quand on attaque on est un sauveur,
quand on se défend on est un meurtrier : c'est ce
qu'un philosophe de nos amis exprimait dans cette
sentence brève comme un jugement révolutionnaire :

« Quand vous égratignez un démagogue, c'est
un assassinat ;

« Quand un démagogue vous assassine, c'est
une égratignure. »

Le brave Clément Thomas n'a dû sa fin tragi-
que qu'aux rancunes des journées de juin 1848 ;
Cavaignac passe encore pour un boucher près des
loups revêtus de la peau de l'agneau ; le maréchal
Bugeaud a beau être un des premiers hommes de
guerre et un des plus grands citoyens de son temps,
l'opinion populaire, cette gourgandine plus encroû-
tée qu'une douairière, ne continue à voir dans le
héros de l'Algérie que le « héros de la rue Transnonain, » où il n'a jamais mis les pieds. « O justice
des faubourgs, tes balances sont de liége pour peser tes crimes et de plomb pour peser nos fautes. »

Par contre, il y a quelques mois à peine, les
égorgeurs du général Bréa étaient solennellement
glorifiés. La chapelle bâtie en l'honneur de ce vrai

martyr, on ordonnait de la raser, regardant ces pierres saintes comme une insulte à la Révolution.

Un *Versaillais* restera longtemps un objet d'horreur pour les *Parisiens* de Montmartre; le canon de l'armée a commis tant de cruautés, tandis que les boulets des fédérés déployaient tant de gentillesse, et même dans cette grande ville domptée, il y a plus d'une rue où un simple soldat ne s'aventurerait pas sans péril; mais si vous pouviez offrir à ces yeux tout sanglants de haine, ne fût-ce qu'un troisième rôle des massacres de septembre, vous verriez quelle ovation ! « Comment, tu étais de ces belles journées; combien as-tu descendu de *calotins* pour ta part? — Malheur ! j'ai pas fait ma douzaine. — Voilà de la bonne besogne et proprement faite; on ne travaille plus comme cela aujourd'hui, on met des semaines entières pour fusiller quelques maigres otages; la faux discute avec l'ivraie ! Le peuple est trop bon ! Nous n'avons plus l'énergie de nos pères; il nous faudrait des hommes d'action, nous n'avons plus que des rêveurs. »

Je sais bien ce que vous demandez, ô regretteurs du terrorisme ! le besoin de parodie révolutionnaire vous tourmente tellement qu'un autre Carrier de Nantes referait les noyades au bruit de vos acclamations, et que vous applaudiriez aux quolibets sinistres d'un autre Fouquier-Tinville; en un mot, vous voudriez des assassins à *poigne*.

Et c'est vous qui vous indigniez avec le plus de majesté contre les préfets à *poigne*.

C'est pourquoi, ô petits-fils de 93 par les trico-teuses, vous qui videz les prisons de criminels pour les remplir d'innocents, vous qui brûlez solennellement la guillotine pour la remplacer par le feu de peloton, vous qui envoyez *soixante-seize-balles* dans le corps d'une de vos victimes, vous qui, au mépris du droit des gens, mettez à mort des neutres que vous appelez dérisoirement des *otages* et qui les insultez au moment de les tuer, comme si le bourreau crachait au visage du patient qu'il va exécuter, vous les héritiers sous bénéfice d'inventaire des hommes de l'Abbaye, vous enfin dont les orateurs les plus applaudis demandent des millions de têtes, il est possible que vous sachiez mal où sont les *bouchers*, mais nous, nous savons bien où sont les *boucheries*, et la rue Haxo a vu d'autres horreurs que la rue Transnonain !

II

Nous sommes en république ; je ne veux point céder à la tentation puérile de médire de la forme républicaine, mais qu'on me permette une réflexion.

A plusieurs reprises, dans notre pays, l'avénement de la République a été une surprise, un es-

camotage, une confiscation des droits de la majorité par une minorité audacieuse.

De guerre lasse, nous croyons devoir nous en
tenir à cet état de choses toujours amené en dehors
de la volonté du pays; des gens d'ordre consacrent
ainsi l'œuvre de l'insurrection et légitiment une
proie injuste; à mon sens, il y a là une faiblesse
et une inconséquence. Que penserait-on d'un tribunal disant à un propriétaire qui se plaindrait
d'avoir été expulsé de sa maison : Oubliez que cet
immeuble a été à vous et installons-y le ravisseur?
Ce propriétaire, c'est la nation qui périodiquement
est dépossédée de l'exercice de sa souveraineté, et
se trouve condamnée à faire la volonté des autres.
Encore une fois, je ne veux pas soulever ici une
question de principe, mais il y a ici une partialité
et un engouement dont je m'indigne; la Monarchie est devenue une Cendrillon qui ne saurait
rien faire de bien, la République est une Benja-
mine qui ne saurait rien faire de mal; je réclame
au nom des souffre-douleurs contre les enfants
gâtés.

C'est le premier et le dernier des lieux communs
dans le monde révolutionnaire, que de parler des
crimes de la royauté. Je le concède, la royauté
(qui a fait la France) a mêlé bien des fautes à ses
grandeurs; mais, du moins, l'impunité ne lui a

pas été acquise; elle est tombée du côté où elle penchait. Le martyre de Louis XVI a été l'expiation de l'orgueil du grand roi et des imprévoyances de Louis XV. La République, au contraire, se relève du côté où elle penche; plus elle multiplie les attentats contre la Patrie, plus elle devient inviolable et sacrée. Elle n'a jamais eu son Louis XVI, elle, pour racheter les forfaits de tous ceux qui ont souillé son nom et sa raison d'être.

Dix-huit mois du régime de l'échafaud, les journées de juin, Paris brûlé et pillé, je ne sais combien d'émeutes insolentes pour la représentation nationale, n'ont pas diminué l'engouement des philosophes et des rhéteurs pour l'idée républicaine; mais si dans cette longue série de princes qui ont accompli le difficile travail de la formation du royaume de France, si trois seulement, pour leur plaisir, avaient jugé à propos de se permettre les atrocités des proconsuls du Comité de salut public ou des chefs de la Commune, s'ils avaient inventé le bateau à soupape pour noyer les femmes et les enfants, s'ils avaient incendié l'Hôtel-de-Ville et failli brûler le Louvre, nous qui sommes monarchistes eucore plus par raison que par goût, nous bifferions le beau nom de roi du dictionnaire français.

Et qu'on ne vienne pas ici, par des subterfuges

de langage, intervertir les rôles ; les duretés de la
loi, la rudesse des temps, l'arbitraire des subalternes ont pu compromettre de temps à autre le prestige royal ; nous ne venons excuser ni les dragon-
nades, ni les lettres de cachet, mais nous disons
que le massacre érigé en système de gouvernement
n'appartient pas à la monarchie.

Les sophistes de la Haute-Cour d'injustice oppo-
seront triomphalement la Terreur blanche à la
Terreur rouge ; ce sont là des artifices de polémique dont il serait temps de purger la discussion ;
on ne compare pas des quantités dissemblables, et
surtout quand il s'agit de sang répandu, on n'as-
simile pas un lac à un océan ; il est juste d'ajouter
que le pouvoir, en 93, stimulait ces débauches de
cruautés, tandis qu'en 1815 c'était malgré l'autorité gouvernementale que se produisirent de dé-
plorables représailles ; mais cherchez bien dans
l'histoire, remontez jusqu'aux époques barbares,
vous ne trouverez pas, même dans la race méro-
vingienne, un monarque qui vaille en férocité savante un Joseph Lebon ou un Félix Pyat ; il était
réservé à la fin du plus doux et du plus poli des
siècles de réhabiliter le plus sauvage des Chil-
péric. Les *peuples fainéants* sont autrement terribles que les *rois fainéants*.

5

III

C'est le privilége de l idée républicaine de ne pas
être souillée ou affaiblie, dans l'esprit des conducteurs de société, par les excès épouvantables ou
par les persécutions monstrueuses qui tueraient net
l'idée monarchique ; c'est précisément cette choquante iniquité que je veux signaler ; je réclame,
une fois de plus, l'égalité devant la loi : il est incroyable qu'on ne passe pas un tort à telle forme
de gouvernement, lorsque pour telle autre on ne
compte même pas les forfaits : que dis-je ! la Monarchie est condamnée à s'humilier devant les
grandeurs qui sont son ouvrage, et la République
se dresse plus fièrement sur les ruines qu'elle a
faites ; il paraît que restaurer Notre-Dame de Paris
est moins méritoire que d'y mettre le feu ; M. Nisard est absolument un grand coupable, mais il
n'avait jamais poussé si avant le funeste effet des
deux morales.

Il faudrait pourtant faire la proportion un peu
moins déraisonnable entre la paille et la poutre.

Cromwell entre tout botté au Parlement, comme
Louis XIV, déclare aux représentants du pays qu'ils

lui déplaisent, les chasse ignominieusement, et met la clef de la salle dans sa poche.

C'est une illégalité sans portée; Cromwell était censé agir au compte de la République; il avait le droit d'écraser du pied la souveraineté nationale; personne n'en veut à Cromwell.

Le 18 brumaire, Bonaparte, dans une situation qui ne manquait pas d'analogie, car l'anarchie et l'impuissance étaient du côté du pouvoir légal, entre avec ses grenadiers dans l'Orangerie de Saint-Cloud et disperse les Cinq-Cents; c'est un attentat que sa gloire et que son génie ne lui feront jamais pardonner; il fallait plutôt laisser la France se ronger dans son néant que de lui rendre sa force créatrice; la jeune école enseigne l'exécration du 18 brumaire.

Cela serait magnifique si elle enseignait aussi l'exécration du 1er prairial, cette lugubre journée où la Convention fut violée pour la seconde fois, et où la tête de Féraud, mise au bout d'une pique, fut promenée sous les regards de Boissy-d'Anglas; la populace de Prairial n'était pas, ce me semble, plus dans son droit que les grenadiers de Brumaire, mais la jeune école au lieu de la condamner la glorifie; ce fut pour elle le dernier soupir de la Révolution; et la liberté disparut avec Romme et Soubrany.

Je touche ici à une question brûlante encore, mais qu'on me pardonnera de traiter en parfaite indépendance de jugement ; j'ai assisté comme tout le monde aux protestations contre le 2 Décembre qui ont surtout surgi douze ou quinze ans après et qui prenaient ainsi un caractère singulièrement artificiel.

Je l'avoue, j'aurais été plus touché de ces indignations patriotiques, si la plupart de leurs auteurs n'avaient pas acclamé un autre coup d'État moins justifié par ses suites, la révolution de février ; quoi ! deux ou trois cents émeutiers de profession accomplissent un acte méritoire en balayant une Chambre législative, et un chef d'État qui n'en fait pas plus qu'eux serait voué éternellement à l'ignominie ; le balai a donc aussi deux morales ! quand le manche est tenu par la populace, il est un instrument sacré ; quand il est tenu par un prince, il devient un ustensile de l'enfer !

Vous calomniez, disait-on, cette modeste jeunesse qui a soif de justice et de vérité. A ses yeux, la tache de sang de Décembre était ineffaçable ; la dynastie impériale ressemblait à lady Macbeth, jamais elle ne serait parvenue à faire disparaître de sa main ce sinistre vestige ; que fait au 18 mars l'immense parti de la Révolution ? il tire sur des hommes désarmés, tue des vieillards et des enfants, assassine des généraux, fusille des otages, et pour

aboutir à quoi ? à l'incendie de Paris ! Pourtant,
que César n'ait qu'une tête ou qu'il en ait dix mille,
n'est-ce pas toujours le césarisme ?

Toute l'éloquence de M. Gambetta n'arrivera pas
à me persuader que le premier prix de *coupe-jarret*,
puisque c'est le terme dont il croit devoir se servir, n'appartienne pas aux hommes du 18 mars.

Si encore contre ce souvenir maudit on voyait
naître ces superbes réquisitoires qu'on prodigue
contre le 2 décembre ; mais au contraire, on a des
euphémismes charmants pour désigner ces forfaits
hideux : on appelle ces tyrans de la rue les défenseurs des droits de Paris ; on les plaint, on les excuse, on prophétise leur retour. Allons ! allons !
les 2 décembre ne sont condamnables que quand
ils sont faits par un président ; quand c'est le Comité central qui s'en charge, le sang versé change
de nature ; là où Bonaparte serait coupable, Ver-
mesch est assuré d'être innocent ; le triangle révolutionnaire égale bien plus de deux droits !

Peut-être un jour en arrivera-t-on à cette pré-
caution à deux fins : on installera la représentation
nationale dans une forteresse hérissée de canons
et facile à défendre avec un régiment. Les citadelles morales ne sont pas moins importantes que les
citadelles matérielles.

Ce n'est pas seulement dans ces grandes ques-

tions que les deux morales ont fait des ravages ;
l'art et les lettres ont eu également à souffrir de
ces préférences et de ces ostracismes ; car la Révolution est une marâtre ou une mère-gâteau ; on a
vu des poëtes à la rime austère déclamer contre le
dandysme corrupteur d'Alfred de Musset ; ils devaient plus tard être les chantres de la plate bestialité et remplacer Ninette ou Ninon par la fille
Suétens ; celui-ci, qui trouvait des notes si suaves
sur la *senteur des bois*, se montre plus altéré de
sang qu'un tigre qui aurait fait le carême; cet autre qui trouve Feuillet immoral, donnerait volontiers un pendant à *Justine*. Sous un prince, un
peintre ne peut pas, sous peine d'être regardé
comme un plat valet, reproduire une scène de ré-
ception officielle; allez à côté, vous verrez qu'un
autre peintre peut sans se compromettre emprun-
ter, pour charmer un grand seigneur turc, ses sujets au musée Dupuytren ; toute la différence d'appréciation est dans leurs opinions; partisan de la
colonne, un artiste n'a droit à aucune considéra-
tion ; ennemi de la colonne, il est garanti contre
toute déconsidération.

Pour peu qu'on sût regarder, on n'épuiserait jamais un sujet si triste et si fécond; les deux morales flattent trop les haines et les passions, pour
qu'on renonce à l'emploi de cette arme à double

tranchant ; la Raison en France est aussi malade que la Foi ; j'ai cherché simplement à diminuer le nombre des dupes de la plus répugnante des comédies ; cela n'empêchera pas demain beaucoup de passants de demander le chemin des deux morales.

LA HUAILLE

I

Dans son *Tableau de Paris sous la Révolution*, Mercier, un honnête homme qui avait des audaces de style comme des audaces de conduite, car, tout républicain qu'il était, il vota contre le parricide de Louis XVI, — Mercier inventa une expression sublime pour désigner la populace qui vocifère, ricane et se livre à d'immondes quolibets au passage de tout ce qui est noble et auguste ; le mot : la *canaille* aurait peint d'une façon insignifiante le dégoût d'un spectateur éclairé : Mercier appelait cela la *huaille*.

La *huaille* est restée une des institutions qu'on a *données* à la France, comme on dit : *donner* des soufflets.

Vous l'avez retrouvée, cette sinistre farceuse, dans ces chansons qui font vomir, dans ces caricatures qui salissent les murailles, dans cette bacchanale d'abjections qui fête toutes les révolutions

nouvelles; la *Huaille* de 1871 n'a rien à envier à
sa sœur de 93; ce sont les dignes filles du *Père
Duchêne*, des gaillardes à la voix ignoblement enrouée, féroces comme un bagne, hideuses comme
des femelles de gorilles, soûles de vin blanc et de
cris, et qui veulent, suivant l'expression d'un poëte,
— mais alors il n'était pas académicien, — *qu'on
les embrasse avec des bras rouges de sang.*

C'est que la Liberté n'est pas une comtesse !

Il n'y avait pas besoin de le dire, cela sautait
aux yeux. Comtesse! mais ce n'est pas même une plébéienne; je ne ferai pas au peuple l'injure de le
croire représenté dans ses vrais instincts par cette
brute affreusement débraillée, coiffée d'un bonnet
phrygien malpropre qui se relève sur ses cheveux
en désordre, l'œil menaçant, la bouche crachant la
haine et le sein nu, comme si elle offrait le lait de
la révolution aux gavroches en bas-âge.

La poésie a ses licences superbes; mais je l'honore davantage quand elle est, suivant la belle expression de Lamartine, la raison chantée : pourquoi la Liberté ne deviendrait-elle pas une simple
femme d'une élégance digne et sévère; quand
même elle serait un peu titrée, où serait le grand
mal? Sans doute, la découverte de l'égalité est
plus glorieuse que la découverte de l'Amérique;

mais, dussé-je être excommunié par tous les pontifes de la démagogie, j'oserai avancer ce paradoxe :
il y a des comtesses qui valent bien les tricoteuses
de la guillotine.

Comme ces extraits presque délicats en comparaison, et qu'on obtient des matières les plus grossières, la *Huaille*, tout en changeant de nom, a
beaucoup fourni à l'industrie littéraire et artistique;
elle contente si bien et à si bon marché l'immense
besoin de parodie qui nous dévore! Nous paraissons si heureux quand le dessin trivialise, quand
la plume ravale : rendre l'idéal ridicule, quel triomphe! Antiquité, moyen âge, monde moderne, vous
n'avez pas un héros ou une héroïne que ce procédé économique n'arrive à traîner dans la boue de
Paris, cette boue qui est devenue pour tant de gens
plus précieuse que le marbre de Paros ; je voudrais
bien voir qu'on laissât debout une de ces grandes
figures qui confisquaient l'admiration à leur profit.
Peignez-moi donc hardiment Achille se soignant le
talon avec de l'eau sédative ; Godefroid de Bouillon
faisant *des yeux* à une soupière remplie de son nom,
et Louis XIV sur sa chaise percée : l'avenir est là.
Le temps du solennel est passé, l'ère du *rigolo*,
si brillamment inaugurée pendant ces dix dernières
années, n'entend rien rabattre de ses exigences,
malgré les tristesses publiques, et vous verrez qu'on

sera un jour obligé d'établir des cours de *rigolo-métrie*. Cette servile inféodation à ce qui chatouille la rate n'est pas nouvelle en France ; qu'est-ce que la *Pucelle* de Voltaire? de l'essence de *Huaille*. Seulement aujourd'hui le vice honteux manifeste l'ambition de prendre le pas sur la vertu élégante. A la porte l'*Énéide* véritable! il n'y a plus de tendresse que pour l'*Énéide travestie*.

Ah! que la France carnavalesque aurait donc raison de choisir le mardi-gras pour l'anniversaire de sa naissance! comme ce jour ignoble est l'incarnation du Paris qui gronde et qui grouille, au mépris de tout ce qu'il renferme d'âmes fières et d'intelligences exquises! Qu'est-ce que la civilisation contemporaine pour le faubourg Montmartre, ce faubourg dominateur? une immonde *chie-en-lit* tempérée par des coups de canon. Mais revenons aux produits modernes ; quelle est, à notre époque, l'étiquette commerciale de cet élixir de Huaille ?

II

Dût-on tremper un instant ses lèvres dans la *langue verte*, cette absinthe intellectuelle, il faut bien l'appeler par son petit nom, ce grand corrosif dont Paris a fait si longtemps ses délices : *la blague*. La *blague*, mot méprisant et sans gêne, qu'un prédicateur célèbre osa prononcer en pleine chaire un jour où il dénonçait les lèpres sociales. Hélas! il y a vingt ans de cette audace qui aujourd'hui paraîtrait une timidité, et la *blague*, cette maladie honteuse de l'esprit, étale ses ravages avec l'orgueil du succès; on ne la siffle jamais, elle qui siffle tout, la dignité, la sainteté et l'honneur; elle est un défi perpétuel à tout ce qui est respectable; on ne le relève jamais : il est si doux d'être souffleté par ce gant sale, et le procédé est si bien à la portée des plus débiles ! il prête si aisément une sorte d'air spirituel aux jocrisses des ruisseaux ! J'ai vu applaudir avec enthousiasme cette drôlerie qui eut donné froid dans le dos à un galérien : « *On s'apitoie toujours sur le sort de Marie-Antoinette ; elle serait devenue vieille et laide, l'échafaud lui a fait une réclame!* »

Il y a quelques années, lors des premières luttes de la cour de Rome et du Piémont, un homme, qui jusque-là n'avait pas manqué d'esprit, impatienté de voir tant d'attention détournée des opérettes, murmura avec une gravité pleine de charme :

« *Le saint-père devrait jouer sa couronne au bézigue avec Victor Emmanuel !* »

Et voilà la grande question de la papauté réglée comme une *consommation*.

Mais, répondront les sages, il y a seulement

dans ce propos de quoi hausser les épaules ; détrom-
pez-vous, cette tactique de baliverne, cet art de
berner ce qui est vénérable, trouve des oreilles con-
plaisantes dans des milieux où l'on serait tenu au
moins d'avoir un peu plus de goût ; la *blague* a
son Église, et ses fidèles, qui ne sont sérieux qu'en
affaires, donneraient une province du commencement pour un *mot de la fin*.

III

C'est sous l'indulgente monarchie de Juillet que
que nous l'avons vue renaître, cette puissance à la
fois triviale et redoutable dont ne se défient pas assez les gens qui se croient graves ; en France, il y a
vingt guêpes pour dix abeilles, et l'on se trompe
sur l'aiguillon ; la *Blague* annonçait déjà des dispositions à l'insolence, mais elle ne prenait pas encore le haut du pavé ; une certaine hiérarchie intellectuelle régnait encore dans cette époque élégante
et modeste ; le poëte comptait plus que le faiseur de
quolibets. Un beau livre remuait le public plus
qu'une parade effrontée ; l'esprit avait gardé sa qualité : le petit journal, qui a sa grâce, ne prétendait
pas régenter le monde, et le Café de Paris, ce rendez-vous des gourmets de la causerie et de la table,
possédait plus d'influence que n'en a eue en ces

temps-ci le café de Madrid, de sinistre mémoire.
Et cependant, çà et là perçaient des vélléités mal-
saines inconnues sous la Restauration : la polémique se laissait entraîner à des abus de plates personnalités: Armand Marrast lui-même, le dernier
marquis de la démocratie, ne rougissait pas de déri-
der la galerie en flétrissant de la façon suivante
un orateur de la *droite*, — car déjà il fallait être
de la *gauche* pour faire son chemin dans ce monde.
« L'honorable M. Carbonnel (de Roubaix) tire de
sa poche un énorme mouchoir à carreaux et se
mouche bruyamment. »

O Marrast, vous si charmant et si fin quand vous
ne comptiez plus avec vos amis, j'interpelle votre
ombre ; qu'est-ce que cela fait à une cause que
l'orateur exhibe un mouchoir à carreaux, et en
quoi l'action de se moucher diminuerait-elle Mirabeau lui-même ?

Je saisis bien le secret de cette agréable façon
de présenter les hommes et les choses ; vous aviez,
vous, intelligence généreuse, entendu dire que le
ridicule tue, et vous vous serviez de cette arme
prohibée.

Aussi le *ridicule,* cet exécuteur des basses œuvres,
a-t-il fait tout ce qu'il a pu pour avoir son cimetière ;
sur tout ce qu'on respectait, sur tout ce qu'on aimait:
Idéal, Justice, Civilisation, on pourrait écrire :

Ci-gît, et l'on ne vous permet même plus de prier pour les trépassés.

Jusqu'à Proudhon lui-même, le hautain pédant de la critique sociale, qui à son heure sacrifia à la *blague*. Savez-vous comment l'auteur des *Confessions d'un révolutionnaire* s'y prit pour tourner en dérision la candidature de Louis-Bonaparte, en décembre 1848? « Parce qu'il a eu, dit-il, un *oncle mort aux îles*... »

Napoléon Ier, le génie le plus éclatant qu'on ait vu depuis César, « *un oncle mort aux îles.* » Pourquoi pas dans les bras de la veuve Amphoux?

O Franc-Comtois de génie — le génie de la démolition — vous fîtes cette fois-là une fausse manœuvre; on peut faire rire d'un épagneul à la queue duquel on suspend de la batterie de cuisine, mais, malgré la bonne volonté des rieurs, on n'attache pas de casserole à la queue d'un lion !

VI

De nos jours la blague était devenue (je dis *était*, car je veux espérer que la France n'est pas incurable) un fléau plus destructeur que les sauterelles d'Égypte : religion, famille, patrie, rien de ce qu'on doit vénérer ne se trouvait à l'abri des insectes de la drôlerie. Quel effet on produisait sur

la jeunesse en appelant Jésus-Christ *un jeune
homme distingué!* Un avocat repenti s'excusait
dernièrement d'avoir répété lui-même cette définition sacrilége : « *La patrie est un poteau gardé
par un douanier.* » Comme les bons parents s'épa-
nouissaient quand on répondait gentiment à son
père qui essayait de vous faire de la morale :
« *Tais-toi donc, vieux rameneur!* » car il fallait
toujours qu'un peu d'argot se mêlât à la langue
courante. Parler français n'était pas assez ; il fallait
parler bellevillois.

Les vrais Parisiens, toujours disposés à appeler
chambellans du passé les imprudents qui ne flattent
pas assez le présent, nous interrompront ici avec
quelque dédain :

« C'est à l'esprit gaulois lui-même que vous faites
le procès, nous diront-ils. Vous demandez à la
France du dix-neuvième siècle d'être moins caus-
tique que la France du moyen-âge ; nous sommes
nés rieurs, sauf Robespierre, qui était un pince-
sans-rire. »

Nous ne croyons pas si facilement aux synonymes ; entre l'esprit gaulois, cette saveur franche,
naturelle et un peu verte, comme une pomme où
les gamins aiment à mordre, et la *blague,* ce produit factice, acidulé, et qui sent la décomposition,
il y a l'épaisseur de cinquante barricades, il y a la

différence de la flamme légère et parfumée du feu
de bois à la flamme lourde et fétide du pétrole ;
certainement les *Fabliaux* et la *Farce de maître
Pathelin* indiquent une nation pour qui l'*esbattement*
intellectuel est un impérieux besoin. Sans doute le
XVIIIe siècle a inventé le persiflage dont Voltaire et
Beaumarchais firent une arme si terrible, mais quel
fils, au temps de la *Pucelle* ou du *Mariage de Figaro*, aurait osé manquer de respect à son père ?
Au théâtre même, on ne connaissait que Don Juan
assez impie pour répondre à l'auteur de ses jours
qui le sermonnait debout : « Monsieur, vous se-
rieux mieux si vous parliez assis. » Dans les plus
infimes faubourgs de Paris, le dernier polisson ne
se serait jamais permis de railler même son oncle
chauve en l'appelant : « *Vieux rameneur.* »

La blague n'est pas le rire, elle est le ricane-
ment.

Enfin, différence profonde et à l'honneur de nos
prédécesseurs, ils avaient au moins le tact de ne
pas donner le pas à la grosse facétie sur la plaisanterie fine et délicate. — De nos jours, Rochefort eût
éclipsé le prince de Ligne, qui assurément n'a pas
l'honneur d'être connu de lui ; tout était à sa place
dans l'ancienne société, les tréteaux ne l'empor-
taient pas sur le salon ; on chantait peut-être bien
avant Béranger : « *Vive la gaudriole, ô gué !* » mais

une pièce de vers latins vous attirait plus de gloire
que : « *La canaille, moi j'en suis,* » que chante fièrement la populace moderne. « La canaille, je n'en suis
pas, » auraient dit plus fièrement encore leurs
ancêtres, qui allaient applaudir Lekain et Clairon.

Surtout les gens du passé avaient l'immense bon
sens de ne pas donner une portée philosophique
aux hoquets du cabaret.

Je ne veux pas reprocher trop sévèrement à mon
époque cette baroque orgie de trivialisations dont
elle nous a abreuvés, quoique personnellement j'aie
toujours été assez froid pour ces descentes de la Courtille intellectuelle ; la musique d'ailleurs leur mérite des circonstances atténuantes, mais ce que je
ne pardonne pas à nos jeunes contemporains, c'est
l'amère bêtise avec laquelle ils ont traité ce sous-
genre de divertissement.

S'ils avaient demandé à ces offenbacchanales ce
qu'elles comportaient, s'ils avaient traité légèrement des choses légères, j'aurais excusé l'entraî-
nement de l'âge et du plaisir ; mais, contre-sens
bizarre, c'est avec une gravité réelle qu'ils ont
écouté ces folies ; ils se sont constitués, sur un
divan de café, les Doctrinaires de la Farce. Ils ont
mis un sang-froid raisonneur et réfléchi à étudier et à commenter chaque parade nouvelle ; les
vieux amateurs de tragédie montraient moins

de constance et de piété. *Orphée aux enfers* leur révéla que l'Olympe n'était qu'un *caboulot* sidéral; la *Belle-Hélène* les conduisit à déclarer que les héros d'Homère étaient de simples polissons; dans la *Grande-Duchesse*, ils découvrirent une satire en règle contre l'art de la guerre, et après la première représentation, un de nos écrivains, qui passe pour avoir le plus de bon sens, imprima sérieusement au temps où vivent de Moltke et le prince Frédéric-Charles :

« Quant on a entendu le général Boum, c'en est bien fini de la gloire de Napoléon Ier comme capitaine. »

Et toute la France crut, sur la parole de Dupuis et de Couderc, que le jeu de domino est au-dessus de la stratégie militaire !

O déesse de la Blague, toi qui fais un éternel pied de nez à toutes choses, le sabre prussien t'a bien dérangée dans ton geste favori; si l'on s'occupe, comme je l'espère, de la voirie morale, quand donc balayera-t-on tes autels ?

L'AVÉNEMENT DU PROLÉTARIAT

I·

Une des formules démagogiques qui manquent le moins leur effet sur les masses et que répètent le plus complaisamment les maîtres et les apprentis du socialisme est celle-ci :

« Il faut que le peuple fasse contre la bourgeoisie la révolution que la bourgeoisie fit autrefois contre la noblesse. En 89, le tiers-état a remplacé l'aristocratie, c'est maintenant au tour des prolétaires de remplacer le tiers-état. »

Au premier abord, ce *virement* offre à l'esprit quelque chose de plausible, et l'on croit découvrir dans cette théorie, qui généralise avec solennité le fameux : « *Ote-toi de là que je m'y mette !* » une apparence de gradation régulière.

Pourquoi la blouse ne supplanterait-elle pas l'habit comme l'habit a supplanté l'uniforme de cour ?

Pourquoi les simples roturiers ne deviendraient-ils pas des *ci-devant*, comme les comtes et les marquis? Si c'était de l'injustice, ce serait en tout cas de l'injustice distributive.

Examinons avec tout le respect qu'elle mérite cette utopie bellevilloise, car c'est de ce nouveau Mont Sinaï où l'Athéisme apparaît environné d'éclairs, que nous vient aujourd'hui la lumière; Belleville est l'Anti-Versailles par excellence; un citoyen qui ne perche pas sur ces hauteurs sacrées est bien près de passer pour un *rural*.

On nous pardonnera de sembler nous écarter un moment de la gravité que comporte cette question si stérile en profits sociaux, si féconde en calamités; l'odieux et le ridicule ont depuis une date terrible signé un si étroit traité d'alliance, que pour combattre ce double ennemi, il faut à la fois des armes sérieuses et des armes légères.

II

On ferait un volume avec les ravages qu'ont causés ces balles explosibles qu'on appelle les *mots fameux*, apocryphes ou authentiques. Ainsi, jamais Louis XIV, qui posséda à un si haut degré la majesté du bon sens, n'a prétendu qu'il fût la France à lui tout seul; cela n'a pas empêché la légende de: l'*État c'est moi*, de semer plus de graine de républicains qu'il n'en faudrait pour étouffer toutes les fleurs de lys. Lorsque Mirabeau, de sa voix tonnante, déclara que les représentants de la nation ne sortiraient que par la *force des baïonnettes*, ce qui, après tout, était médiocrement intrépide, il créa pour l'avenir le mot de passe de l'anarchie, le *« Vive la ligne !»* des insurrections et la belle manœuvre *de la crosse en l'air*.

Quelle phrase meurtrière que cette menace lancée au nom du droit divin de la Révolution : *Périssent les colonies plutôt qu'un principe*. Que d'insurgés sur les bancs de collége a faits cette sentence d'une si majestueuse stupidité, due aux efforts de l'abbé Prudhomme : *«L'histoire des rois est le martyrologe des peuples.»* Appelez-vous Charlemagne, saint Louis et Louis XII pour qu'on plante sur votre tombe de pareilles énormités !

Sieyès, cet éloquent taciturne qui ne fut pas un orateur, mais qui fut un oracle, a troublé les imaginations françaises avec cette définition conçue en termes plus modestes, mais qu'on a orgueilleusement résumée ainsi : *« Qu'est-ce que le tiers-état ? rien. Que doit-il être ? tout. »*

Historiquement, la proposition manquait de justesse : la bourgeoisie n'avait pas attendu le bon plaisir des événements pour être depuis longtemps en possession de l'influence qui lui revenait dans

les affaires du pays; depuis l'affranchissement des
communes, elle avait grandi côte à côte avec la noblesse, et la Royauté, cette grande égalitaire que les
faubourgs devraient remercier au lieu de la maudire, n'avait jamais cessé, pour tenir la balance
égale entre elle et une aristocratie jalouse, de favo-
riser l'avénement des classes moyennes; ainsi que
l'a observé si justement Augustin Thierry : « *L'élé-
vation du tiers-état est le fait dominant et comme
la loi de notre histoire.* »

La convocation des *Trois États de France* en 1302
marque une date précieuse; ce grand fait, dit
M. Henri Martin, était la reconnaissance officielle
de la bourgeoisie. Et malgré l'esprit féodal des
Valois, le progrès du tiers-état ne fut pas interrompu. Peu s'en fallut qu'aux États généraux de
1355, notre véritable première Assemblée nationale, la France n'eût aussi sa *grande charte*.
Partout les franchises municipales donnaient au
tiers-état l'expérience de la vie politique; faire
commencer à 1789 l'histoire de nos libertés suivant la méthode elliptique de l'école révolutionnaire,
c'est faire commencer la Seine à Rouen; on n'eût
pas, en 1788, prononcé avec tant de prestige le
nom d'*États généraux*, si le glorieux souvenir des
siècles passés n'avait pas exalté les espérances; nos
pères, moins injustes que nous, n'oubliaient pas

que c'était à l'assemblée des trois ordres, en 1439,
que revenait l'honneur de deux créations fondamentales : l'armée française et l'impôt fixe et permanent. Nous disions dernièrement que le mot République n'effrayait pas les générations qui avaient le
culte le plus sincère de l'idée royale ; écoutez, dans
cette assemblée de 1484, qui faillit organiser la représentation nationale régulière, un gentilhomme
bourguignon s'écrier que la République est la
chose du peuple (ce qui ne signifie point qu'elle soit
une forme essentielle de gouvernement).

Chaque nouvelle tenue d'Etats généraux voit
grandir l'influence du tiers-état ; son cahier de
remontrances à l'Assemblée de 1560 surpasse en
valeur politique les cahiers de la noblesse et du
clergé. Un de ces grands citoyens qu'on pourrait
appeler les Washington de la monarchie, le chan-
celier de l'Hôpital, s'inspira de cet admirable cahier
pour en faire une série d'ordonnances royales dont
beaucoup de dispositions existent encore dans nos
codes. En 1588, c'est le tiers-état qui joue le premier rôle dans la réunion des trois ordres. Jean Sa-
varon fut le Mirabeau des Etats généraux de 1614,
les derniers avant 89, dont les délibérations ne portèrent pas d'abord tous leurs fruits ; mais les grands ministres du 17e siècle devaient se charger de réaliser
les grandes idées de réforme émises par le tiers-état.

Plus tard, sous la royauté absolue, ce que les classes moyennes perdirent en influence politique, elles le regagnèrent en influence sociale ; c'est Saint-Simon qui a dit, avec cette magnifique insolence qui lui va si bien, que le règne de Louis XIV fut un règne de *vile bourgeoisie* : c'est l'avénement des petits salué par la colère d'un grand. Chaque étape du 18e siècle consacre cette marche ascensionnelle du tiers-état. Quand on vient dire, avec une opiniâtre ignorance, au simple bourgeois de 1872 que ne fascine pas la Révolution française : « Vous êtes un ingrat ; que seriez-vous sans cette grande transformation sociale ? vous seriez rossé tous les matins par quelque grand seigneur ! » on commet la bévue la plus choquante pour la dignité française. Non, nos aïeux, les simples marchands du 18e siècle, pas plus que les simples ouvriers, n'étaient sujets du bâton de personne ; il pouvait y avoir échange d'insolences entre la canaille dorée et la canaille sans lustre ; il y avait assurément des froissements de vanité entre la robe et l'épée, de même qu'entre les gens de qualité et les gens de quantité ; mais les différences d'étiquette et les exemptions d'impôts pour la noblesse représentaient les grandes inégalités sociales dont on a fait des épouvantails. Quand on vient attribuer l'explosion de 89 à l'accumulation des haines d'en bas

6

contre les iniquités d'en haut pendant quatorze siècles, et qu'on parle des prétendues souffrances de nos ancêtres, on fait le pendant à la *croix de ma mère* avec la *croix de mon père*, et l'on interne la muse de l'Histoire à l'Ambigu.

III

Socialement, Sieyès n'avait pas moins tort : en prétendant que le tiers-état devait être tout, il inaugurait cet ostracisme brutalement naïf qui fait aujourd'hui exclure la moitié de la nation par l'autre ; voyez, en effet, comme on a perverti les termes à l'égal des choses : en 1484, le mot *peuple* avait son acception normale ; il signifiait : l'universalité des citoyens ; aujourd'hui, il s'entend surtout de la classe ouvrière ; la *bourgeoisie*, dit M. Louis Blanc, se compose de ceux qui ont un capital ou des instruments de travail ; le *peuple* est l'ensemble des citoyens qui, n'ayant pas de capital, se trouvent dans la dépendance d'autrui.

Or, comme nous vivons sous le régime de la *souveraineté du peuple*, il s'ensuivrait que l'aristocratie et la bourgeoisie ne seraient comptées pour rien ; voilà à quoi exposent les termes mal définis ; et qu'on ne prétende pas que nous faisons ici du casuisme : dans la langue démocratique, le *peuple* veut dire seulement tous ceux qui ne portent pas un habit; malheur à celui qui est né dans un château ou dans une maison à lui ! il ne fait pas partie de la nation légale ; c'est le moyen âge retourné; on constituerait ainsi la *féodalité de la blouse.*

Eh bien, Sieyès tombe dans la même faute quand il attribuait à un seul ordre le droit à l'exercice de la souveraineté ; sa formule semble exclure les deux autres ; ce que les hommes veulent, ce n'est pas l'égalité, c'est l'inégalité à leur profit.

Puisqu'on est moins libéral en 1872 qu'en 1484, que la fraction des citoyens qui s'arroge le droit de représenter la souveraineté totale sache bien que la distinction entre le prolétariat et la bourgeoisie est une invention nouvelle ; ce que nos ancêtres appelaient le tiers-état concernait aussi bien le financier que l'artisan, le tenancier que le laboureur; on n'aurait jamais conçu à cette époque cette humiliante idée que le Capital ou l'absence de capital produit des êtres différents; à la fin du 15ᵉ siècle, les paysans sont appelés à prendre part dans les élections aux opérations du premier degré ; on voit que le suffrage universel dont nous avons seulement faussé l'application n'est pas une découverte moderne. « Il y eut alors, dit M. Henri Martin, un vrai tiers-état embrassant tout le corps du peuple ; le paysan est l'égal du bourgeois ; il est membre de l'État. »

Les *Droits de l'homme*, comme on le voit, florissaient déjà sous Charles VIII; mais ce que les autres siècles ne connurent jamais, c'est cette division sacrilége entre les enfants d'un même pays; il était réservé au prolétariat de ressusciter sur une bien autre échelle ce que la noblesse avait généreusement abandonné dans la nuit du 4 août : l'irréconciliabilité des castes.

IV

Maintenant, lorsque les entrepreneurs d'émeutes, — car l'ouvrier a deux patrons, l'un qui le fait vivre et l'autre qui le fait tuer, et ses tendresses sont pour celui qui lui persuade que le meilleur outil de travail c'est le fusil, — lorsque, dis-je, les grands constructeurs de barricades viennent jurer sur le drapeau rouge que le *Quart-État* doit remplacer le *Tiers-État* comme le *Tiers-État*, avait remplacé l'aristocratie, lorsqu'ils font sonner aux oreilles des conservateurs étourdis le glas de ce substantif lamentable et menaçant : *prolétariat*, pour l'opposer à ce mot suspect qui semble avoir fait son temps : *bourgeoisie*, ils s'aveuglent étrangement sur l'analogie des conditions pour cette nouvelle campagne d'occupation, et ils commettent une grosse flatterie qui est en même temps une grosse bévue.

La situation n'est plus la même ; je ne viens pas ici me placer à un point de vue égoïste ; les privilégiés de la seconde heure, atteints à leur tour après avoir dépouillé eux-mêmes les privilégiés de la première heure, cela ressemble au premier abord à la parabole du larron qui ne veut pas être volé ; mais, j'en suis très-fâché pour ce que cette philosophie du talion peut présenter de séduisant, la réalité ne se rend pas complice de ces chimères.

Quand, en 1789, le tiers-état, cette délégation d'un peuple tout entier, arriva à la vie politique, il y avait longtemps que par les lumières, par les positions acquises, par le crédit dans le pays, il marchait le pair des deux autres ordres ; les *cadets* de 1614 étaient devenus, sinon des frères du même lit, au moins des acquéreurs légitimes du droit d'aînesse ; d'ailleurs, la noblesse, caste fermée qu'il s'agissait d'ouvrir, représentait le Privilége pour une nation en qui s'éveillait la redoutable passion de l'égalité ; le tiers-état abattit des barrières qui gênaient le droit commun, et passa ; seulement, dans cette prise de possession d'un terrain indivis, il ne fit pas assez attention aux auxiliaires obscurs ; il venait d'enchaîner le Bon Plaisir, c'était fort

6.

glorieux; mais il venait aussi de déchaîner ce fléau humiliant avec lequel comptèrent par la suite tant de pouvoirs : la *populace;* la populace, cette expression corrompue de la grande famille plébéienne, cette sanglante caricature du peuple. Les journées des 5 et 6 octobre marquèrent l'avénement d'un quatrième Ordre que n'avait pas prévu la sagesse des trois autres, et qui devait les manger sans s'inquiéter des cahiers de bailliages; la *canaille*, la sainte canaille, car depuis elle a été canonisée!

Eh bien ! je le demande aux ouvriers eux-mêmes; est-ce que la bourgeoisie qu'ils veulent renverser est une caste fermée comme l'était la noblesse? Est-ce qu'elle représente, comme celle-ci la représentait jadis, la corporation du privilége? Est-ce que ses rangs ne sont pas ouverts à tous ceux qui daignent faire un effort pour monter? Qu'il y ait encore des malheureux qui restent en bas sans que ce soit de leur faute, nul ne le conteste, et le rachat du paupérisme a pour nous autant d'importance que la libération du territoire; il n'y a pas un homme intelligent qui ne fasse entrer en première ligne dans ses devoirs de cœur et d'esprit la solution de ce problème; mais enfin, il faut bien prendre un système de faits dans ses résultats généraux et non pas dans ses accidents. Qu'est-ce que la bourgeoisie? c'est le peuple arrivé. Qu'est-ce que le bourgeois d'aujourd'hui? l'ouvrier d'autrefois. Qu'est-ce que l'ouvrier d'aujourd'hui? le bourgeois de l'avenir.

Assurément, ces évolutions consolantes ne s'exécutent pas à la baguette, et il faut parfois le travail de plusieurs générations pour faire d'un plébéien un bourgeois; mais sa fabrication n'en est que meilleure, et ce serait le cas de répéter : « Le temps ne respecte que son propre ouvrage. » Les secousses violentes produisent les *parvenus*, cette engeance qui a plus de morgue que les ducs à tabouret. Il n'y a que la patiente élaboration des années qui détermine des promotions sincères dans l'ordre social. Les couches sociales ont des lois de formation nécessaires. La rage de notre époque est d'appliquer à toutes choses, aux réformes, aux œuvres, aux fortunes, le principe dérisoire de la génération spontanée.

La bourgeoisie actuelle est une vis sans fin, où le mouvement ascensionnel ne s'arrête jamais; mais encore ne faut-il pas sauter les spirales!

Savoir attendre est un mérite aussi indispensable en politique que dans la vie privée; le fils d'un marchand de verdure s'indigne *d'être au monde* et de *n'être pas du monde;* s'il faisait crédit à la société d'une vingtaine d'années, il verrait peut-être son propre héritier demandé dans les meilleurs salons pour conduire le cotillon; mais en conscience on ne peut exiger qu'un bourgeois qui donne une fête descende pour dire au futur bourgeois qui crie : *Pois verts ! pois verts au boisseau !* « Montez donc chez moi, ces dames vous attendent pour le premier quadrille. »

Ce que peut faire l'intelligence unie à l'esprit de conduite est incalculable ; néanmoins, toutes les vertus jointes à tous les talents de sa partie ne sauraient, d'un cent de bois à l'autre, à la fois enrichir et installer parmi les notables un simple scieur de long ; sauf les vocations exceptionnelles des gens de génie, les hommes en masse ne grandissent pas plus vite que les arbres ne grossissent ; le malheur de ce siècle pressé, c'est que les glands veulent être chênes du soir au lendemain, et chênes séculaires ! On prétend violenter la nature comme on violente la société ; qu'arrive-t-il ? c'est que l'élément plébéien annéantit en germe ce qu'il comportait de séve bourgeoise.

Si les démocraties étaient sages, le vrai principe qui devrait les guider serait celui-ci : Nous ne promettons pas à tous les hommes d'être les premiers ; l'*accession* ne nous regarde pas, nous ne garantissons que l'*accessibilité*.

Les ouvriers me répondront qu'il y a des opulences imméritées de même qu'il y a des indigences injustifiables, je le sais ; je sais aussi qu'il y a des

riches insolents comme il y a des pauvres insolents,
et qu'il n'appartient pas plus aux uns de tuer la
politesse qu'aux autres de tuer la charité. Je n'ignore
pas que la hiérarchie sociale n'est parfaite nulle
part, et que la justice définitive n'est pas dans la
main des hommes, quoique officiellement il n'y ait
plus de Dieu; mais je soutiens que ce sont surtout
les prolétaires qui, sans le savoir, contrarient l'avénement du prolétariat.

V

« Il n'y a plus de castes ! » s'écrient en chœur
toutes les écoles libérales. Nous ne demanderions pas
mieux que de sanctionner cette noble abolition,
mais précisément nous reprochons à beaucoup
d'ouvriers de faire de leur classe une caste plus difficile que n'était jadis la noblesse ; au lieu de se
rapprocher de la bourgeoisie de façon à se confondre avec elle, ils semblent prendre à tâche de s'en
éloigner systématiquement ; entre eux et la classe
moyenne, ils creusent de leurs propres mains un
fossé imaginaire ; ils ne frayent pas moralement
avec elle ; cette inégalité de conditions qu'entraîne
la force des choses, ils la décuplent comme s'ils
se donnaient à eux-mêmes des brevets de parias :
eux qui veulent s'élever, ils pouvaient monter, ils

préfèrent descendre ; ils sont quand ils veulent les
gens les plus ntelligents du monde, et, lorsqu'il
s agit de rapports sociaux, ils renouvellent contre
les plus modestes salons les *scies d'atelier*. Ils se
figurent, parce qu'ils portent le titre d'ouvrier,
qu'ils ne peuvent que bouder contre le reste de la
société. C'est là un excès de modestie qui touche à
l'orgueil.

Si l'ouvrier carrossier ne permet pas à l'homme
pour qui il a fait une voiture de monter dans cette
voiture, qu'on décrète alors que tous les citoyens
doivent aller à pied.

Si le canut ne permet pas à une femme de porter la robe de soie qu'il a tissée pour elle, qu'on
décrète la *laine obligatoire*, ce sera toujours un
levain de moins pour l'inimitié : mais, je le demande à tous deux, est-ce qu'il n'y a pas là une
contradiction puérile ?

Les ouvriers ont aujourd'hui plus de flatteurs
que n'en eurent jadis les princes, et l'encens des
imprimeries grise plus vivement que l'encens des
cours ; s'ils daignaient écouter quelqu'un qui n'entend être que de leurs amis, nous leur dirions, nous
qui comme eux vivons de notre travail :

Vous voulez compléter l'émancipation des classes
ouvrières, vous avez raison ; je ne parle pas de
ceux qui ont le dessein de résoudre le problème

par la violence : la barricade et le pétrole retardent plus qu'ils ne l'avancent l'heure de l'affranchissement ; la première, en dérangeant les pavés, empêche la circulation de la rue ; le second, en brûlant les édifices, laisse une ville à reconstruire : ce sont deux symboles significatifs. Si les ouvriers étaient persuadés comme nous que les révolutions compromettent plus qu'elles ne servent leur cause, s'ils avaient le courage d'attendre du progrès naturel des choses, des efforts de toutes les intelligences, de l'amélioration successive des rouages sociaux, des sentiments de concorde en réponse à des sentiments d'intérêt véritable, la transformation de leur état social, ils verraient que sans ruines, sans effusion de sang, sans pertes pour tout le monde, ils prépareraient l'avénement légitime du prolétariat.

Ce qui manque aux ouvriers français en général, ce sont les qualités de la classe moyenne, l'esprit de famille, l'esprit d'ordre, l'égalité de travail et l'amour du chez soi, tout ce qui sert, en un mot, à fonder l'indépendance, et que possèdent à un si haut point les ouvriers hollandais.

L'ouvrier français a plus que tout autre le dégoût de la vie intime et l'amour de la vie extérieure; le café joue pour lui un plus grand rôle que son propre logis ; il ne sait pas se plaire chez lui comme l'employé ou le commerçant, dont il n'a pas non plus les habitudes de sobriété et d'épargne ; il a toujours les yeux fixés sur les fils de famille qui mènent la vie à grandes guides, mais il oublie de regarder les braves gens qui savent s'imposer des privations pour élever leurs enfants et assurer l'avenir. L'avenir, c'est un mot qui a une valeur pour le bourgeois et qui n'en a aucune pour les ouvriers ; ils vivent au jour le jour et se plaignent de l'incertitude du lendemain.

S'ils le voulaient, cependant, la maison ne serait pas si triste et le marchand de vin leur paraîtrait moins séduisant ! Je ne parle pas ici des salaires insuffisants qui découragent les meilleures résolutions de réformes ; mais que de miracles peut accomplir un petit ménage où entre une paye régulière de 3 à 400 francs par mois ! J'ai vu des bourgeois, avec 6,000 livres de rente, avoir presque un train de maison, recevoir des amis, paraître luxueux ; quelle concurrence pourraient leur faire les ouvriers qui auraient conscience de leur véritable intérêt ?

Qui empêche la plupart d'entre eux de prendre part aux jouissances générales ? Est-ce que les chefs-d'œuvre n'existent que pour les bourgeois ? Est-ce que chacun de nous ne doit pas chaque jour s'instruire, nourrir l'esprit comme le corps ? Lire un beau livre, par exemple, n'est-il pas une volupté plus grande

que d'avaler une tournée de vin blanc? Ce qu'on
ferait d'intérieurs coquets avec les chopes qu'on
boit inutilement dans toutes les brasseries ! Qu'est-ce
que nous demandons aux ouvriers? ce qu'ils dési-
rent eux-mêmes, d'apprendre le métier de bourgeois.

Mais, je le répète, que les cinq cents propres à
rien de la haute ne soient pas l'excuse perpétuelle
des fainéantises et des dévergondages d'en bas ; que
les ouvriers tournent leur attention du côté de la
vraie majorité sociale, ceux qui travaillent, et que
pour premier pas fait vers la conquête des idées justes, ils abolissent l'inégalité choquante entre le labeur intellectuel et le labeur matériel ; qu'ils veulent bien reconnaître qu'un historien, par exemple,
est tout autant un travailleur qu'un simple casseur
de pierres.

Il n'y aurait pas besoin de fraternité, ce vieux
mot tout neuf tant il a peu servi, il suffirait de l'intérêt bien entendu pour opérer la réconciliation
de toutes les classes ; le prolétariat est la dupe de
meneurs qui ne se sont jamais souciés de lui.

Une société régulière ressemble au fleuve qui
traverse une grande ville ; à la surface flotte une
écume qui n'altère pas la limpidité des eaux; mais
au-dessous repose une vase profonde qui, remuée
imprudemment, peut troubler la masse tout entière. Cette écume, c'est l'élément de corruption

7

qui se forme au-dessus des civilisations, mais qui n'est pas contagieux. La vase, c'est cet immense rebut qui, à chaque agitation, empoisonne la sécurité des honnêtes gens et altère aussi profondément l'ordre que la vase altère la transparence ; peut-être, un jour, passera-t-il par le cerveau de nos législateurs cette idée si simple : ne plus laisser une capitale devenir le paradis des professeurs d'émeute et des repris de justice, et curer une société comme on cure un fleuve.

LA FORCE BRUTALE DES IDÉES

I

Il était de mode autrefois, — cette élégance pourrait bien revenir avec le bonnet phrygien, car chez
nous le droit à la révolte ne se prescrit jamais, —
il était de mode, dans le grand parti des despotes
en chambre qui, en France, est censé incarner la
Liberté, de s'indigner contre *la force brutale des
baïonnettes*. Mirabeau, cet Éole politique qui déchaîna sur ce malheureux pays les vents révolutionnaires, tout en se flattant vainement de pouvoir
refermer à temps l'outre fatale, Mirabeau, le premier et le plus sublime des Rabagas, fit la fortune
de cette locution destinée à flétrir l'élément militaire osant s'attaquer à l'élément civil; des baïonnettes menaçant les délibérations de la pensée,
quel crime de lèse-nation! Mais quelques années
plus tard, quand ce furent les piques des sections qui
vinrent larder les législateurs, quelle vertu! la vertu
du peuple! On vit bien que toute la question était

dans l'uniforme ; un garde-française ne pouvait
représenter que la violence ; un sans-culotte, même
en colère, qu'est-ce ? un agneau forcé de montrer
les dents.

O morale démocratique, voilà de tes coups !

Eh bien ! il y a une tyrannie plus infamante et
plus inique que la *force brutale des baïonnettes*,
c'est la *force brutale des idées*, et contre cette
usurpation qui est un 2 décembre intellectuel, la
fierté française ne songe même pas à se révolter ; la
force brutale des idées trouve des prêtres dans les
sceptiques et des courtisans dans les Spartacus !

La France éclairée nous fait en ce moment l'effet
d'un homme qui demanderait à ses extrémités inférieures : « Qu'ai-je le droit de penser ? » Les pieds
dictant des lois au cerveau ! nous ne nous attendions pas à ce renversement de la physiologie.

Autrefois, on admettait provisoirement que la
tête d'une nation devait faire l'opinion du reste ; le
principe définitif est que l'élite doit recevoir désor-
mais de la masse la nourriture spirituelle. Vous
vous rappelez cette charmante gravure du dix-
huitième siècle : dans un élégant salon où se tient
un conseil de femmes, on déroule un nouveau papier d'appartement, et la maîtresse de la maison,
sans doute, s'adressant à un petit collet aimable et
bien tourné, demande : « Qu'en dit l'abbé ? »

Aujourd'hui, quand on déroule devant une assistance choisie un plan de gouvernement ou un plan de campagne, une voix de grand seigneur se fait entendre et demande timidement : « Qu'en disent les cabarets? »

Ainsi, — on me permettra bien, pour ma part, de bénéficier du pacte de Bordeaux, je n'entends préjuger aucune question, — qu'on combatte la royauté qui a fait la grandeur de la France, et qu'on patronne la République qui pour nous est vierge de bienfaits, soit. Le Triangle est un symbole qui, philosophiquement, peut se défendre comme la Couronne. Mais quand vous entendez le peuple des campagnes répéter ce refrain stupide : *le rétablissement de la monarchie, ce serait le retour de la dîme et des droits féodaux*, et que, loin de repousser cette arme déloyale, vous vous associez à la plus inepte des calomnies, je demande si jamais un César a rencontré un exemple de soumission plus bestiale.

Il n'y a pas un républicain un peu digne de ce nom qui ne sache très-bien que M. le comte de Chambord ne représente pas le moins du monde la reprise de l'ancien régime; comment l'un d'eux ne monte-t-il pas à la tribune et ne déclare-t-il pas que la République n'a pas besoin de ces misérables équivoques pour être défendue? A cela on vous répond : « On ne lutte pas contre les sentiments collectifs ; que voulez-vous faire contre trois millions de paysans décidés à croire que le petit-fils de Henri IV les emploierait à battre l'eau des fossés pour faire taire les grenouilles ? »

C'est justement de cette étrange résignation que je me plains ; courber le cou sous le joug de ces préjugés féroces nous paraît, pour des hommes libres, le maximum de la servilité.

Le parti républicain pense-t-il qu'il ne s'honorerait pas en désavouant publiquement ces ignominieuses légendes, en refusant pour le gain de cause l'avantage de ces arguments qui ont la valeur des cartes biseautées, et ne serait-ce pas le cas de dire à des Français qui redoutent de passer pour des Grecs : « *Timeo Danaos et dona ferentes ?* »

II

Les Talleyrands de la démocratie répliquent avec un sourire qui eût indisposé Machiavel : « On ne fait pas de la politique avec de la vérité ; la mauvaise foi est l'âme des partis comme elle est l'âme de la discussion. » Tout d'abord nous n'acceptons pas cette théorie un peu dégradante que nous ne voyons pas mettre en pratique chez les peuples qui se respectent. La déloyauté élevée à la dignité d'un dogme ou considérée comme un mal nécessaire, c'est là une conception chimérique que repousse la réalité en Angleterre, en Russie, en Prusse même, et par une raison bien simple, c'est que, dans ces trois pays, le premier objectif de chaque citoyen n'est pas son intérêt personnel, mais l'intérêt de la patrie; des fils qui ont le respect de leur mère ne peuvent jamais être de bien mauvais frères. Les misérables passions existent bien au delà du détroit comme ailleurs, seulement on ne leur cède pas le haut du pavé; le czar est vénéré dans toute l'étendue de son empire; le vieux Guillaume de Prusse, — qu'on prétend repentant d'avoir manqué à son devoir royal en laissant incendier Paris par la Révolution, — n'est pas considéré sottement par ses sujets comme leur premier ennemi; on a vu tout récemment, à propos de la maladie du prince de Galles, quelle a été l'attitude de l'Angleterre.

J'ajoute que si par hasard ces États monarchiques versaient dans la République, cette chute se ferait sans ces déchaînements de boue qui chez nous accompagnent le renversement des trônes. Il y aura bientôt deux siècles et demi, après une admirable patience qui nous a toujours fait défaut, car nous permettons tous les torts à la Révolution et nous ne passons pas la plus légère peccadille à un souverain, l'Angleterre commit la faute, éter-

nellement regrettée depuis par ce pays de tradition, de donner un funeste exemple au monde en
dressant l'échafaud des rois ; on sait avec quelle
grandeur humiliante pour ses assassins mourut
Charles Iᵉʳ, mais enfin son supplice garda quelque
noblesse et la société anglaise ne fut pas, comme la
société française, ignominieusement livrée au bourreau. Entre Cromwell, cette puissante intelligence
avec laquelle l'Europe compta, et Robespierre, cet
huissier de la mort qui d'une voix glapissante semblait crier : « Bas les têtes, citoyens ! » comme ses
confrères ordinaires crient : « Messieurs, chapeau
bas ! » il y a la distance d'un homme d'État à un
simple exécuteur des hautes œuvres.

Sans doute ce fléau, qui a l'arrogance de se
croire un bienfait et qu'on appelle l'esprit révolutionnaire, travaille à désorganiser à la française
ces peuples plus sages attachés à leurs vieilles institutions ; dans cette immense caserne qu'on appelle
Berlin, comme dans ce comptoir grandiose qu'on
appelle Londres, il y a des tailleurs mécontents de
la terre qui conspirent avec des philosophes mécontents du ciel, et la perspective Newski elle-même
voit passer de ces rêveurs sinistres près desquels
les Caligula feraient l'effet de membres du centre
gauche ; mais le mal est localisé, il n'atteint pas
les organes essentiels du corps national ; même

l'ouvrier, cette chair à canon de l'émeute, car les ambitieux populaires sont autrement égoïstes que les dynasties, même l'ouvrier est réfractaire à ces furies de renversement brutal que caresse chez nous une bourgeoisie démagogique vingt fois plus coupable que le peuple proprement dit, car la blouse n'est que l'agent inconscient de l'habit noir.

Eh bien ! qu'est-ce qui, dans ces sociétés pourtant plus rudes que la nôtre, retient les passions mauvaises et désarme les bras ? C'est le sentiment de la patrie élevé à la hauteur d'un sentiment de famille. Un Anglais misérable au milieu de tant de richesses, c'est encore d'Angleterre. On se souvient de ce trait touchant raconté par Mérimée : C'était le jour de l'ouverture du parlement; les carrosses défilaient emmenant à Westminster les membres de la Chambre haute ; un pauvre diable en guenilles regardait ce cortége aristocratique qui, chez nous, provoquerait ces niaises railleries si soigneusement ramassées par les penseurs ; et le même homme qui, chez nous, eût eu un mouvement de colère haineuse, dit avec un accent de fierté qui contrastait avec ses haillons : « Voilà nos vieux lords qui passent ! » Croyez-nous, illustre Gavroche, et vous, sublime prolétaire, un peuple est plus libre quand il trouve de ces tendresses-là que quand il crie : « Les aristocrates à la lanterne ! » La fameuse

7.

réponse de l'abbé Maury était prophétique. Hélas !
on n'en a pas vu plus clair !...

Il est douloureux, aujourd'hui, de faire l'éloge
des Allemands ; mais, enfin, chez ces émigrants
qui quittent sans plainte la terre natale, comme les
enfants qui vont chercher fortune au dehors pour
soulager la maison trop chargée, il faut reconnaître
une vertu : le respect de la *Fatherland* l'emporte
sur toutes les suggestions de l'envie. Ce moujick,
au lieu de bafouer les hôtes des palais, est prêt à
mourir pour le czar, le czar, incarnation de la
sainte Russie.

Les anciens n'avaient pas prévu le parricide ; les
modernes n'avaient pas prévu le parricide envers
la Patrie ; c'est la Révolution qui a eu la gloire de
l'inventer. Quelle est, aujourd'hui, l'idée la plus
battue en brèche par les doctrines socialistes ?
L'idée de patrie. Les démolisseurs sentent parfaitement qu'il y a là un auguste obstacle à leur barbarie. Tant que les méchants de tous les pays ne
pourront pas se donner la main pour abattre ce
qui reste de bien dans ce monde, la partie sera
toujours à recommencer. Pour organiser, sur une
échelle convenable, la fraternité de Caïn, il faut
supprimer les frontières. Les forçats de tous les
pays ne connaissent qu'une patrie : le bagne. Les
révolutionnaires ne doivent pas savoir s'ils sont

Français ou Saxons, Suédois ou Italiens ; ils ne doivent avoir qu'une patrie commune : la Révolution.

C'est dans le même ordre d'aspirations qu'on veut révoquer ces deux concessions arrachées à la faiblesse humaine : l'idée de Dieu et l'idée de famille ; l'esprit révolutionnaire n'entend plus souffrir d'autorité au-dessus de lui ; il ne veut plus de patriotes, il ne tolère plus de pères ayant des droits sur leurs enfants ; il n'admet plus de membres d'un culte quelconque ; le drapeau, le foyer et l'autel sont autant d'ennemis qui lui importent plus que les Prussiens ; d'un bout du monde à l'autre, conception sublime ! il ne connaît plus que des citoyens !

Très-heureusement Paris, la *ville sainte* de cette corruption profane, n'a pas encore communiqué la foi nouvelle au reste de l'univers ; et il reste encore assez de chrétiens dans cette capitale de l'athéisme pour gêner l'expansion de cette devise : « *Gesta diaboli per Francos.* »

Il y a dans la langue anglaise un mot qui manque à la nôtre et qui serait pour elle un honneur, c'est le mot *loyalism.* Le *loyalism,* c'est la fidélité volontaire envers un chef d'État ; naïf pays que celui où l'on dit : *l'opposition de la Reine;* chez nous il faut deux cent mille hommes pour garder un serment !

La probité matérielle a quelque chose qui la vaut comme devoir, c'est la probité morale.

Vous affirmez sur la tête des Français dégénérés qu'on ne peut pas faire de la politique avec de l'honnêteté ; mais pourquoi cette maxime de la vie privée : *l'honnêteté est encore la meilleure des politiques*, ne trouverait-elle pas sa place dans la vie publique ? Par honnêteté, nous n'entendons pas la débonnaireté timide, qui ne sait pas démasquer l'injustice, mais la fermeté éclairée qui court sus à l'iniquité.

Si, quand ce malheureux axiome : *la force prime le droit*, fit son entrée dans le monde, quand le jour où l'Allemagne se rua sur ce pauvre petit Danemark comme un vautour s'abat sur un roitelet, si l'Europe avait suivi la ligne de l'honnêteté, si elle n'avait pas laissé accomplir cette lâche spoliation, l'Autriche n'eût peut-être pas mérité Sadowa, et Sedan n'eût peut-être pas été infligé à la France ; quant à l'Angleterre, elle compterait encore dans les conseils européens ; quoi ! tant de protection aux malfaiteurs, et si peu d'aide aux gens qu'on dépouille ! Ouvrir son sein aux rebuts de tous les pays et fermer sa main à ceux qui sont l'honneur d'un continent ! le beau calcul ! admirable résultat de l'égoïsme !

Il n'y a que M. de Bismarck qui eût perdu à ce

plan de droiture; si une politique nette et résolue avait prévalu à Paris comme à Londres, il ne serait pas prince, mais tant de pays s'en consoleraient!

Si l'Italie, au lieu de baiser si dévotement cette botte allemande qui l'a écrasée pendant tant de siècles, avait dit à la France : « Je viens payer la dette que tu as contractée pour moi à Magenta et à Solférino, » est-ce qu'elle ne se serait pas affirmée comme puissance de premier rang, tandis qu'elle n'est plus que la vassale de la Prusse? La politique de l'ingratitude a l'air d'être un trait de génie, elle n'est qu'une bévue; on appelle cela sagesse : sage aussi est l'homme qui voit son ami attaqué et qui reste immobile. En attendant, l'Italie mérite qu'on dise d'elle : « Ceux qu'elle déteste, ce ne sont pas ses envahisseurs; elle les caresse, comme s'ils n'avaient jamais dit, la montrant d'un doigt dédaigneux : « C'est une simple expression géographique. » Non! sa vraie haine est pour ses libérateurs.

Nous croyons, nous, contrairement aux vraisemblances, que la politique de la ruse a fait son temps et qu'un grand avenir est réservé à la politique de l'honnêteté.

III

Depuis quatre-vingts ans, la France se perd dans

de misérables équivoques; on laisse prendre droit
de cité aux opinions de la rue, qui finissent par
faire masse contre les vérités éternelles, car il y a
aussi la rhétorique du pavé, et le génie parisien
excelle également à élever contre l'ordre des barricades intellectuelles; c'est, par exemple, presque
un dogme pour le farouche vulgaire que *la magistrature est vendue*, que *les généraux sont des traî-
tres*, que *les prêtres sont des imposteurs*, que *le
peuple est martyr depuis la période tertiaire*, etc. On
est sûr de provoquer des applaudissements frénétiques
quand on se déchaîne contre l'*infâme capital;* l'on
sait que de réputations a créées cette généreuse
locution: *la sueur du peuple*, car il est entendu que
les autres classes ne transpirent jamais.

Quand vous vous plaignez à un ennemi éclairé
des rois, des ravages que produisent ces balivernes
imposantes, il compatit à votre chagrin et hausse
les épaules en gémissant lui-même de l'imbécillité
de ses électeurs, mais il ajoute que ces sottises traditionnelles (car elles se lèguent de père en fils)
font partie des *maux nécessaires*, et qu'on ne peut
pas plus lutter contre la *fièvre rouge*, cette maladie révolutionnaire, que contre la *fièvre jaune;* il
sait très-bien, pour son compte, que les tribunaux
français ne sont pas remplis de consciences qui se
mettent en adjudication par soumission cachetée;

il rend justice à ceux qui rendent la Justice, ce n'est pas là qu'on trouve la vénalité de la robe; il est persuadé pareillement que nos généraux ne passent pas leur vie à offrir à l'étranger sur un plateau d'argent les clefs de la France; la formule légendaire de : « *Nous sommes trahis,* » n'est pas autre chose qu'un *cri de paix*, de même qu'il y a des cris de guerre. Tout athée qu'il croit devoir être pour honorer son temps, il rend hommage à certaines qualités du clergé, et il consentirait même à absoudre beaucoup d'ecclésiastiques; tout descendant de régicide qu'il soit, il ne nourrit pas la doctrine que la royauté est un crime prévu par le code pénal de la liberté, et il n'est pas de ceux qui prétendent que Louis XIV ne se distinguait du reste de ses sujets que par la grandeur de l'appétit; il concède en outre qu'un écrivain comme Sainte-Beuve ou qu'un peintre comme Delacroix est tout aussi bien un *travailleur* qu'un zingueur ou qu'un tâcheron; il proteste même contre la tendance qu'ont les hommes voués aux tâches manuelles de regarder comme de simples fainéants les gens qui ne remuent pas de moellons ou qui ne posent pas de gouttières; il admet sans peine que cette expression qui semble grosse de profondeur : *égalité dans le travail,* cache la plus dérisoire des inanités; il s'est même légèrement égayé, à l'une des dernières séances de l'Assemblée, des révélations de M. Tolain, indiquant comme solution de la question du prolétariat le *transport unique*. Que dirai-je enfin ? il n'a pas plus envie d'infliger le bonnet vert au capital, que de le retirer aux parias du parquet qui traînent la chaîne à Rochefort ou à Toulon.

Mais sa conclusion est que la loi du nombre est une loi inexorable, et que ces préjugés de sauvages ont pour eux le quart-État tout entier, les campagnes, les grandes villes, une fraction importante de la bourgeoisie et voire même des aristocrates qui disent : La popularité vaut bien une apostasie ! Comment résister à cet ennemi qui a des forces vingt fois supérieures ? Il vaut mieux se rendre, et voilà comment, dans ce XIXe siècle si fier de lui-même, il ne reste plus aux Intelligences qu'à confesser l'Évangile des Brutes.

C'est cette dure nécessité qu'au début de cet article nous appelions « la force brutale des idées. »

Eh bien ! ô pasteurs des clubs, ô archi-penseurs, ô émancipateurs du genre humain, vous pourrez tant qu'il vous plaira lancer les foudres de votre excommunication contre les 18 brumaire et les 2 décembre, mais vous ne ferez pas que la plus révoltante et la plus barbare des servitudes ne soit pas d'être obligé de donner raison à la Cohue contre le petit groupe des esprits libres, aux Perses vou-

lant fouetter la mer contre les Grecs des Thermopyles ; assurément, porter le costume de chambellan
suffit à vous priver de vos droits civiques, mais il
y a une livrée autrement déshonorante, c'est la
livrée de la foule ; supposez un homme obligé d'insulter Raphaël ou Léonard de Vinci, et de se pros-
terner devant un peintre d'enseignes, voilà votre
image ; l'esprit rossé par la matière, voilà votre condition ; la délicatesse sonnée par la grossièreté, le
savoir vidant les eaux de l'ignorance, quel rude
service ! J'aimerais encore mieux monter derrière
les carrosses d'un prince que de prendre pour ma
conscience et mes instincts le mot d'ordre du plus
insolent des maîtres, le bimane moderne qui, en
fait d'aïeux, ne reconnaît que le singe.

Comment ! vous avouez que la vase sociale tend
à remplacer tout ce qui avait fait jusqu'ici la beauté
du fleuve humain, et vous prenez parti pour la
souillure contre la limpidité ! Le hurlement d'une
populace vous semble une autorité plus décisive
que la voix d'un Bossuet. Vous méprisez ces per-
ceptions informes et banales que la plèbe entend
aujourd'hui imposer comme des oracles, et quand
le premier goujat venu se pose sur un trépied pour
les lancer dans les faubourgs et dans les campagnes, vous vous taisez comme si un Dieu avait
parlé.

Alors il faut se croiser les bras et attendre comme les chrétiens, dans le cirque antique, d'être la pâture des bêtes ; encore si c'étaient des lions et des tigres ! mais être mangé par des hommes et trouver des philanthropophages qui applaudissent au festin ! Néron n'eût pas rêvé ce supplice-là pour une société.

Ce qui nous frappe dans cette malheureuse France que Dieu semble châtier pour la punir de renier si follement son glorieux passé, c'est la fièvre d'injustice qui envenime toutes les discussions ; il n'y a presque plus de parti qui daigne prendre la peine de se montrer équitable pour l'autre ; la passion naïve, aveugle et haineuse, a remplacé ce jugement net et froid sans lequel les ténèbres triomphent de la lumière ; on est suspect aux républicains quand on défend une des meilleures œuvres de la royauté ; on est suspect aux légitimistes quand on ne désapprouve pas tous les actes de l'Empire ; on est suspect à tous les deux quand on se reporte aux louables souvenirs de la monarchie de Juillet ; l'histoire, cette sévère Muse, devient une tricoteuse de pamphlet ; la boue de la rue éclabousse les plus glorieuses mémoires, comme aux jours de pluie elle éclabousse les murs des maisons ; il y a toute une jeunesse persuadée que Louis XIV, une des expressions les plus puissantes du bon sens et de la dignité, ne fut qu'un crétin couronné ; il y a tout un âge mûr qui vous fredonne encore les refrains de 93 comme si c'étaient des paroles magiques ; il y a des libérâtres incorrigibles qui préfèrent la guerre civile à l'apparence d'une coercition ; on voit des étourdis de soixante ans et des Gérontes qui sont à peine majeurs. Que prouve ce profond malaise ? qu'un virus terrible coule dans les veines françaises et que nous avons perdu la santé morale.

Un sceptique, qui intellectuellement ne donne pas trop d'inquiétudes à son médecin, nous disait l'autre jour : « En France, quand on appelle un homme espion, faussaire, bandit, la plupart du temps, cela signifie que cet homme a tout simplement une autre opinion que vous. » Nous ne justifions pas, tant s'en faut, la fatale campagne de 1870, mais il y a encore des gens persuadés, contre les témoignages les plus certains, que ce sont les équipages de l'empereur qui ont entravé la marche de l'armée de Mac-Mahon ; on les somme de se rendre à l'évidence : ils vivent, mais ne se rendent pas.

Une suprême humiliation nous menace, avec un tel déluge de sophismes et de furies, c'est le naufrage de la raison humaine. Il n'y a pas une notion saine et juste qui ne soit emportée par tant de courants viciés. « La France s'ennuie, » disait il y a vingt-cinq ans ce pauvre Lamartine. On pourrait dire aujourd'hui : « la France s'affole ; » ce grand pays ressemble à ces gens longtemps doux et polis qu'on apprend un beau jour avoir mordu leurs gardiens dans quelque maison d'aliénés ; en sommes-nous réduits à souhaiter pour la *grande nation* la camisole de force ?

La bonté de Dieu est éternelle, sa colère n'est que passagère ; les adversités ont déjà fondu sur nous pendant plus de quarante jours et de quarante nuits ; il leur reste encore à nous éprouver ; tout ce que nous demandons, pour parer à ce danger de submersion totale, à toutes les opinions en guerre, c'est de faire trêve et de constituer, au moins pour la durée du déluge, le grand parti de l'arche de Noé.

LA LIBEGAFRA

I

C'est une plante dangereuse qui vient d'être découverte par un botaniste politique ; elle fleurit environ tous les dix-huit ans, au lendemain des révolutions ; elle est tricolore : bleue, blanche et
rouge, mais le rouge domine. Elle appartient à la
famille des pariétaires : la *libegafra* affectionne les
murailles des monuments publics, sans dédaigner
la façade des habitations privées ; elle se multiplie
avec une facilité étonnante ; on la découvrit, pour
la première fois, en 1792 ; le défaut de culture ne
lui permit de reparaître qu'en 1830, mais elle prit
une éclatante revanche en 1848 et vient d'avoir,
pour ainsi dire, son année de la comète avec 1870.
Chaque fois que la *libegafra* s'épanouit de nouveau, on est sûr de beaucoup de sang versé et de
somptueux incendies ; elle donne naturellement des
fruits pleins de cendres ; elle annonça d'abord la
Terreur et les châteaux livrés aux flammes ; elle

pronostiqua ensuite les émeutes qui suivirent les Glorieuses ; puis les journées de Juin, et, enfin, les Cent-Jours de la Commune.

Ne cherchez pas trop savamment l'étymologie de la *Libegafra :* son nom est formé du commencement de ces trois mots : *Liberté , Égalité , Fraternité :* si l'on se formalisait de cette façon elliptique et cavalière de résumer cette solennelle devise, je répondrais qu'il y a un précédent fourni par un maître. Rappelant à la fois Boulogne, Strasbourg et Paris, madame de Girardin appelait l'auteur du coup d'État de décembre : *Bou-Stra-Pa.* Pourquoi la République n'aurait-elle pas ses petits noms comme la Monarchie ?

C'est si long à articuler et si fastidieux à relire, ces trois mots mensongers qui sont l'estampille officielle des insurrections heureuses ! ils promettent tant de tendresse et ils sont si gros de haine ! on est bien excusable de s'épargner des frais de prononciation ; par mesure d'économie, et pour varier un peu la banalité de la perspective, les franchises municipales étant d'ailleurs à l'ordre du jour, je demande droit de cité pour la *Libegafra.*

II

LIBERTÉ

La Révolution a le monopole de ces superbes enseignes qui trompent perpétuellement sur la qualité du logis : elle ressemble à ces riantes auberges qui invitent les voyageurs à s'arrêter et qui sont des coupe-gorges.

On a élevé jusqu'au ciel des tours de Babel de commentaires à propos de ce mot : *Liberté*, vomi par les tribuns, hurlé par les ténors, répété bêtement par les foules et resté magique en dépit des ignominies auxquelles il a servi d'excuse : il faudrait, sans se perdre dans des discussions oiseuses, éclairer par des espèces cette question qui n'est pas près d'être résolue.

Les Français, en général, peuvent avoir l'amour, mais ils n'ont pas la compréhension de la liberté; étudiez bien le caractère de ce peuple qui crie toujours contre le despotisme; c'est lui qui est né despote, et quand on le dérange dans sa tyrannie, il crie qu'on l'opprime.

Deux citoyens qui ont bu à la mort des autocrates,

passent à trois heures du matin dans une rue tranquille, chantant à tue-tête et réveillant tous les éta-
ges. Au temps où régnait cette exécrable institution qu'on appelle la police, on les priait de se
taire. Que disaient ces apôtres : « C'est une indignité ! on nous bâillonne, nous ne sommes pas libres ! » — Pardon, citoyens, c'est vous qui confisquez la liberté de tout le monde. D'abord, à trois
heures du matin, une société a le *droit absolu* de
dormir ; maintenant, quand ce serait de sa part une
prétention mal justifiée, les partisans du sommeil
sont quatre cents, vous êtes deux ; vous perdriez là
une bien belle occasion de vous incliner devant la
volonté des majorités, ce droit divin de l'homme.
Partout ailleurs, nous n'en doutons pas, vous êtes
des émancipateurs, mais, dans cette occasion, le
despote c'est vous.

La Liberté est une balance qui doit tenir en
équilibre les droits et les devoirs ; si vous chargez
trop l'un des plateaux, il y a mauvaise mesure
pour la société.

Nous voici en plein jour ; il est trois heures de
l'après-midi. Sur le boulevard, qui, si l'on continue, finira par être défendu, au nom de la liberté,
à tout ce qui ne porte pas une blouse, une bande
de travailleurs qui n'ont jamais rien fait barre le
trottoir, adresse des paroles grossières à ses frères

en redingote, et renverse sur son passage les tables
des cafés et les chaises des promeneurs. Cet éternel fâcheux qu'on appelait jadis le sergent de ville
intervient; les *travailleurs* s'indignent : « Ce n'est
pas la peine qu'on ait fait quatre révolutions pour
que la circulation ne soit pas libre pour les pauvres
comme pour les riches... » Mais, jeunes opprimés,
je vous prends là en flagrant délit d'hypocrisie bur-
lesque ; vous êtes encore cette fois les oppresseurs.

N'est-ce pas le symbole diurne et nocturne de
ces irréconciliables de l'ordre qui entravent perpétuellement la marche d'une société ? ils arrêtent les
affaires, ils font fermer les magasins, ils alarment
tous les intérêts, et si on a le malheur de toucher
à eux, il semble qu'on commette un crime de lèse-
majesté ; leurs avocats se hérisseront pendant des
semaines entières ; les rois ne sont plus inviolables,
mais l'inviolabilité est échue aux voyous.

Une femme, qui avait le malheur de ne pas être
née à Belleville, passait une fois rue Taitbout ; deux
prolétaires marchent sur sa robe. Elle se retourne
et dit instinctivement : « Faites donc attention ! »
Les prolétaires, qui avaient dix-huit cents ans d'oppression à venger, lui répondent avec brutalité :
«*Va donc, eh ! carcan !*»

« *Va donc, eh ! carcan !* » N'est-ce pas le cri familier que les régénérateurs modernes jetteraient vo-

lontiers au patriotisme, à l'honneur, aux croyances, à tout ce qui distinguait autrefois l'homme de l'animal?

Il y a surtout à Paris une formule odieuse de despotisme contre laquelle on ne fera pas de révolution, car on ne chasse que les despotes qui ne sont pas despotiques.

Vous hasardez une observation sur une chose de votre compétence, vous réclamez les égards qui vous sont dus, vous ne voulez pas vous soumettre à une brutalité, les délégués du peuple souverain vous arrêtent invariablement en vous criant: « *Ne faites pas le malin.* »

On « *fait le malin,* » à Paris, quand on ne veut pas être rançonné par un cocher, insulté par un goujat, maltraité par quelque bande qui devrait être en villégiature à Cayenne.

Qu'on ne me reproche pas de prendre mes exemples trop bas ; d'abord la foule a maintenant en France une importance qu'on ne lui avait jamais reconnue, et elle s'est fait un objectif dont on ne se défie pas assez. Elle entend supprimer l'élite ; ensuite ces défauts de turbulence hargneuse, d'impossibilité à se soumettre à un frein régulier, d'inaptitude à la discipline civile, se retrouvent à des degrés sinon aussi gênants, du moins aussi haïssables dans les classes plus élevées ; le bonheur de

beaucoup de Français, c'est de frauder la loi,
comme ils fraudaient la douane. Ce respect moral
et intime de ce qui constitue l'ordre dans toute
société bien réglée, ils le méprisent et ils le laissent aux races qu'on croit vassales et qui nous do-
mineront si nous persistons dans l'impénitence
révolutionnaire.

Qu'est-ce qui fait, en dehors des gouvernements,
dont l'opinion est toujours suspecte, car en France
l'État est toujours censé ne pouvoir bien faire,
qu'est-ce qui fait qu'une certaine défaveur s'est
toujours attachée à l'idée de la liberté de la presse ?
C'est que trop souvent la liberté du journal s'est
faite aux dépens de la liberté d'autrui : quand on
conjurait tel écrivain, que l'on eût pu citer, — en
police correctionnelle, — d'épargner une femme ou
un enfant, il criait comme si on l'écorchait. Le
fameux mur de la vie privée, qu'on a tant persiflé,
avec cette déférence choisie que nous montrons
pour les droits de nos voisins, n'a jamais pu être
élevé ; les plaisants ont lapidé le tiers et le quart
avec les pierres qui devaient servir à sa construc-
tion. On n'a pas assez étudié la question de la liberté de la presse au point de vue de l'empiétement du journal sur les droits de tout ce qui
n'est pas lui. Il ne s'agit pas ici de flatter le pouvoir, il s'agit de déterminer les droits mutuels des

deux parties; la presse libre, à condition qu'elle ne
soit pas oppressive, voilà notre formule. Quant à
la fausse idée de la liberté absolue de la presse, ce
serait la restauration du régime du bon plaisir par
les mains qui tiennent une plume. Les intérêts
généraux de la société, à moins qu'on ne veuille
ressusciter les priviléges, ne doivent pas être sacri-
fiés aux intérêts particuliers du journalisme. Nous
demandons à M. Josse d'être homme avant d'être
orfévre. Jusqu'ici la liberté n'a prétendu que
jouir, il faut maintenant qu'elle sache se priver.

La liberté parfaite devrait ressembler à ces étoffes
si bien tissées qu'elles n'ont ni endroit ni envers;
malheureusement, dans le commerce des choses
humaines, la liberté d'un individu est presque toujours l'oppression d'un autre.

Nous sommes un peuple enclin à chercher la satisfaction dans les mots plutôt que dans les choses :
de même qu'il faut se défier des gens qui parlent
toujours de leur honnêteté, je ne vous conseillerai
pas de vous livrer à ceux qui ont toujours le mot de
liberté sur les lèvres; ce sont, les trois quarts
du temps, les plus rudes forgeurs de chaînes qu'on
connaisse; mais la France qui, au nom de l'Autorité, n'accepte aucunes franchises, reçoit avec enthousiasme toutes les servitudes au nom de la Liberté.

C'est que le libéralisme, dont on a tant abusé, est une vertu plus farouche que la démocratie facile ne le suppose; il implique une intelligence très-nette et très-délicate des rapports sociaux, la patience dans la contradiction, l'observation de toutes les courtoisies morales, le mépris de la violence, eût-elle le masque de la liberté.

Écoutez ces prétendus libérateurs qui ne peuvent supporter d'autre opinion que la leur, tout en déclamant contre la tyrannie; regardez ces pédants qui sont tout prêts à vous envoyer au peloton d'exécution quand on hasarde une critique; mêlez-vous à ces masses démuselées dont l'idéal est de mordre la main qui les a nourris, et vous verrez que d'ogres a devant lui le libre arbitre, ce Petit-Poucet de l'ordre moral.

« On représente, disait un jour M. Louis Veuillot, la liberté sous la figure d'un lion; l'image est majestueuse, mais on se trompe d'espèce: la liberté est un lapin, un lapin qui a besoin de garennes pour se retraiter, toujours poursuivi, toujours inquiété, l'oreille aux aguets, le nez au vent. »

Que de chasseurs en effet visent votre liberté! vous êtes couchés en joue par les envieux, les impuissants, les gens d'affaires, les calomniateurs, les adversaires politiques, les ennemis privés, les fureteurs de position sociale, les sots qui vous en veulent de leur sottise, les êtres serviles qui ne vous pardonnent pas votre dignité. Que de chasseurs sur le terrain de la plus modeste personnalité !

O Liberté ! que de gibelottes on commet avec ton pauvre corps !

III

ÉGALITÉ

Ici nous rencontrons une passion plus sérieuse ; un bourgeois qui se pique d'être dans le mouve-ment, entend être l'égal du marquis, son voisin de campagne, mais il n'entend pas que le meunier du village soit son égal, à lui bourgeois ; le meunier, de son côté, n'entend pas être l'égal du valet de charrue qu'il tutoie. Si nous nous transportons à la ville, nous saisissons les mêmes scrupules ; le pa-tron entend être l'égal de l'homme de loisir, mais il n'entend pas que l'ouvrier soit son égal, à lui patron ; le couvreur, de son côté, n'entend pas être l'égal du valet de chambre, qui n'entend pas être l'égal du cocher, etc.

Ce qui ne les empêche pas tous, — n'ont-ils pas gardé ensemble les urnes électorales ? — de procla-mer que les hommes sont parfaitement égaux.

Égaux devant Dieu, c'est possible, le Seigneur

est si puissant! égaux devant la loi, passe encore, quoiqu'il y ait bien à dire à ce sujet: car deux jours ou deux ans de prison sont la même chose pour un membre d'un club élégant et ne sont pas la même chose pour un pauvre diable qui a la chance ou le malheur d'être inconnu. Égaux devant la nature, oui, à de certaines heures, mais avec le vice originel de l'inégalité: on naît phthisique ou bossu à côté de gaillards bien droits et qui n'auront jamais un rhume.

Égaux devant la politique? C'est ce que prétendent les démocraties, et c'est ce que le bon sens se refuse à admettre; le bon sens prétend même que la révolution de février, qui s'est faite pour l'adjonction des capacités, s'est terminée par l'adjonction des incapacités. Un spirituel avocat de Marseille disait dernièrement à ce propos : « Additionner ensemble toutes les intelligences, c'est ranger dans la même colonne des livres sterling, des shillings et des pennys. »

Mais je veux admettre pour un instant ce point de départ radical qui consiste à dire que tous les votes pèsent autant dans la balance. Les esprits sont montés au diapason de la vanité civique : un avocat, qui plaide d'ailleurs toutes les causes, dit fièrement à un philosophe comme Bonald : « Pourquoi un cordonnier ne vous vaudrait-il pas? » et ce

cordonnier sort triomphant, persuadé que sa dernière paire de bottes et la *Législation primitive*
sont des œuvres du même niveau ; on feint de
craindre que le marchand des quatre saisons qui
passe ne soit un grand homme méconnu ; on déclare sérieusement, par haine d'un ministre qu'on
veut faire tomber, qu'il y a peut-être un homme
d'État dans le ramoneur qui crie : « *Du haut en
bas !* »

La fièvre est tombée ; abandonnez ces diverses
personnes à leurs sentiments naturels : proposez à
l'avocat d'aller dîner avec ce cordonnier, il vous
dira : « Quelle est cette mauvaise plaisanterie ? » In-
sinuez à ce démocrate ami acharné du peuple que
vous allez consulter ce marchand de verdure sur
des intérêts qui lui sont chers, il vous rira au nez ;
demandez au plus terrible égalitaire la permission
de lui présenter ce ramoneur, il répliquera : « Me
prenez-vous pour une cheminée ? »

Ainsi, dans toutes les bagatelles de la vie, l'inégalité naturelle parmi les hommes s'accentue avec
sincérité ; mais dans les choses très-sérieuses,
comme la politique, tous ces subalternes, dont vous
ne voulez même pas entendre parler, deviennent
subitement des égaux. Quelle étrange inconséquence ! Vous ne confieriez pas à ce roulier le soin
de régler une partie de piquet, mais vous lui re-

mettez solennellement entre les mains les destinées
de l'État ! Vous faites fi, trop fi peut-être de ces
braves gens dans les circonstances ordinaires de la
vie, et dans les grandes circonstances vous en faites vos pairs.

L'égalité politique est une égalité factice, soute-
nue par l'esprit démocratique pour les besoins de
la popularité ; elle renverse l'axiome connu : « Qui
peut le plus, peut le moins, » pour mettre à la
place : « Qui peut le moins peut le plus. »

Est-ce qu'au contraire il n'y a pas, comme dans
une assemblée d'actionnaires, des voix qui comptent dix ?

Et vous ne donneriez à un homme comme de
Maistre, par exemple, qu'un seul suffrage à exprimer, comme à ce garçon de magasin ! Mais votre
égalité est une monstruosité. C'est décréter que la
Beauce et le Mont-Blanc sont de niveau, c'est donner au roseau les prérogatives du chêne ; vous renversez en politique les lois naturelles ; vous pouvez
badigeonner sur tous les frontons le mot *Egalité*,
une main invisible se chargera d'effacer ce contre-
sens.

Encore si vous inscriviez : *Proportionnalité*, on
pourrait s'entendre ; une part de droit revient en
effet à chacun, il s'agit de trouver le chiffre de
chaque valeur individuelle ; je le disais bien, c'est

un calcul de proportion; l'égalité en politique est
une chimère aussi déroutante que les unités valant
tout d'un coup les dizaines, en arithmétique. Si
c'est là une victoire à célébrer, chantons au moins :
Te Diabolum laudamus.

IV

FRATERNITÉ

Je ne peux pas en parler, je l'ai si peu vue.
Les *Libegafreurs* la cachent soigneusement !
Ici la violette paraîtrait orgueilleuse auprès de la
Libegafra.

LES DEUX ATHÉISMES

I

On peut blâmer l'éclat que vient de faire Mgr Dupanloup en renonçant à *l'immortalité* terrestre réservée à si peu d'élus, pour s'en tenir à l'immortalité divine promise à tous ceux qui ont une âme; mais on n'a pas le droit de reprocher au courageux évêque d'Orléans d'être inconséquent avec lui-même; il y a près de dix ans, dans une éloquente brochure intitulée : *Avertissement à la jeunesse et aux père s de famille*, il dénonçait énergiquement ces doctrines nouvelles qui devaient enfanter des légions de Maroteau, de Ferré et de Raoul Rigault, et quand les événements lui ont donné si cruellement raison, l'homme qui a eu le malheur d'être si bon prophète, se trouve quelque raison de dire : « Je vous ai signalé l'ennemi; aujourd'hui vous le couronnez! je me refuse à prendre ma part d'un pareil contresens; on entreprend de brûler la cité religieuse — à petit feu — je le reconnais, mais vous faites de

l'incendiaire un lauréat! C'est par des subterfuges
de pensée que vous distinguez dans M. Littré le
philologue du philosophe; il est l'auteur d'un dictionnaire fameux; attendez-le aux termes décisifs,
et vous verrez comme la philologie confine à la philosophie; il est de l'Académie des érudits; ne pou-
vait-il se passer d'être de l'Académie des lettrés?
En tout cas il n'appartient pas à celui qui a crié :
Gare à l'ennemi! de s'associer au cortége qui vient
le recevoir en triomphe. »

Enfin, ce n'était pas au lendemain du temple
livré aux flammes qu'il convenait d'honorer même
le plus involontaire des Érostrate; car la personne
de M. Littré n'est pas en jeu, ce bénédictin de
l'athéisme est un homme inoffensif; mais ce qui
est dangereux comme un poison lent, ce sont ses
doctrines.

Nous voyons d'ici les éternels optimistes qui ont
dû prendre l'incendie de Paris pour une aurore
boréale, hocher la tête avec compassion; quel
rapport, nous répondront-ils, quel rapport oseriez-vous établir entre de simples travaux de
science et les horreurs dont nous venons d'être
les témoins? Comment assimiler le fait brutal à la
conception pure? Croyez-vous que, du fond de sa
cellule, M. Littré, ce travailleur du moyen âge
égaré dans un siècle de paresse, ait fourni la plus

lointaine idée de destruction sociale, lui qui a si
éloquemment traduit Homère en vers du treizième siècle ? Ne rendez pas responsable des mortelles injures
faites à la Patrie l'historien national de la langue
française.

De quoi est-il coupable après tout? d'avoir observé la méthode expérimentale en vigueur aujour-
d'hui dans toutes les régions de la science; il
n'avait pas à s'occuper de Dieu en s'occupant du
corps humain; il faisait de la médecine et non de
la théologie; le positiviste qui aurait pour patron
saint Thomas, s'il reconnaissait la canonisation, ne
peut admettre que des évidences; en analysant la
matière qu'il voit et qu'il touche, il n'a pas à ouvrir
de parenthèse en faveur du principe immatériel qui
lui échappe; les mœurs scientifiques sont d'ailleurs
irrévocablement changées; la règle aujourd'hui est
de bannir du domaine de l'investigation les *causes
premières* et les *causes finales*, ces objectifs imaginaires, longtemps poursuivis par la naïveté de nos
pères, dans la marche des connaissances humaines :
la période du roman est close, l'ère de l'histoire
commence.

Je demande à démontrer le vice de cet orgueilleux système.

II

L'Athéisme n'a été longtemps à notre époque qu'une irréligion de cabinet, comme au dix-huitième siècle il ne fut qu'une irréligion de salon ; c'était entre les quatre murs d'une chambre d'étude ou d'un boudoir de restaurant, que les grands beaux esprits démolissaient avec toutes sortes de coquetteries l'édifice sacré des religions ; ils ne tenaient pas à vulgariser leur procédé, ils tenaient pour cela le reste de l'humanité en trop petite estime : le dogme de l'incrédulité n'était révélé qu'à des initiés d'élite ; les Druides de l'Athéisme eussent été blessés dans leur orgueil de livrer à la foule le secret de leurs conceptions ; ils préféraient d'ailleurs laisser à leurs ententes discrètes le charme d'une conspiration distinguée contre Dieu.

Excellents athées, entourés de femmes ou de filles pieuses dont ils se seraient bien gardés de troubler les croyances, ils jouissaient en même temps du bénéfice de la foi et de la gloire de libres penseurs : protégés par cette piété générale qu'ils étaient fiers d'attaquer, comme un enfant serait fier d'enlever quelques pierres de la cathédrale qui le rassure par sa solidité ; ou encore comme

les gens forts qui, tout en profitant de l'institution de la gendarmerie, se donnent le plaisir de tonner contre les gendarmes. Pendant cette
période bénie et qui ne se retrouvera plus, l'Athéisme
joua un peu le rôle facile et toujours applaudi des
Cinq sous l'Empire ; ils faisaient à l'Idée religieuse
une opposition moins terrible que constitutionnelle ;
et quand de bonnes âmes s'alarmaient de leurs
attaques contre le Pouvoir divin : « Tranquillisez-
vous, » leur répondait-on avec un sourire de com-
misération, tout cela se passe dans une région
interdite au vulgaire (car la science, elle aussi, a
ses mystères). La pure clarté du matérialisme ne
peut luire que pour des yeux très-exercés ; elle ressemble à ces étoiles dont la lumière n'arrive à nous
qu'après des milliers d'années ; trembleurs, le ca-
téchisme et la Bible sont encore les maîtres du
monde : dormez en paix.

Ainsi que cela se passe pour les hommes d'opposition, si les faveurs officielles étaient acquises au
troupeau des fidèles, la faveur publique — ce trésor plus précieux — était réservé au banc des hé-
rétiques ; le Radicalisme céleste possédait toutes les
immunités avec tous les prestiges ; des trouble-fête
prétendaient en vain que le matérialisme était une
impasse, les événements se chargeaient de démontrer qu'un matérialisme riche en argile menait à

tout, à la renommée, à l'estime, à l'invulnérabilité.
(Hélas! aujourd'hui le chemin de Damas n'est plus
le chemin de l'Académie); ce qui nuisait déjà à un
écrivain, c'était de se trouver perdu dans la foule
des croyants, d'appartenir un peu à la religion de
ses pères, de vouloir, avec le reste de l'humanité,
que la création ait un but, une cause, de prétendre
qu'elle ait besoin, malgré Laplace, de l'hypothèse
de Dieu; se servir du mot : *Providence,* vous dési-
gnait aux risées de la jeune génération. Hors de
l'église des athées, point de salut pour les ambitieux.

Il n'était pas question alors de brûler Notre-Dame
et de fusiller les prêtres : la pensée d'un renversement universel échappait aux plus violents; on ne
désirait même pas un 4 septembre religieux ; la
plupart des athées étaient d'ailleurs des déistes
sans le savoir; s'ils ne reconnaissaient pas Dieu-
cause, ils adoraient Dieu-effet; ils se montraient
bons pères, citoyens dévoués, amis sûrs, et l'on
avait la consolation de dire : la pratique est le chien
de cet aveugle moral qu'on appelle l'athée.

Mais précisément le danger était le même que
dans les oppositions : tant qu'elles sont soutenues
par des gens qui admettent certains principes de
bonne foi, la marche des affaires ne se ressent pas
trop gravement de ces coups stériles portés au pou-

voir établi; la révolution se maintient à l'état platonique ; seulement on prévoit le jour où la place publique interviendra dans les querelles de cabinet.

Nous prophétisions alors que l'Athéisme, jusque
là plus nominal qu'effectif, ne garderait pas l'in-
nocuité d'une simple spéculation intellectuelle. Petit
à petit, par la parole comme par les écrits, par les
discours, par le journalisme, par l'enseignement, il
gagnait les esprits d'ordre inférieur, il pénétrait
les masses ; tout ce qu'il contient d'horrible et de
fatal se dégageait logiquement, et un beau matin,
à la barbe blanche des penseurs qui en étaient encore à *l'Athéisme de cabinet*, comme on voit au
jour d'émeute *descendre* ce qu'on appelle *le peuple*,
on vit *descendre* aussi *l'Athéisme de la rue*.

III

L'*Athéisme de la rue*, c'est le déchaînement
sauvage de toutes les brutalités et de toutes les
bestialités ; c'est la chimère élégante transformée
en réalité monstrueuse. Ah ! la religion moderne
n'est plus que le culte de nous-mêmes ; ah ! l'homme
n'est qu'un descendant perfectionné du singe ; eh
bien ! nous allons appliquer cette brillante théorie ; il est temps de la faire passer du domaine de
la théorie au domaine de la pratique ; il n'y a plus

de bon Dieu, c'est nous qui sommes les dieux ; il n'y a plus de justice, il n'y a plus de loi, c'est nous qui sommes la justice et la loi; puisque nous redevenons de simples animaux, la vieille distinction du bien et du mal est abolie; est-ce qu'un chien, sauf dans les *Plaideurs*, est passible d'un jugement? est-ce qu'on s'aviserait jamais d'aller demander au sanglier d'avoir le *sens moral?* Puisque toutes les actions sont indifférentes, renversons le Code pénal, cette Bastille abstraite, brûlons le Code civil, cet autre arsenal des priviléges d'une société qui s'en va; nous possédons le nombre et la force, installons le régime du bon plaisir; petits-fils du singe, tâchons que nos ancêtres ne rougissent pas de nous.

Pourquoi le mariage? la promiscuité suffit. Pourquoi la famille? les enfants appartiennent à tout le monde. Pourquoi l'honneur? c'est une vertu du moyen âge qui gêne les faiblesses du monde moderne. Pourquoi la chasteté? c'est la contrariété niaise de nos instincts. Pourquoi le patriotisme? c'est une infirmité géographique. Pourquoi le travail? c'est la plus honteuse des servitudes. Pourquoi la politesse? c'est un attentat contre la nature. Pourquoi le respect de la vie simiesque, j'allais dire de la vie humaine? c'est bon de faire parfois le généreux en déblatérant contre l'échafaud politique, mais le citoyen avisé sait garder à domicile le couperet de la guillotine.

Et voilà comment la civilisation moderne, ce fleuve aux eaux si belles et qui reflétèrent tant de splendeurs, menace de se continuer en boue; l'*Athéisme de la rue* fait retourner triomphalement l'homme à la brute; c'est la profanation de tous les sanctuaires, la maison comme le temple; c'est le père souillant l'innocence de sa fille; car en quoi l'inceste est-il inconciliable avec les lois naturelles? C'est l'infanticide rabaissé aux proportions d'une mesure économique; c'est le meurtre donnant carrière à tous les appétits d'envie et de haine. Inceste, infanticide, meurtre, autant de mots qui ne sont que des épouvantails solennels dont la terrible familiarité du *peuple* se charge de faire justice; assez de chaînes, assez de colliers de misère; l'homme, ce singe au second degré, réclame toute sa liberté, la liberté d'opprimer ses semblables sans être gêné par le Gouvernement.

Ah! vous prétendiez, doctes tentateurs, sauvegarder tout en fournissant un mot d'ordre aux convoitises, les pommes d'or du nouveau jardin des Hespérides; mais la multitude, forte de vos arguments et donnant un corps à vos idées, se rue sur tous ces fruits défendus et égorge sans peine le dragon à cent têtes que vous aviez désarmé.

Libres penseurs religieux, libres penseurs politiques, qui repoussez avec indignation tout principe d'autorité, vous pouvez personnellement être
irréprochables, mais jamais comme avec vous on
ne vit l'honnêteté faire les affaires du crime, vous
ressemblez à des apôtres de tolérance qui, visitant
une ménagerie, s'écrieraient éloquemment : « Savez-vous pourquoi ces tigres sont furieux, pourquoi
ces hyènes roulent des yeux sanglants ? C'est parce
que ces pauvres opprimés ont l'exécration de leur
cage ; délivrez-les, et vous verrez reparaître leur
douceur native : il n'y a pas d'animaux féroces, il
n'y a que des animaux férocisés. » La galerie se
tient pour persuadée par ce magnanime discours ;
on ouvre les portes, et la ménagerie dévore les
spectateurs, excepté les apôtres, qui ont opéré leur
retraite avant l'événement, et qui aujourd'hui
avouent avec une mélancolie quelque peu boudeuse
que, lorsqu'il s'agit de certains carnassiers, les
grilles ont quelquefois du bon.

Car aujourd'hui beaucoup de nos maîtres de la
pensée, qui passaient pour de grands esprits pour
avoir voulu mettre le cœur humain à droite, tandis qu'on méprisait les observateurs des lois du
bon sens, beaucoup de ces maîtres, dis-je, redeve-
nus timides comme des écoliers, après avoir démontré les splendeurs du programme qui consis-

tait à émanciper l'homme de la terre et du ciel,
sont les premiers à proclamer la nécessité d'une
foi politique et religieuse ; ils prêchaient l'ivresse
de la liberté, ils prêchent aujourd'hui la tempé-
rance et mettent de l'eau dans le vin de leur vanité ; quelques-uns y mettraient volontiers de l'eau
bénite. Eux qui affirmaient que nous descendions
du singe, ils se souviennent que la civilisation de
tous les siècles avait dit en parlant de l'homme :
« Fait à l'image du Créateur, » et ils tournent un
regard suppliant vers ce Dieu que leur superbe
prématurée leur avait fait supprimer et que leur
humilité tardive leur fait rétablir.

Seulement le peuple, qui les appelle des rené-
gats quand nous les appellerions des convertis, leur
répond par cette fameuse formule, qu'il prononce
plus autocratiquement que Louis XIV : « *Il est trop
tard !* »

IV

Assurément, à première vue, cette définition
modeste de notre espèce semble, tout en blessant
la chrétienté, pouvoir ne pas trop alarmer la
société : « L'homme est un animal mammifère, de
« l'ordre des primates, famille des bimanes, carac-
« térisé taxinomiquement par une peau à duvet ou

9.

« à poils rares ; » définition plus flatteuse pour le
Jardin des plantes que pour notre amour-propre
d'être pensant, surtout si on la rapproche de la
magnifique explication de l'homme par Bonald :
« Une intelligence servie par des organes. »

Mais on peut soutenir que le physiologiste n'a
pas à se préoccuper du principe spirituel et que sa
mission se borne à caractériser la matière qu'il
analyse.

Pourtant, lancez dans le public ces quelques
lignes d'histoire naturelle ; ajoutez-y que l'âme n'est
que l'ensemble des fonctions de la sensibilité encé-
phalique, et je ne sais quelle grossière compréhension nous rangera tout de suite dans le pur
règne animal ; un peu moins velu que les gorilles,
un peu plus éloquent, voilà l'homme ; supérieur
au singe à l'ancienneté, quelque chose comme un
archigorille. Si nous ne différons pas plus de la
bête, à quoi servent ces exercices de chien savant
qu'on impose à nos passions ? Il n'y a pas de lois
morales ; il n'y a que des lois physiques.

Assurément encore, la morale suivante, qui
appartient à un autre philosophe, paraît tout d'abord
une mine de richesses pour l'humanité : «le devoir
propre de l'homme est de cultiver toutes ses aptitudes, de développer tous ses instincts ; la nature
a mis en lui une foule innombrable d'appétits et

de désirs, il doit les contenter tous et ne s'arrêter que devant la fatalité des obstacles naturels ou sociaux. »

Mais, pour peu qu'on y réfléchisse, cette morale si large n'est pas autre chose qu'un vaste décret d'impunité. Le christianisme avait inauguré le rachat par la Souffrance ; c'est la Jouissance qui se trouve chargée d'ennoblir le monde ; c'est le Golgotha remplacé par Caprée.

Assurément enfin cette proposition insidieuse n'agit pas comme un poison subtil sur les consciences : « Dieu est la somme d'idéal que chaque génération transmet à la génération suivante. » Cependant, si Dieu n'est qu'une création humaine, nous devenons libres de défaire ce que nous avons fait.

Par quoi remplacerons-nous tous les cultes existants ? Par une religion nouvelle que l'inventeur nous annonce avec des points suspensifs pour accroître notre étonnement. L'antiquité, dit-il, ne l'a pas connue, c'est... l'*Humanité*.

Comment, voilà votre découverte ! Faut-il que ce soit un ignorant comme moi qui apprenne à des savants comme vous que le paganisme a usé cette religion qu'on nous donne comme inédite ? L'humanité ne s'est-elle pas adorée pendant des siècles dans tous ses dieux faits à son image ? Allons-nous

retourner à Vénus et à Mercure en passant par
tous les monstres de l'Olympe?

Eh bien, nous répondrons aux éclaireurs du
genre humain que, sans la reconnaissance d'un
être supérieur, toute morale sociale est impossible;
l'idée de Dieu est la sanction nécessaire des idées
de justice, de vérité et de vertu. S'il n'y a pas un
Verbe supérieur qui soit l'incarnation du Bien, établissant par là même que tout ce qui est contraire
à lui est le mal, cette formidable démarcation n'est
plus qu'un jeu de l'esprit. Tout scélérat a le droit
de dire : « La vie n'est qu'une partie d'échecs. »

Je concède au physiologiste qu'il n'y a pas besoin d'un Dieu pour que l'homme ait comme le
chien la faculté de la mémoire, mais je ne puis
comprendre comment, *scientifiquement*, il peut, de
l'ordre naturel abandonné à lui-même, faire sortir
l'ordre moral ; si Dieu n'existe pas, l'ordre moral
n'est plus que le plus futile des châteaux de cartes,
et la conscience humaine n'en est que la châtelaine
illusoire.

La conscience ! je viens de prononcer un mot
qui ne doit plus avoir cours avec le positivisme
régulier; nous supposions qu'elle était chez l'homme
le rapport permanent avec Dieu. Dieu supprimé, la
conscience ne devient plus qu'une surveillante ar-
tificielle dont notre intérêt est de nous émanciper.

Quel profit de ne plus entendre à chaque instant
cette voix importune qui nous dissuade de l'é-
goïsme, de la dureté, de l'ingratitude ! Prononcer
la mort civile du Remords, quelle aubaine !

Car le véritable athée, — l'athée tel qu'il se montre aujourd'hui, — est celui qui, forcé de vivre en
paix avec les lois humaines, se dédommagera de
cette stupide contrainte en violant toutes les lois
divines, ce complément supérieur de tous les codes ; dans mille occasions il y trouvera un bénéfice
manifeste. — Le mépris public l'empêchera. —
Mais de quel droit exercez-vous l'estime ou le mépris ? Si l'ordre physique est tout, ces deux termes
spiritualistes s'abolissent d'eux-mêmes.

La Science, en intimant à la pensée humaine
l'ordre de chasser l'élément spiritualiste, entreprend
une lutte dérisoire. «Tu as faim, disait Odry dans
une pièce célèbre, cela ne te regarde pas ; tu as
soif d'infini, disait le Positivisme, je ne veux pas
que tu te désaltères ; » mais c'est à la source sacrée
seule que l'homme se retrempe et se rafraîchit ; la
sécheresse physiologique ne parviendra pas à tarir
cette divine fontaine de Jouvence avec l'eau de laquelle on baptise les martyrs et les héros.

Au lieu d'humilier l'humanité en ne glorifiant
que sa substance terrestre, pourquoi la science ne
se dit-elle pas qu'il est puéril à elle de vouloir

dégager tous les termes de la création ? Tout est
mystère autour de nous : l'espace, la naissance, la
mort, la raison d'être de toutes choses. Que la
science réserve au moins la part de l'inconnu ; elle
ne sera pas amoindrie pour mettre à la table de
ses conceptions le couvert de Dieu.

LES

PROGRÈS QUI SONT DES RECULS

———

I

La France est une merveilleuse montre enrichie
des diamants les plus rares et qui retarde toujours
en se flattant qu'elle avance; le mouvement en a
été excellent pendant plusieurs siècles; elle a donné
l'heure à l'Europe avec une parfaite justesse, mais
cette montre sans rivale, on l'a laissé tomber tant
de fois que les ressorts s'en trouvent terriblement
faussés; il faudrait une succession d'horlogers de
génie pour la remettre en état.

Il y a six mois à peine, elle était arrêtée à 1410
et malgré l'axiome : « *On ne remonte jamais le cours
des âges,* » nous nous surprenions ramenés aux
cabochiens; quand le monde moderne se pique de
faire concurrence au moyen âge pour la barbarie
et l'ignorance, il éclipse les fameux *écorcheurs* du
vieux Paris ; depuis, confiée à des mains habiles,

la montre merveilleuse que nos ancêtres portaient
avec tant de gloire, a repris un peu de son apparence et de son égalité; on l'a réparée tant bien
que mal; mais il manque bien des rouages et bien
des pierres fines; enfin elle ne marchait plus, elle
marche de nouveau; nous n'avons plus qu'un retard de quatre-vingts ans; elle marque maintenant
1790; pourvu que la révolution ne vienne pas la
briser encore! Pourvu que la postérité de Marat ne
nous empêche pas de rattraper le temps perdu!

Chose bizarre, ce fut le fils d'un horloger, Jean-
Jacques Rousseau, qui commença à détraquer cette
montre d'une sensibilité fébrile; ce fut le fils d'un
autre horloger, Caron de Beaumarchais, qui acheva
d'affoler les aiguilles. Le *Contrat social* et le
Mariage de Figaro, c'étaient des doigts d'enfant
terrible jouant avec un instrument de précision.
Actuellement, elle éprouve d'étranges moments
d'arrêt, on dirait qu'on a perdu la clef pour la remonter. Tout ce qui faisait vibrer si intimement la
fibre française ne résonne plus que dans quelques
âmes privilégiées. Lorsque Robespierre était simple
avocat au bailliage d'Arras, Dieu, le Roi, la Patrie
étaient encore des noms magiques; aujourd'hui,
pour beaucoup de gens avancés, Dieu, le Roi, la
Patrie ne sont plus que des ci-devants!

II

Aussi, malgré nos qualités de vitesse, le reste de l'Europe nous bat-il de la longueur de plusieurs révolutions ; nous nous croyons au XIXe siècle ; c'est peut-être vrai pour les perfectionnements matériels, mais au point de vue moral et politique nous sommes encore au XVIIIe siècle ; que de Girondins vous saluez et que de Jacobins vous ne saluez pas ; les Cordeliers ont disparu, mais les Hébertistes pullulent, et tout dernièrement le *Père Duchêne*, ce bon b... qui, plus fort que le Christ, a ressuscité deux fois, ne comptait-il pas plus d'apôtres qu'à sa première croisade contre les riches ? Quelque chose nous dit que Fouquier-Tinville n'est pas mort ; c'était un bruit que la réaction avait fait courir ; n'en doutez pas, ô citoyens martyrs ; il reviendra, le maître des accusateurs publics, il faut décidément purger la terre des honnêtes gens ; les vengeurs de l'avenir prétendent offrir à leurs frères des pontons la tête de Prudhomme décapité ; Prudhomme, dans leur imagination, c'est aussi bien le duc de Luynes que le boutiquier du coin, c'est tout ce qui n'est pas le pur pétroleur de cœur ou de fait. Et peut-être entendra-t-on un jour devant une

parodie de tribunal, car le singe-tigre se plaît surtout aux imitations sanglantes, un dialogue dans
le genre de celui-ci, que nous lirons dans le *For-
çat libéré*, journal quotidien :

— Que me reprochez-vous?

— Vous êtes accusé d'avoir laissé entendre au
club des bons b..... qu'on devrait, par consi-
dération artistique, ne pas brûler ce que la superstition appelait : la Sainte-Chapelle ?

— C'est vrai, mais j'ai ajouté qu'on devrait
mettre le feu à quatre cent cinquante hôtels que
j'ai désignés.

— C'est une circonstance atténuante et dont il
vous sera tenu compte au cours des débats.

Nous avons l'air de plaisanter, mais ce n'est pas
notre faute si la facétie est devenue une chose
plus sérieuse qu'une assemblée de doctrinaires, et
si les parades se jouent sur les tréteaux de la guillotine; il y a longtemps que les masses sont gou-
vernées par un triumvirat invisible composé de
Calino, de Cadet-Roussel et de Jocrisse, mais il
manquait un type à l'honneur du genre : *Jocrisse
assassin; queue rouge*, est une qualification qui
oblige.

O Chamfort! ô Rivarol! princes de l'esprit français, ne remonterez-vous jamais sur le trône, ne
fût-ce que pour dix-huit ans, le terme extrême des

monarchies? il serait si doux de jouir de l'inter-
règne des sots!

III

Parcourez le cercle des idées acquises, vous verrez combien les élans pris à faux nous ont rejetés
en arrière, comme ces canons mal chargés qui
éclatent tout en opérant un mouvement de recul;
ce qui caractérise la France depuis ce qu'on appelle
la grande Révolution, c'est, malgré les efforts des
hommes de gouvernement, la rupture du bon sens
traditionnel, héritage soigneusement gardé par les
autres peuples.

Pendant que dans tout le reste de l'Europe on se
pique aujourd'hui, comme il y a cent ans, d'avoir
les meilleurs diplomates, chez nous le parti qui est
censé représenter le *progrès* s'écrie avec suffisance :
à quoi sert la diplomatie, maintenant que nous
avons le télégraphe électrique? Grosse flatterie à
l'adresse du gros public qui est persuadé que le
baron Grog de la *Grande-Duchesse* personnifie les
ambassadeurs passés, présents et à venir. Admirable trouvaille que cette plate énormité dans un
temps où règnent les Bismarck et les Gortschakoff.

Pendant que dans tout le reste de l'Europe,
l'institution de l'armée est l'objet du souci national

et du respect populaire, chez nous les *novateurs* laissent dédaigneusement tomber de leurs lèvres ce joli paradoxe, qui devient une trahison envers la patrie : « A quoi sert une armée ? Une nation qui « se lève en masse est plus forte que toutes les « gardes prétoriennes, » (car dans les nobles régiments qui à Wœrth et à Gravelotte défendirent pied à pied le sol français, le *progrès* ne voit jamais que des prétoriens), et cet autre renversement d'une supériorité spéciale comble d'aise les badauds, persuadés d'ailleurs que le général Boum, de la *Grande-Duchesse*, en sait plus long que Turenne et que Napoléon. Et pendant que les philosophes d'opposition, qui ne regardent jamais leur pays, attendu qu'ils ont toujours les yeux fixés sur César, *delendus est Cæsar*, renchérissent sur la beauté de cette conception humanitaire, le désarmement universel, un maître froid et patient comme de Moltke, masse silencieusement ses légions de proie dont seraient jaloux les vautours chauves, et au moment où l'on croit que l'Allemagne s'occupe à cueillir des petites fleurs bleues, douze cent mille soldats germains, manœuvrant avec une merveilleuse entente, viennent apporter en France, au bout de leurs fusils, de sanglants *wergiss-mein-nicht*, car ils excellent à vous offrir des : *ne m'oubliez pas*, ces poétiques amants des mobiliers français.

D'autres rêveurs déclaraient pompeusement que cette affreuse loque rouge qu'on nomme le bonnet phrygien,— je plains les Phrygiens,— allait mettre en fuite, comme par enchantement, les plus pointus des casques prussiens ; hélas ! eût-ce été même le crasseux bonnet sali par Marat, l'ami du peuple, que le pouvoir des reliques eût été nul, un caporal poméranien valant à lui seul plus de quatre clubistes.

Pendant que dans tout le reste de l'Europe, en Prusse notamment, les fonctionnaires publics sont entourés de respect, et tandis que, pour les moins favorisés de la fortune, on ajoute en égards ce qui manque à leur modeste traitement, en France la théorie des sophistes, théorie fatale à l'intérêt général, veut que tous les fonctionnaires publics soient des *laquais*, comme si l'indépendance tenait à l'emploi et non pas au caractère: les préfets, *laquais;* les prêtres, *laquais;* les magistrats, *laquais;* les officiers, *laquais.* Il n'y a que les révolutionnaires qui n'aient pas de livrée; je le sais bien, ils portent la carmagnole ! Avais-je raison de dire que nous sommes à l'arrière-garde de l'univers, même pour la mode; la carmagnole en 1872, à quand les *sans-culottes?*

C'est bientôt fait d'appeler *laquais* le personnage revêtu d'un caractère officiel et qui exécute, comme c'est son devoir, les ordres légitimes de ses supérieurs ; il serait plus difficile d'aller chercher la vraie servilité là où elle se cache, dans les bassesses envers la foule, dans les compromis avec la popularité, dans les complaisances pour les préjugés de café, qui remplacent maintenant le travail, les études exactes, les notions saines et justes, car il y a la *force brutale des idées*, bien autrement terrible que la *force brutale des baïonnettes*. Appeler tout de suite *traître* un général malheureux, se déclarer vendu quand on ne veut plus combattre ; proclamer *mouchards* ceux qui se permettent de vous contredire ; crier : *On égorge nos frères*, quand un seul coup de fusil n'a pas été tiré, et obliger les gens intelligents à paraître dupes de cette ignoble comédie qu'on eût dû siffler dès les premiers jours, c'est autrement humiliant pour le cerveau humain qu'une charge d'infanterie sur le boulevard.

Que de niaises gorges-chaudes les loustics de la démagogie, — ces loustics qui commandent si gaillardement les pelotons d'exécution, — n'ont-ils pas faites sur les chambellans de cour et leur costume écarlate ? Les gens vulgaires ne peuvent jamais se figurer que dans un monde qu'ils ne daigneront jamais explorer, les ordres reçus n'ont rien qui blesse la dignité humaine, parce qu'ils sont donnés avec une courtoisie et un tact inconnus dans leur monde à eux ; ah ! si un maître des

cérémonies ou un commandant du palais s'entendait parler du ton que prennent certains démo-
crates envers leurs subordonnés, je comprendrais
qu'il y eût indignité à lui de garder un poste
acheté au prix d'un seul affront; mais c'est là que
l'ignorance et la mauvaise foi révolutionnaires pas-
sionneraient un saint, car plus on monte dans les
hautes classes, plus on trouve d'aménité, de politesse et de savoir-vivre; plus on descend l'échelle
sociale, plus on rencontre de morgue, de despotisme et de froissement; cette manière de voir peut
déranger l'optique convenue, mais, je le déclare, si
j'avais l'honneur d'être un simple ouvrier, je pré-
férerais mille fois avoir affaire à un duc qu'à un
boutiquier retiré.

J'avançais tout à l'heure qu'à Berlin les choses ne
se passent pas comme à Paris; au lieu de venir
dire à un officier de paix ou à un percepteur des
domaines : « Tu es un vil salarié de l'Etat, nous
ne voulons pas de faux frères parmi nous, » on
donnerait plutôt la place d'honneur au serviteur
de la société; on ne songerait jamais à traiter d'a-
vance en ennemi celui qui, au bout du compte,
fait les affaires de tout le monde; s'il s'agit d'un
petit employé, la déférence n'est pas moindre;
l'arrogance de l'argent comme l'arrogance de la
misère, — les deux se valent, — ne se font pas

sentir pour l'obscur travailleur qui porte un titre
officiel.

C'est que le mot : *officiel*, n'est pas, sur les bords de
la Sprée, frappé de la même défaveur idiote qui,
sur les bords de la Seine, le met presque en interdit.
Contre-sens misérable, car si tout ce qui a l'estampille du pouvoir devient suspect, tandis que
tout ce qui en est exempt est sûr d'être applaudi
d'avance, c'est un simple déplacement d'officialité ;
en France, la littérature d'État, la religion d'État,
la morale d'État, toutes choses qu'on attribue toujours au Gouvernement, appartiennent bien plus
à l'opposition ; depuis soixante ans, c'est toujours
chez nous l'opposition qui a été la caste officielle ;
c'était elle seule qui délivrait les brevets de capacité, d'honorabilité et de civisme. La recommandation de M. Guizot était un billet de faveur, mais la
recommandation de M. Ledru-Rollin était un fir-
man ; encore aujourd'hui, croyez-vous qu'un mot
de M. Gambetta ne donnerait pas plus de crédit au
porteur qu'une lettre du plus habile de nos ministres ? pourquoi, parce que M. Gambetta est un
chef d'opposition, et qu'en France l'opposition est
un évangile, tandis que le pouvoir est un livre apo-
cryphe. Déjà, du temps du roi Louis-Philippe, le
National et la *Réforme* eussent pu mettre en
tête de leurs colonnes : *Partie officielle*, et le *Pro-*

gressif Cauchois était plus puissant que le *Moniteur*.

En avons-nous vu sous les divers régimes qui se sont succédé, de diplômes de vertu délivrés au premier venu qui crachait un peu sur les Tuileries en attendant qu'on les brûlât? il suffisait qu'un amateur fît une ignoble charge d'un prince et d'une princesse pour qu'un parti, discipliné comme un monastère, s'écriât : « Brave et loyal cœur, celui-là ! « Ah ! si par malheur on avait fait jouer dans ces mêmes Tuileries une saynète quelconque, on était à jamais dépossédé du droit de passer pour *un brave et loyal cœur*, qu'était-ce donc quand on avait l'imprudence de commettre une cantate ! Au fond, je ne goûte pas beaucoup les cantates, mais si le parti révolutionnaire croit qu'il n'en fait pas dix fois plus que les poëtes royaux et impériaux, il se trompe ; jamais le prestige d'un monarque n'a inspiré d'aussi plats dithyrambes que le prestige de l'émeute et de la barricade. L'encens révolutionnaire est autrement suffocant que l'encens des cours ; aussi moi qui n'ai ni le désavantage d'être chambellan, ni l'avantage d'être insurgé, j'ai une maxime bien simple : j'adore la liberté comme femme, mais je l'exècre comme déesse.

IV

Dans toutes les autres contrées du globe, est-ce qu'on se fait des agents de la sûreté publique l'idée hideusement sotte que s'en forge chez nous toute une classe de citoyens à laquelle se joignent des penseurs de qualité?

Partout ailleurs, sous toutes les formes de gouvernement, aux États-Unis comme aux îles Britanniques, le bon sens universel comprend que la sécurité sociale ne peut pas être laissée au hasard; personne ne regarde de travers le *policeman* de Londres, nul ne méprise le *detective*.

A Paris, cette Mecque des incrédules, le mot *police* exaspère le peuple, indigne les bourgeois, fait froncer le sourcil des orateurs et des philosophes.

Quand de malheureux sergents de ville qui, après tout, sont d'anciens soldats, ont passé deux ou trois nuits à empêcher le désordre de la rue, les tribuns de la gauche interpellent le gouvernement et lui disent avec dégoût: *votre police!* On dirait que quand ils seront les maîtres ils trouveront le moyen de se passer de cette pernicieuse institution; en effet, le jour de leur triomphe, on jette à l'eau quelques pères de familles coupables d'avoir fait

leur devoir, et huit jours après les vainqueurs sont
obligés de rétablir qu'ils avaient aboli. On a toujours en France le substantif *libéralisme* à la bouche;
y a-t-il rien au monde de plus illibéral que de vouer
au dédain et à l'exécration toute une corporation qui
n'inquiète sérieusement que les malfaiteurs? Quand
un sergent de ville risque sa vie pour arrêter un
cheval qui s'emporte, les *libéraux* ne disent pas
un traître mot de cette noble action; quand un autre sergent de ville a donné une bourrade à un
émeutier qui cherche sa belle, ce sont des chapelets
de catilinaires, les cafés retentissent d'imprécations
et les journaux s'encadrent de noir : que c'est beau
de cumuler le génie de l'ingratitude et le génie de
l'injustice !

Je propose aux *libéraux* de France l'adoption de
ce principe que la Polynésie elle-même rougirait
d'admettre si tard :

Un sergent de ville est un homme.

Et qu'on ne vienne pas nous dire que ces vengeances et ces colères s'adressent à la police politique; elles s'adressent tout bonnement aux défenseurs de l'ordre; on l'a bien vu aux représailles
contre les gendarmes ! Quel était leur crime? D'a
voir gêné trop de criminels.

V

J'ai voulu réserver pour ma conclusion une question d'un intérêt bien plus haut encore et bien plus grave.

Dans toutes les autres civilisations, la reconnaissance d'un principe supérieur n'est même pas mise en discussion ; l'Espagne, malgré ses déchirements, se découvre encore devant le Calvaire ; l'Italie, quoiqu'elle semble vouloir séculariser la Ville Sainte, garde encore le respect de ses madones ; la fière Amérique s'agenouille devant la Bible, les Mahométans ne parlent pas de brûler les mosquées.

Chez nous, pour une certaine France, du moins, de l'univers, on tente de rayer le ciel ; Dieu n'est plus du conseil des *penseurs :* L'Être suprême de Robespierre est relégué au grenier comme une idole de rebut ; le parti de l'avenir se déclare matérialiste et athée ; cette fois nous faisons mieux que de devenir les contemporains de 93, nous rétrogadons à plus de deux mille ans en arrière ; si c'est ainsi que nous comprenons la marche de l'humanité, c'est à faire adorer les temps réputés barbares ; bien des trésors nous avaient déjà été

enlevés, la disparition de l'idée religieuse créerait
un abîme où la société roulerait tout entière ; or,
l'église, le temple protestant et la synagogue sont
également menacés ; le Dieu d'Israël et le Dieu des
chrétiens souffrent à Montmartre, et plus haut, du
même discrédit. Platon ne bannissait que les poëtes
de sa République, nous en bannissons nos dieux ;
je me méfie d'une nation qui veut ainsi rester entre hommes ; dans une société où il n'y a plus de
roi, tout le monde est roi ; dans une société où il
n'y a plus de Dieu, tout le monde est dieu ; voilà
pourquoi je trouve plus libéral d'être chrétien et
monarchiste et je dirais volontiers : O prince ! sauvez-nous des tyrans ! O Seigneur tout-puissant !
sauvez-nous des idoles ! et tous deux, épargnez-nous
les progrès qui sont des reculs !

DE LA SOUVERAINETÉ DU PEUPLE

ET DU SUFFRAGE UNIVERSEL

———

> Chacun se dépopularise à son
> tour; le peuple finira peut-être
> par se dépopulariser.
> VICTOR HUGO : *Littérature*
> *philosophie mêlées.*

I

« Il y a une chose, disait Royer-Collard, que je
mets au-dessus de la souveraineté du peuple, c'est
la souveraineté de la raison. »

Que se passerait-il, en effet, si, par une hypothèse qui n'a peut-être rien de chimérique, au train
dont vont les choses, — car les gens du xixᵉ siècle
chaussent des bottes de sept lieues pour courir aux
abîmes, — que se passerait-il, dis-je, si la majorité
légale d'une nation renversait solennellement les
principes fondamentaux de toute société ; si quatre
millions d'électeurs sur sept millions décrétaient
l'abolition de l'hérédité, de la propriété et du ma-

riage? Faudrait-il, en vertu du dogme de la souveraineté du peuple, s'incliner devant ce plébiscite de
l'insanité? La minorité, qui, dans cette cause faite
pour être plaidée à coups de canon, représenterait
les droits éternels du genre humain, serait-elle tenue de respecter ce nouveau code du plus humiliant et du plus odieux des despotismes, le despotisme du Nombre?

Le chiffre ici n'est rien ; j'opposais trois millions
à quatre millions ; mais mille personnes, mais les
dix justes de Sodome suffiraient devant le tribunal de
Dieu pour faire perdre son procès à la masse immense ; la presque unanimité ne donnerait pas gain
de cause, c'est ici que le fameux vers :

Et s'il n'en est qu'un seul, je serai celui-là !

recevrait une application sublime, car c'est cette
fois que l'insurrection deviendrait ce qu'elle n'a jamais été, le plus sacré et le plus légitime des
devoirs.

Autrement, cette fiction constitutionnelle qui
reste sans danger : *Le roi ne saurait mal faire,*
se transformerait, avec un monarque collectif, en
une exécrable réalité : si l'on venait vous ôter votre
famille, votre toit et votre liberté de conscience en
disant : *Le peuple souverain ne saurait mal faire,* —
ce serait faire tomber la civilisation européenne au-

dessous des servitudes asiatiques; entre le sultan
des *Mille et une nuits* et le sultan aux *mille et une
têtes*, nous aimerions encore mieux nous faire dic-
ter des ordres par l'époux de Scheherazade.

Dans la pratique, la *souveraineté du peuple*, —
jamais mot plus plein ne fut créé pour une chose
plus vide, — serait aisément monstrueuse; en théorie, ce monopole de l'autorité gouvernementale,
quand on veut l'examiner en laissant de côté l'esprit de parti, n'est pas plus justifiable.

Le suffrage universel demeure assurément la plus
noble conquête que les électeurs aient faite sur l'État,
mais ce système d'égalité brute est en contradiction
flagrante avec tout le reste de l'ordre intellectuel.

Voltaire estimait à quinze cents personnes le
nombre des gens de goût qui pouvaient se trouver
à Paris; un pessimiste dirait peut être que le chiffre
a diminué; un témoin qui ne voudrait pas être un
témoin à charge doit tenir compte, sinon du progrès du temps, au moins de l'accroissement de la
population.

Mais en admettant les calculs les plus élastiques,
croit-on, — ceci soit dit sans blesser les vanités, —
car je fais de la décentralisation, — croit-on que
sur la surface du territoire français, en compre-
nant les colonies, il y ait plus de dix mille personnes qui se connaissent en littérature?

Croit-on qu'il y en ait plus de dix mille qui se connaissent en art?

Les élus de la Science dépassent-ils cette proportion modeste?

C'est pourtant dans chacune de ces sphères spéciales un plus petit nombre encore qui fait l'opinion, plus docile et plus délicate en ces matières que dans tout ce qui touche aux intérêts matériels; l'aristocratie naturelle,— car il n'y a de factice que la démocratie, — ne perd pas ses droits dans ce classement de valeurs; sans doute il y a d'imposants troupeaux de lecteurs qui mettront au-dessus de Mérimée Mistigris le conteur *populaire*, Mistigris le confident de la guillotine, l'homme qui, comme intérêt dramatique, fait pâlir les cours d'assises; Mistigris a pour lui la *droite* et la *gauche* des concierges, la fleur des gavroches, la crème des bonnes femmes; que dis-je? il a la majorité des lecteurs français; il pourrait, s'il lui plaisait, faire un appel au peuple.

Et pourtant, comme nous ne sommes pas ici sur les terres du suffrage universel, où les aveugles ont qualité pour guider ceux qui voient clair, il suffit de quatre ou cinq opinions qui s'entendent et qui se respectent pour casser le décret d'enthousiasme rendu en faveur de Mistigris.

De même tous les barbouilleurs réunis, avec le

concours de tous les barbouillés, ne sauraient prévaloir contre l'autorité d'un critique ou d'un expert
qui sait son métier. Ah ! s'il nous était permis
d'avoir des *experts* pour juger les tableaux que les
peintres d'enseignes font des crimes des salons et
des vertus des cafés !

La Science est encore une aristocratie plus précise et plus inflexible. Toutes les déclamations du
monde ne pourront réussir à empêcher la supériorité d'un grand physicien ou d'un grand géomètre
sur la moyenne des gens qui l'entourent; on pourrait même formuler ainsi la proportion :

Le cerveau de Newton $= 200,000$ cerveaux.

II

En politique, — où les connaisseurs sont beaucoup plus rares, — cette hiérarchie normale est
abolie par la loi ; tout le monde est égal devant
cette nouvelle boîte de Pandore qu'on appelle l'urne
électorale. La *voix* d'un équilibriste ou d'un ou-
vreur de portières compte autant que la *voix* de
M. de Rémusat ou de M. de Broglie ; la *voix* d'un
étourdi duquel on dit : *Il faut que jeunesse se
passe*, peut annuler la *voix* d'un homme fait qui a
vingt fois plus de valeur morale ; *jeter sa gourme*,
c'est très-louable, mais il est fâcheux que la gourme

atteigne le scrutin ; la *voix* d'un ignare fier de sa crasse intellectuelle et qui vous déclare, par exemple, que les prêtres sont des sergents de ville en soutane, a qualité pour balancer la *voix* d'un sceptique délicat comme M. Renan. Mais c'est la bestialité dans l'égalité, et ce banquet des votes est une horrible gamelle.

Vous renversez les lois naturelles par un artifice d'adulation, car c'est toujours de nuages d'encens que part la foudre populaire. Vous abolissez toutes les conditions de garantie et d'autorité qui tiennent à l'âge, à la culture de l'esprit, à la situation personnelle; vous chargez les vagabonds de représenter les propriétaires, vous forcez les maîtres à redevenir des écoliers, vous replacez le père au rang des enfants ; est-il rien de plus ridicule que de voir un chef de famille, écouté et respecté dans tous les autres actes de la vie, tenu en échec par ses deux fils à peine majeurs, lorsqu'il s'agit des droits politiques? Comment! le *multiple* ne représentera pas plus que le chiffre qu'il contient deux ou trois fois! Déboulonner la colonne, passe encore, c'est le bonheur des pygmées de renverser les géants; déboulonner l'arithmétique, ce devrait être au-dessus des *droits de l'homme.*

Supposez un état régulier, et non pas un malheureux pays, semblable à un fleuve qui ne peut jamais reprendre sa transparence, tant d'ingénieux soulèvements font remonter perpétuellement la vase à la surface ; supposez une Patrie qu'on chérirait au lieu de la déchirer, et où les citoyens se résigneraient à rester modestes par amour filial pour la mère commune, qu'on soit en république ou en monarchie, ces deux pôles entre lesquels la France oscille sans pouvoir se reposer, et dites-nous s'il n'appartiendrait pas aux cinquante mille intelligences d'un pays de gouverner le reste? On disait autrefois, au temps où l'on ne prenait pas les unités pour des dizaines : « *Tout pour le peuple, rien par lui.* » Nous avons envoyé à Charenton cette sage devise avec bien d'autres ; la Démocratie se fait une étrange conception de l'économie du corps social ; jadis on tenait surtout à consulter les cerveaux ; aujourd'hui on consulte gravement les mollets ; le Bartholo révolutionnaire, pour qui toute l'aristocratie est une Rosine, feint toujours d'avoir peur que la réaction n'étouffe les génies qui pullulent dans les bas fonds sociaux ; elle affecte de croire que tout égoutier cache un grand général, et tout balayeur un excellent ministre d'État ; elle n'en dirait peut-être pas autant du bûcheron ou du laboureur, car elle entendait réduire à néant le rôle des campagnes ; le paysan pour elle est moins un homme que pour un duc et pair de l'ancien ré-

gime; il ne commencera à être un homme que
quand il brûlera un peu les châteaux et qu'il fusil-
lera les curés de village; le pétrole rural n'a encore
fait que son surnumérariat.

Cette surexcitation générale des vanités amène
une nation à l'énervement; de même qu'il y a des
stimulants dangereux qui affaiblissent les forces
physiques, il y a des stimulants perfides qui étei-
gnent les forces sociales; laissez aux choses leur
jeu naturel. Si un capitaine illustre est à l'état de
chrysalide sous la blouse d'un maraîcher, si un ad-
ministrateur de premier ordre est à l'état latent
dans un charretier qui accable ses chevaux de coups
de fouet et qui est prêt à vous traiter comme son atte-
lage, pour peu que vous fassiez à ce rude électeur
une remontrance sur sa brutalité, mon Dieu! par
l'effet de leur supériorité native, ces deux capacités
surgiront au moment utile; tout ce que vous pouvez
demander, c'est que les lois ne compriment pas
l'essor possible des aigles inconnus; ce résultat est
acquis depuis un temps immémorial; déjà, sous
Louis XIV, tout ce qu'il y avait de distingué dans
la bourgeoisie était au pouvoir; que fut Catinat? le
Hoche de l'ancien régime. Vous avez beau décréter
des pousses imaginaires, les chênes ne demeurent
pas nains et les roseaux n'acquièrent pas cent
pieds de hauteur; quelques exemples fameux de

11

la première Révolution ont perdu la grande armée
des nullités, et c'était l'exception qui confirmait la
règle; quand depuis, trois ou quatre bouleversements politiques ont de nouveau renversé toutes
les barrières et favorisé, ainsi qu'on se l'imagine,
l'éclosion des talents, il ne s'est pas produit un
homme ni dans l'ordre civil, ni dans l'ordre militaire. Au contraire, ces convulsions éternelles, au
lieu de féconder, stérilisent; les entrailles, mortelle-
ment malades, n'enfantent plus; la France ressemble à un sol généreux qui, à force d'être pié-
tiné, finirait par devenir avare.

III

La grande fatalité de l'idée démocratique, idée
fausse qui ne peut engendrer que des erreurs, c'est
l'immolation de l'Intelligence au Nombre : elle noie
dans une masse confuse et inconsciente les conceptions les plus nettes et les plus réfléchies, comme
on noierait dans un Océan les essences les plus ori-
ginales et les plus énergiques; elle précipite contre
le petit nombre des gens de haut mérite et de haut
savoir le flot des médiocrités et des impuissances,
les Perses de la destruction sotte contre les trois
cents Grecs des Thermopyles, les Grecs de la création intelligente.

89 abolit l'aristocratie territoriale; 71 a entamé l'aristocratie d'argent; il reste à renverser une troisième aristocratie plus détestée encore que les deux premières, car elle échappe mieux qu'elles à la confiscation : l'aristocratie intellectuelle; le niveau égalitaire n'admet pas plus de têtes au-dessus des autres que d'édifices plus élevés que les maisons; le triomphe, ce sera le jour où cent cinquante pieds boueux écraseront le crâne d'un Leibnitz ou d'un Bossuet en disant : « Eh bien! quoi! est-ce que cette cervelle-là est faite autrement que les autres? »

On s'imagine que l'appel à toutes les forces vives d'une nation dans l'ordre intellectuel doit donner des résultats surprenants; c'est exactement comme dans l'ordre physique; la levée en masse, cette innovation révolutionnaire, n'a pas le quart de l'action d'une armée régulière et disciplinée.

Encore la doctrine du nombre qui tue l'intelligence! Veut-on savoir l'opinion intime qu'a du suffrage universel un homme qui mérite à tous égards ce nom si prodigué de *penseur*, M. de Tocqueville? Relisez ce beau livre d'une impartialité stoïque, *la Démocratie en Amérique*, un recueil de vérités désagréables dites à lui-même par un aristocrate de naissance. Je résume ainsi son entrée en matière :
« On se figure qu'un des grands avantages du vote

universel est d'appeler à la direction des affaires
des hommes dignes de la confiance publique ; le
peuple ne saurait se gouverner lui-même, mais il
veut toujours sincèrement le bien de l'État, et son
instinct ne manque guère de lui désigner ceux
qu'un même désir anime, et qui sont les plus capables de tenir en main le pouvoir. »

Ce que M. de Tocqueville vit en Amérique ne
l'autorisa point à penser qu'il en fût ainsi ; il fut
même frappé de surprise en découvrant combien
le mérite était commun parmi les gouvernés et
rare chez les gouvernants ; c'est un fait constant
que de nos jours aux États-Unis les hommes les
plus remarquables sont rarement appelés aux fonctions publiques, et l'on est obligé de reconnaître
qu'il en a été ainsi à mesure que la démocratie a
dépassé ses anciennes limites. Et il arrive à cette
conclusion significative :

« Il est impossible, quoi qu'on fasse, d'élever
les lumières du peuple au-dessus d'un certain niveau. Ce qui manque aux classes inférieures de la
société, c'est l'art de juger les moyens tout en vou-
lant sincèrement la fin. Les plus grands génies s'y
égarent, et la multitude y réussirait ! Ensuite il ne
faut pas se dissimuler que les institutions démocratiques développent à un très-haut degré le sentiment de l'envie dans le cœur humain. »

M. de Tocqueville, en libéral de la vieille roche, a écrit ces lignes dans des temps meilleurs pour le nouveau et pour l'ancien monde. Aujourd'hui les masses ne souffriraient plus ni de Richelieu ni de Sully, — le ponton est jaloux des mâts du navire, — et, d'un autre côté, à travers l'Océan, le bruit de la corruption américaine arrive jusqu'à nous ; ce n'est pourtant pas l'Empereur qui, à quinze cents lieues de distance, a perverti les descendants de Washington !

IV

Quand donc voudra-t-on comprendre ce mécanisme si simple :

La société est une série de délégations : telle classe de citoyens est faite pour les opérations de l'esprit ; telle autre a très-heureusement la vocation des œuvres matérielles ; telle autre est propre à la direction des affaires ; telle autre au service de l'ordre ; telle autre enfin est chargée de la dispensation de la justice. Si tout le monde à la fois veut remplir l'office de tout le monde, si chacun prétend être tout ensemble juge, militaire, manœuvre, ministre, ce n'est même plus la démocratie, c'est l'anarchie constitutionnelle, c'est la *chaocratie*.

Vous rappelez-vous avec quelle majesté on disait jadis : C'est aux citoyens armés à défendre l'ordre. On a vu, depuis, les services qu'a rendus la garde nationale. Vous voulez absolument faire des magistrats d'honnêtes bourgeois que les menaces iront inquiéter; vous prétendez appliquer à toutes choses l'institution du jury, même en matière de presse? vous faussez la justice. Laissez donc à chaque couche spéciale sa protection particulière. Les rouages sociaux ne peuvent pas plus empiéter les uns sur les autres que les rouages d'une horloge; autrement vous brisez le ressort général.

La division des pouvoirs est le grand fondement de la liberté vraie ; ce principe n'est pas moins indispensable dans la conduite des affaires générales que dans l'organisation politique.

Vous allez tous les six mois, tous les trois mois, arracher à leur labeur, à leurs soucis, des gens qui n'ont pas qualité pour faire un choix raisonné ; ils vous répondent par l'indifférence et l'inertie, juste châtiment des systèmes de convention. Ne savoir ni lire ni écrire ne constitue pas pour nous le premier des démérites ; il y a des cœurs d'or qui ont battu toute leur vie et qui ne savaient signer qu'en faisant une croix ; il y a de beaux esprits de village qui ont une écriture de calligraphe et qui sont des pseudo-électeurs. Les grossiers instincts, la basse envie, les préjugés niais, voilà ce qui devrait en-traîner la privation des droits civiques.

Que de fois, en surprenant la fourberie ou la violence en flagrant délit, le marchand qui vous trompe ou la brute qui bat les animaux, ne vous êtes-vous pas dit, à la vue de quelque figure plate ou féroce : Et cet homme est électeur !

Mais les droits du peuple, m'objectera-t-on, qu'en faites-vous ? Chacun n'a-t-il pas le droit, comme contribuable, de prendre sa part dans la ges-tion des affaires publiques ?

Sans doute chacun a son droit de contrôle pour son chiffre d'intérêt ; mais ce que je lui nie, à ce chacun, c'est son droit de participation à la con-duite d'un Etat social ; messieurs les capables, passez les premiers ! partout il y a des hommes faits pour commander et d'autres faits pour obéir.

Et ce n'est pas toujours l'élection qui, dans bien des cas, vous donnera des gens capables ; l'élec-tion, généralisée comme le voudrait la démocratie, ne produirait que des créatures pour les électeurs, créatures d'un jour qu'ils déferaient le lendemain.

Les rois ne sont plus à la mode; mais, mathé-matiquement, le choix du prince est vingt fois moins fertile en bévues que le choix du peuple.

Voulez-vous donc abolir le suffrage universel ? Non, conservons ce beau fruit que nous a donné la démocratie, comme on donne des verges pour se faire fouetter ; mais, au lieu de le laisser à l'état sauvage, faisons-en un fruit mangeable ; réglons le suffrage universel, organisons-le ; ne donnons pas des droits égaux à des gens inégaux ; trouvons la loi de proportionnalité; découvrons les conditions de garantie et de sécurité ; que l'habitant des carrières d'Amérique soit assujetti à un peu plus de formalités qu'un propriétaire qui a quelque chose à défendre ; car, enfin, faire voter ensemble, au scrutin, les gendarmes et les voleurs, n'est-ce pas le comble de la dérision?

Il serait curieux que l'on n'eût pas le droit de faire pour la pensée humaine ce qu'on fait pour le grain de blé : séparer le son de la farine.

Et remarquez l'inconséquence : aujourd'hui le faux libéralisme vous dit d'un ton de défi, en parlant de ce suffrage universel qui est son œuvre et qu'il méprisait si ouvertement il y a quinze mois à peine : *Venez donc le reprendre !* et en même temps il reproche amèrement à Napoléon III d'avoir aboli la loi du 31 mai.

Mais si la loi du 31 mai, cette formule restrictive, était une loi sage et sensée, pourquoi serait-il défendu d'y revenir? Vous ne voulez plus de droit divin, soit; alors au moins abolissez cette trop commode maxime : *Vox populi, vox Dei.*

Plaçons enfin au-dessus des agitations populaires le principe même de la forme d'un gouvernement. Si un principe peut être remis en question tous les quinze jours, il n'y a place ni pour les entreprises, ni pour les intérêts d'avenir, ni pour la moindre assiette sociale régulière ; s'il n'y a pas dans ce monde quelque chose d'antérieur et de supérieur aux caprices de la multitude, alors résignons-nous à monter éternellement la montagne des douleurs en roulant notre rocher, car lorsque même nous ne voudrions plus de monarques, nous aurions fondé la dynastie des Sisyphes !

LA

LISTE CIVILE DE LA RÉVOLUTION

I

Un des arguments qui semblent décisifs à la bourgeoisie française contre la royauté, sa plus fidèle amie, argument qui, après avoir servi les rancunes de la classe moyenne, défraye ensuite les passions du populaire, comme ces vêtements qui finissent sur l'échine du pauvre diable leur carrière commencée sur le dos d'un millionnaire, et, que dis-je? l'argument *ad regem* par excellence, c'est cette admirable exclamation philosophique et financière :

— C'est si cher, une Cour, et à quoi cela sert-il?

Ce cri du cœur et de la bourse est généralement poussé par des gens qui intriguaient auprès des chambellans de service pour être admis aux bals des Tuileries, ou qui tourmentaient les grands-veneurs et les grands-écuyers pour faire partie des chasses de Compiègne.

— Chambellan ! grand-veneur ! grand-écuyer ! où prenez-vous encore ces appellations coûteuses et dérisoires ? La fameuse nuit du 4 août enfanta l'abolition des titres de noblesse. La nuit du 4 septembre se doit d'avoir consacré l'abolition des titres de cour ; des chambellans ! y pensez-vous ? des automates vêtus d'un habit rouge, qui, au théâtre, se tenaient debout derrière le souverain et avaient la bassesse de lui présenter l'*Entr'acte ;* flatteurs nés sur les marches du trône et qui meurent d'un compliment rentré ; parlez-moi de ces hommes qui ne se découvrent que devant la *Majesté du peuple* (car au fond et même dans la forme il y a toujours quelque part des *majestés*), et qui pendant cinquante ans disent à chaque crime de la foule : « Assassins, vous êtes admirables ! » qui se prosternent devant le *bon plaisir* de la rue avec une conviction qu'on n'a jamais connue sous les lambris dorés des palais,— héritage de mâle servilité qu'ils transmettent à leurs enfants. Remplir près d'un chef d'État les devoirs de son office, quelle bassesse ! Être le grand maître des cérémonies de la canaille, quel sujet d'orgueil ! Offrir le bras à un prince qui monte en voiture, quel oubli des droits de l'homme ! Presser sur son cœur des repris de justice qu'on ap-

pelle impudemment des frères, dans cet esprit de
tendresse pour le bagne que fait naître le besoin de
la popularité, quel rappel de dignité civique !

Êtes-vous bien sûrs que les charges de cour demeurent supprimées le jour où les balayeurs de la
vie publique traitent les monarchies avec moins de
respect que leurs collègues de la vie privée ne traitent
les boues de Paris ? Le *mandat impératif* ne vaut-il
pas une livrée officielle ? Dans cette chasse à courre
aux honnêtes gens que s'offre le Céar bellevillois
après les premiers moments de *clémence*, ne décou-
vrez-vous pas des *grands-veneurs?*... Et maintenant
que tant de femmes se révèlent comme les furies de la
tribune en attendant qu'elles passent furies de guillotine, ne pourrait-on pas dire que la Révolution n'a
que l'embarras du choix pour ses *dames d'atours ?*

Mais je vois d'ici la jeune école des *défaiseurs
de rois* répondre par un regard hautain et supérieur à ces comparaisons qui ne sont pas des raisons d'État : « Assez de ces oripeaux et de cette
déloyale concurrence au Cirque, s'écrient-ils avec
un geste suppressif; le temps des ostentations
royales est passé, la gloire de la représentation est
morte avec le Roi-Soleil; toute tentative de luxe
ressemblerait à un effet de théâtre et devra, à l'a-
venir, être sévèrement punie.·» Notez que quand
les *ultra purs* de derrière les barricades, — comme

il y a le vin de derrière les fagots, — quand les *ultra purs* arrivent au pouvoir, ils se chamarrent et se galonnent avec la frénésie de singes militaires qui entoureraient un chef de sauvages.

Notez encore, car la France est la terre promise de l'illogisme, que lorsque satisfaction est donnée à la bourgeoisie, lorsque cette Fronde constitutionnelle obtient la majorité en habit noir, la seule qu'elle daigne tolérer, son premier soin est de ridiculiser la simplicité des goûts du monarque. Que d'averses d'épigrammes sont tombées sur le parapluie du roi Louis–Philippe! Avec quel atticisme les grands épiciers lui reprochaient de leur ressembler! Comme on toisait de haut cette petite cour modeste qui osait prétendre à l'économie! On la regardait de l'air dont les valets de pied d'un riche hôtel regarderaient la *bonne* unique d'un appartement de petits rentiers; un peu plus, on eût dit que le souverain qui, à lui tout seul, prenait soin de la couronne, était un *roi pour tout faire;* et des salons comme des boutiques s'échappait une note de moquerie qui équivalait à la salissante expression du Gavroche mécontent d'un pourboire : « *Va donc, eh, panné!* »

Car en France, et peut-être ailleurs, si l'on a la haine des gens riches, on a encore plus le mépris des gens pauvres.

Les chefs d'État ont-ils un train de maison qui
leur convient, car enfin la Royauté ne peut, pas
plus que l'Église, se loger au quatrième étage, à
moins de se faire sacrer par l'abbé Châtel, on déblatère contre le *faste*. — Il y a encore des radicaux en retard qui ne pardonnent pas à Louis XIV
la maçonnerie de Versailles ; au contraire, les
malheureux rois qui ne parviennent jamais à plaire
au peuple, ce maître vingt fois plus exigeant
qu'eux-mêmes, prennent-ils au mot les idées d'ordre et de retenue prêchées le plus souvent par des
prodigues, on déblatère contre la *parcimonie*.

Il faudrait s'entendre pourtant, mais c'est là
chez nous la difficulté mère ; encore si du haut de
notre tour de Babel nous voyions venir quelque
chose ou quelqu'un ?

Lorsqu'après les règnes somptueux de Louis XIV
et de Louis XV, la Cour voulut se mettre au régime
de la demi-magnificence ; lorsque Marie-Antoinette,
en bonne Allemande qu'elle était, crut devoir rapprocher le ton de l'existence des princes du ton de
la vie des particuliers ; quand l'auguste reine se
fit bergère, pour ainsi dire, heureuse de quitter le
sceptre pour la houlette, et préférant le Petit-Tria-
non au grandiose palais de Versailles, le public
français, plus éclairé cependant à cette époque, ne
lui pardonna pas cette méprise ; la dérogation à

l'étiquette que la fille de Marie-Thérèse, se souve-
nant sans doute de la simplicité des cours germaniques, avait osé introduire en France, lui valut les
railleries mêmes des philosophes ; sous son apparence révolutionnaire, rien de plus routinier que le
peuple français : pour qu'il garde ses dieux, il ne
faut pas qu'ils s'avisent de déserter leur auréole ;
une idole qui descend de son piédestal se perd hon-
teusement dans la foule ; un moraliste a dit :
« La familiarité engendre le mépris. » Cette vérité française ne s'applique pas seulement aux personnes, elle s'applique aussi aux gouvernements ;
nous nous indignons très-fort contre les dorures et
les panaches, mais nous bafouons un gouvernement qui se présente en négligé : voilà pourquoi
tout l'attirail classique de splendeur est nécessaire
à une cour française ; ce n'est pas la vanité des
princes, c'est la vanité des peuples qui détermine
cette douloureuse nécessité.

Même dans les premières années de la Révolution, la foule parisienne, la plus tyrannique de
toutes, ne se départit pas de cet étrange rigorisme ;
la reine s'étant permis d'aller en fiacre à l'Opéra,
il y eut un *tolle* général de la part des mêmes in-
dividus qui devaient, plus tard, brûler en grande
pompe les carrosses de la cour.

On ferait, chez nous, un chemin de la Croix,

pour les esprits sensés, avec toutes les stations de
l'inconséquence. Il y avait jadis, à ce qu'on assure,
une protestation de la conscience publique contre
les galanteries de Louis XIV et de Louis XV. Savez-vous ce que le 18ᵉ siècle, si timoré, reprocha à
Louis XVI ? De ne pas avoir de maîtresses. La chasteté honnie comme le libertinage ! il n'appartient
qu'à notre race de mener de front ces contradic-
tions.

II

Il y a deux espèces de financiers dans ce
monde :

Les financiers à larges vues qui trouvent des
ressources pour l'État dans des impôts d'une création intelligente, d'un rendement fécond et facile ;
pour enrichir tout le monde, ils n'ont besoin d'ap-
pauvrir personne ; ils ouvrent des débouchés nouveaux, ils demandent hardiment crédit à l'avenir
pour dégager le présent ; ils savent semer pour ré-
colter, et ils connaissent les engrais qui doublent la
valeur de la moisson.

Les financiers myopes qui, dans les temps de
crise, ne découvrent rien de plus pratique pour venir en aide au Trésor que de resserrer les cordons
de toutes les bourses ; ils réclament la suppression

du luxe comme provocation à la pauvreté, et jettent
ainsi sur le pavé un million d'hommes qui rencontrent précisément leur nécessaire dans la fabrication de l'inutile; pour parer aux misères de la
patrie, ils imaginent un expédient d'opéra-comique,
la vente des diamants de la couronne; ils croiraient
sauver le genre humain en mettant en adjudication les matériaux de Notre-Dame. Ils disent d'un air
pénétré à la production et à la consommation : Arrê-
tez-vous toutes deux! et ils pensent faire faire à
leur pays des économies sérieuses; naïfs qui une
fois de plus prouvent que les bons marchés ruinent.

C'est à cet ordre de financiers romanesques
qu'appartiennent les comptables politiques qui
annoncent avec orgueil et comme une heureuse
surprise une suppression d'une liste civile : « Nous
n'avons plus de cour, s'écrient-ils; c'est trente millions de trouvés. »

On pourrait leur répondre, en saine économie,
financière, que c'est, au contraire, cent millions
de perdus. La dépense d'une cour dans une capitale, c'est un prêté rendu avec usure; une grande
ville qui a besoin d'un supplément de vie factice
pour exister, et qui se tourne contre ceux qui par-
font son bien-être, c'est comme si le bassin reprochait au jet d'eau le liquide qu'il ne lui confie que
pour le reprendre perpétuellement.

Voyez une inauguration quelconque en province : que se passe-t-il ? les curieux affluent ; hôteliers, marchands, hommes d'affaires, chacun a lieu d'espérer un surcroît de gain; tout conspire à faire secréter plus généreusement ce qu'on pourrait appeler les humeurs pécuniaires, et, somme toute, la fête terminée, la population s'est ressentie de ce passage de l'argent. Serait-elle bien reçue à venir reprocher à la municipalité les quelques lampions et les quelques drapeaux qui résument le plus gros des frais de cette lucrative solennité ?

Qu'est-ce qu'une Cour ? c'est pour ainsi dire la représentation officielle de la Nation qui reçoit l'Étranger ; car enfin les autres contrées ne raisonnent pas comme nous, et la France n'est pas faite pour aller à pied quand la Russie va en voiture ; au premier abord, ce budget de l'apparat peut sembler dispendieux, et la robe de cinquante mille écus que porte une reine a l'air d'être faite de l'étoffe de toutes les malédictions ; mais qu'on daigne seulement un peu réfléchir, on s'apercevra que ce qui paraît ruineux sauve parfois de la ruine.

Cette robe criminelle, outre qu'elle a occupé utilement bien des mains laborieuses, a encore eu la vertu de stimuler autour d'elle la dépense générale ; je veux que, dans ces dernières années, la toilette des femmes ait pris des proportions inquiétantes ; mais, et c'est là un des bons offices de la royauté, une souveraine peut toujours se rendre maîtresse à temps, par l'autorité de son propre exemple, des vanités qui s'emportent ; je parle ici en thèse générale. Supposez un bal aux Tuileries ; un irréconciliable vient vous dire : la Cour va nous coûter encore ce matin soixante-quinze mille francs ; vous pouvez lui répondre : elle vous en rapportera trois cent mille ce soir. On aura beau brûler Paris, on n'en fera jamais un Washington ; dans la complication des rouages délicats nécessaires au jeu des élégances sociales, une Cour est le moteur principal qui donne le branle à tout le reste ; ce qu'elle dérobe, elle le restitue au décuple ; en tous cas, il n'est ni de la dignité, ni de l'intelligence d'un grand pays de croire qu'il va devenir plus riche par la suppression de quelques frais généraux qui ne sont que de convenance. C'est comme un propriétaire qui se déclarerait heureux de ne pas payer d'impôts, dût-il ne pas avoir de locataires.

Puis je n'ai jamais compris, sur cette terre qui enseigna jadis l'urbanité au reste de l'Europe, ce procédé faux en arithmétique et brutal dans la forme, qui consiste à donner à la monarchie son compte tous les matins : « C'est notre argent qu'ils dépensent, » disaient les petits-fils de Pluviôse et de

Ventôse, quand ils voyaient les Tuileries étinceler de lumières. Leur argent! en sont-ils bien sûrs? la présence du souverain a fait souvent gagner des millions au pays; eux lui ont-ils jamais fait gagner un centime? C'est aussi avec cet argent problématique qu'on restaure le Louvre ou la Sainte-Chapelle; qu'importent aux contribuables indépendants ces vieux monuments de la superstition et du despotisme?

Arrivent ensuite les plaisants qui supputent ce qu'un prince peut bien coûter par minute; on oppose ensuite triomphalement ce chiffre au chiffre correspondant des dépenses d'un président des États-Unis. Les badauds menacent et admirent; le tour est joué. Comment voulez-vous résister à cette formule : « Apprenez, ô prolétaires, que le temps que vous mettriez à dire, un peu lentement il est vrai: « Société, donne-nous notre pain quotidien! » suffirait à notre gracieux maître pour avoir dévoré mille cent soixante-dix-huit francs cinquante centimes. »

O lumière! où diable brilles-tu? le monde se replonge si impétueusement dans les ténèbres de l'ineptie, qu'il doit y avoir éclipse de terre visible dans tout le firmament.

Eh bien ! j'y consens, j'admets avec les chevaliers de la Table-Rase, dont la devise est : *Rien*

debout que nous seuls ! j'admets que la liste civile
ait depuis 1814 appauvri la France, et qu'on ait
été pendant ces soixante-cinq années plus malheureux que sous le premier Comité de salut public ; mais puisque nous voici en veine d'économie
et que nous tranchons dans le vif, je connais une
institution mille fois plus onéreuse que la cour la
plus imprévoyante, et je demande qu'on se préoccupe de la Liste civile des révolutions.

III

Je fais grâce à la jeune école du coût énorme de
la longue orgie de 93 : biens vendus à vil prix,
déperdition universelle de toutes les valeurs, commencement des fortunes mal acquises, papier français tombé au rang des assignats, détresse immense
causée par les prodigalités inouïes de la Cour du
Peuple. La Monarchie sous deux formes, l'Empire
et la Royauté, avait remis de l'ordre dans nos
finances et vivifié les sources de la richesse publique ; 1830, caprice tout puissant de la multitude
opposé au caprice débile d'un vieillard, 1830 vient
remettre des bâtons dans la roue de la fortune
publique : quatre ou cinq années d'émeutes perfides, de conspirations démagogiques, d'agitations

stériles, compromettent l'œuvre de Napoléon Ier et de Louis XVIII ; enfin, après toutes les formes d'insurrection, depuis la barricade jusqu'au régicide, il semble permis à la France de respirer ; cette accalmie n'est pas de longue durée. Le 12 mai 1839, M. Barbès, le Bayard de la démagogie, juge à propos, avec quelques amis, de renverser le Gouvernement.

On reprenait ainsi la pure tradition révolutionnaire qui s'est continuée jusqu'à notre époque : les *journées*.

Mais c'est très-cher une *journée !* Le passe-temps de M. Barbès, le 12 mai 1839, coûta au pays plus de dix-huit mois de liste civile ordinaire.

L'indigne escamotage de 1848, cette révolution du bon plaisir, représenta pour l'industrie et les finances une perte de plus de deux milliards ; il faut bien des séries de rois pour faire un chiffre si formidable que la Révolution sait amener en vingt-quatre heures.

Les derniers temps de l'Empire ont vu la résurrection des *journées*. Qui ne se rappelle en 1869 cette moitié de semaine où toutes les boutiques du boulevard étaient obligées de fermer devant le *bon plaisir* d'une foule qui s'essayait sourdement à la Commune ; on brisait les kiosques ; on arrêtait les transactions comme on arrête les voyageurs

dans un bois ; ces trois ou quatre congés des affaires et de la tranquillité publique, c'étaient cent
millions de volés à la France et à Paris ; mais
quand c'est le monstre à cent mille têtes qui gâche
l'épargne du pays, on n'y regarde pas de si près ;
la vile multitude, — M. Thiers avait trouvé une
expression prophétique, — la vile multitude a le
droit de jeter l'argent par la fenêtre, et il n'est
permis à personne de le ramasser. Y a-t-il jamais
eu un *Marly* ou un *Compiègne* qui atteignît à la
hauteur de cette patriotique *addition ?* Je sais
bien qu'on a toujours la ressource d'attribuer à la
police les complots qui ne réussissent pas, mais le
persiflage du *spectre rouge* est terriblement usé, et
l'on a revu plus tard ces fameuses *blouses blanches*
qu'on croyait soudoyées.

Souvenez-vous encore de ces lugubres *journées*
de janvier 1870, où, sous le prétexte de rendre les
derniers devoirs à un des siens, le parti révolutionnaire se compta et fit l'essai de ses forces ; la confiance disparut comme par enchantement, et ce fut
encore par un solde de je ne sais combien de millions en défaveur du pays que se liquida cette fantaisie de démonstrations.

Tout cela ne devait rien être auprès des *jour-*
nées de la Commune, trésors dilapidés, archives
perdues, commerce anéanti, maisons particulières

et édifices publics livrés aux flammes; Paris manquant de sauter tout entier.

Il est possible que le roi Louis XIV ait trop aimé la bâtisse; mais il est certain que le roi Pétrole a trop aimé la démolition.

Jamais les plus ruineuses constructions des monarques épris de la splendeur n'arriveront au taux exorbitant que présentent les destructions des révolutionnaires; sacrifice pour sacrifice, il vaut encore mieux avoir édifié Versailles que d'avoir brûlé les Tuileries.

Je voudrais donc, dans ce pays qui a besoin de se refaire comme un moribond qui renaît à peine à la vie, je voudrais que l'heure de la justice sonnât enfin, et que puisqu'on ne veut plus souffrir les prodigalités d'en haut, on mît un terme aux prodigalités d'en bas.

Plus de cour, soit; vous vous refusez à reconnaître la *liste civile des princes,* qui représentait tout au plus un pour cent du budget; biffez donc à l'avenir, et d'une main qui ne tremble plus, la *liste civile* des révolutions, qui, bon an mal an, a coûté à la France plus du cinquième de son revenu; entre vingt-cinq millions de perte sèche et tout près d'un demi-milliard, il y a de la marge pour les économistes clairvoyants.

Dans les temps où la paix universelle n'était pas

menacée, comme elle l'a été depuis Sadowa, il a toujours fallu cent mille homme pour garder les grandes villes. C'était, avec une dépense de plus de cent millions, un affaiblissement notable de notre effectif militaire; il fallait distraire du nombre destiné à faire face à l'ennemi les combattants condamnés à surveiller l'émeute.

Sans doute les besoins nouveaux, le renchérissement fatal après chaque révolution (dont un des objectifs est pourtant le bon marché), enfin, la mauvaise politique font beaucoup pour l'accroissement d'un budget; mais on crie toujours très-haut les fautes des gouvernements, quand donc voudra-t-on bien avouer tout bas les fautes des gouvernés?

Sous la Restauration, le budget, qui était à peine de neuf cents millions en moyenne, se soldait, presque chaque année, par un excédant de recettes. Sous le gouvernement de Juillet, il ne tarda pas à dépasser le milliard. On se rappelle le mot célèbre : « Saluez bien le milliard, vous ne le reverrez plus. » Sous l'Empire, on atteignit les deux milliards; ce chiffre semblait les colonnes d'Hercule du monde financier ; nous voilà en route pour le cinquième demi-milliard; je sais bien qu'on peut répondre que le système de la guerre à tout prix, comme il y avait jadis la paix à tout prix, est

12

pour beaucoup dans cette progression, mais aux
adversaires qui s'acharnent sur un régime tombé,
je répondrai : Qui a fait le second Empire ? les journées de juin 1848. Il y a encore quelque chose
de plus cher que les guerres sans objet, ce sont les
révolutions inutiles.

DE L'OPPOSITION

—

I

En France, depuis que la Raison est devenue déesse, les frontières du bon sens ont toujours été en s'affaiblissant, et l'ennemi du dedans nous a enlevé plus de deux provinces : j'ignore si sur ce point nous pourrons prendre notre revanche, et s'il nous sera permis un jour de recouvrer l'intégrité de notre territoire moral. La perte de la foi religieuse et politique, par exemple, équivaut bien à la perte d'une Alsace, et je ne veux pas renouveler le deuil des cœurs en faisant le dénombrement de nos supériorités disparues. La Révolution a quelque chose de Tarquin le Superbe ; elle se plaît aussi, en se promenant dans le jardin de nos gloires, à abattre les plus belles fleurs, pour laisser aussi entendre qu'elle saurait abattre les plus nobles têtes.

En ce moment je ne sais quelle force d'inertie paralyse les volontés les plus énergiques ; tant de

ruines découragent de bâtir sur un sol si mouvant ;
tant de leçons perdues désespèrent sur le sort de
cette nation d'écoliers qui font les maîtres ; tant de
difficultés à vaincre poussent à se déclarer battu
d'avance. Tout est à refaire, et l'on compte cinq
cents démolisseurs unis comme larrons en foire,
pour dix architectes qui ne s'entendent pas entre
eux ; du haut de cette tour de Babel, que voulez-
vous qu'on voie venir, sinon le chaos ? Et l'on se
résigne à ce régime où l'anonyme et l'immobile
vivent en frères, et qu'on pourrait appeler : le néant
provisoire. « Nous avons tellement à prendre de
taureaux par les cornes, me disait dernièrement un
consciencieux régénérateur, que nous soupirons
après les aptitudes espagnoles ; en France, il faudrait être né *toréador*. »

L'heure de la résurrection sonnera, quand même
on ne daignerait pas nous laisser une horloge ;
mais pour préparer ce réveil de vitalité, la France
est à refaire pièce à pièce ; de beaucoup de ressorts
essentiels, les uns sont brisés, les autres rongés
par la rouille ; le Français est un enfant terrible
qui traite la Patrie comme un joujou et veut toujours voir *ce qu'il y a dedans;* si l'on recompose
cette œuvre de patience et de grandeur que firent
les bons génies de notre histoire, et que défirent
les mauvais anges du progrès, nous demandons

qu'on rectifie un rouage important qui compromet l'économie du mécanisme général : nous voulons parler de cette bizarre conception de contrepoids politique qu'on appelle de ce nom magique chez nous : *l'opposition*.

II

Nous nous sommes souvent demandé en quoi les conditions de l'existence politique pour une nation diffèrent si fatalement des conditions de la vie privée ; on disait jadis des rois, au temps où le respect n'était pas réservé aux régicides, qu'ils étaient le symbole du père de famille ; il n'est plus permis de penser du bien de Louis XII ou de Henri IV, mais que de fois avez-vous entendu employer cette formule : « La patrie, c'est la famille agrandie. » C'est déjà faire comprendre que ces distinctions byzantines entre les devoirs généraux et les devoirs particuliers ne reposent que sur des confusions favorables à cette plaie des États, sans danger sous une monarchie forte, terrible sous une république, ces égoïstes en grand, dont le synonyme est : les *ambitieux*.

Qu'est-ce qui se passe dans toutes les autres affaires humaines où la représentation est nécessaire? Une assemblée se forme ; prenez, si vous voulez,

12.

une réunion d'actionnaires ou un conseil municipal ; on expose les affaires, on discute, puis on
adopte ce qui paraît le plus conforme à l'intérêt
général ; on ne voit pas des membres décidés
avant la séance à voter *non* quand même sur
n'importe quelle question ; personne ne songe à
entraver par des rancunes personnelles des mesures d'une haute utilité.

Pourquoi une Chambre qui devrait être le grand
conseil municipal de la nation ne pourrait-elle pas
entendre de cette façon simple et familiale la ges-
tion des affaires d'un pays? On croit d'abord que les
carrousels oratoires sont une tradition de splendeur,
et si l'on tenait réellement à être libre, on verrait
que ces luttes factices et ces débauches de sonorité
sont un reste de barbarie; il y a tels et tels avocats
qui sont pour ainsi dire les maîtres d'armes de la
parole, avec lesquels il devrait être défendu de se
mesurer. Si la palme des vérités n'appartient qu'à
l'Art de l'éloquence, alors c'est l'annihilation des
gens de valeur mais inhabiles au solfége politique,
au profit des rhéteurs qui sont des virtuoses : on
feint toujours chez nous de réclamer le complet
épanouissement des consciences ; devrait-on alors
faire un crime à un citoyen qui peut être une intelligence très-droite et très-sûre de ne pas être un
ténor? Ah! le *ténor*, il n'y a pas que le théâtre où

ce fléau sévisse; c'est l'homme, — qu'allais-je dire!
— c'est le dieu indispensable sur les autres scènes
sociales : les journaux demandent des *ténors*, les
corps législatifs éprouvent le besoin d'être *ténori-
sés.* Oserai-je dire que je trouve ici la Presse et la
Tribune un peu plus ridicules que l'Opéra-Comique?
N'être compté pour rien dans une gazette ou sur
les bancs d'une Chambre, si l'on ne chante pas le
grand air de *Zampa*, c'est le *capoulisme* appliqué
à la politique.

Encore si c'était par l'éloquence de la Raison, la
seule qui ait droit au prestige et au respect, que
les hommes réunis fussent dominés! Mais ce n'est
pas même par l'éloquence de la passion qu'ils se
laissent entraîner; ce qui les subjugue tout en les
charmant, c'est une cavatine agréable à l'oreille, où
l'indignation factice se fond habilement dans la
majesté de convention, où les effets de théâtre pri-
ment jusqu'à la justesse des notes; nous sommes
une société chrétienne avec un fond païen; une
grosse figure de rhétorique l'emportera toujours
pour nous sur l'expression d'une vérité sèche. Il y
a un règne dont nous n'interrompons jamais le
cours, c'est le règne de la Phrase : elle nous grise,
elle nous éblouit, elle nous mène à la baguette,
c'est la Fée de l'erreur triomphante; un imbécile
qui se croit inspiré s'écrie un jour que l'*histoire des*

rois est le martyrologe des peuples, et voilà quinze
générations qui, comme des dynasties de perroquets,
répètent sans sourciller cette plate monstruosité.
Un autre, ou peut-être le même, trouve cette superbe formule : *Les monarques s'engraissent de
chair humaine*, et voilà le faubourg Denis, le faubourg Martin et le faubourg Antoine, sans compter
la rue Honoré, persuadés, aussi vrai que Napoléon Ier
était un crétin, que leurs pères ont été mangés
par Louis XIV, comme leurs enfants seraient mangés par Henri V. Or, on sait que l'appétit des
Bourbons est proverbial comme la soif des com-
munards. Les fauves de 93 avaient adopté ce cri libéral : *La mort sans phrases.* Quand les gens civilisés de la fin de ce malheureux siècle pourront-ils
voir accepter cette formule économique : *La vie
sans phrases ?*

Supposez des représentants d'un pays décidés à
ne plus copier les héros du *Conciones*, mais à
s'exprimer en hommes d'affaires ; on s'épargne-
rait au moins les horreurs de la guerre civile orale.
C'est peut-être là demander à la vanité française
un trop vaste sacrifice ; je désire toucher les cher-
cheurs de réforme par un argument plus sensible.

Les Français affectent de se donner pour le peuple le plus altéré d'indépendance qui ait paru de-

puis la découverte de la démocratie ; ce doit être l'échauffement du despotisme qui a causé cette inextinguible ardeur ; or, comment acceptent-ils dans la pratique et même en théorie ce rôle étrange : se lever tous les matins en se disant : « Je vais aller m'opposer aux mesures que va présenter le gouvernement? — Mais si elles sont bonnes ? — Qu'importe ; un homme d'opposition n'a qu'une consigne : faire verser le char de l'État. »

Il me semble que le devoir d'un homme qui prétend être libre, ce serait de rester maître chaque jour de son adhésion ou de son refus ; que signifie d'engager pour toute une session sa faveur ou sa défaveur ? On nous répondra que les partis ne peuvent pas se passer de discipline et d'ensemble, et que forcément, suivant la couleur des drapeaux, les questions se trouvent décidées d'avance ; ce serait là la plus sanglante critique du régime parlementaire ; je ne sais pas à quel genre de constitution s'arrêtera la France, qui est si dévoyée de toutes les lignes droites qu'elle pourrait bien se perdre définitivement dans les chemins de traverse ; les événements ont de nouveau fait table rase des hommes et des choses ; faut-il relever le plus coûteux des édifices de l'erreur ?

L'objectif des oppositions qui se sont succédé chez nous depuis cinquante ans, à quelques exceptions près qui ne font que confirmer la règle, c'est le renversement périodique des gouvernements; nous croirions servir une cause plus sacrée si, mandataire du peuple, nous avions pour unique objectif l'intérêt du pays; et remarquez que le reproche que je fais aux hommes d'opposition, je l'adresse aussi bien aux royalistes qu'aux républicains. Un ministre de la monarchie de Juillet présente un projet de loi qui concerne les exigences nationales, de quel droit un légitimiste ferait-il pâtir la France du peu de sympathie qu'il a pour le souverain ? Quinze ans après, un ministre de l'Empire propose une mesure d'utilité publique, de quel droit la France serait-elle privée d'un bienfait, parce que César déplaît à ceux qui ont qualité pour rejeter même les perfectionnements ?

Avec le système suivi jusqu'à présent, qu'a-t-on fait? Neuf fois sur dix on a battu le Pouvoir sur le dos de la Patrie.

III

Dans l'origine, l'opposition ne visait qu'à une destination modeste et conservatrice : « C'est la soupape de sûreté des gouvernements, » disait Benjamin Constant, un élégant perdeur de dynasties ; cette prétendue soupape de sûreté a toujours été la porte dérobée par où la Révolution est entrée dans les Chartes ; d'ailleurs, depuis l'âge d'or de 1820 et de 1840, l'opposition a singulièrement changé de caractère ; elle n'était qu'un fragment dans l'outillage général, elle a prétendu devenir l'instrument tout entier ; comme l'a défini ingénieurement un esprit qui voit juste et vite, l'*opposition* est une *position*. » Hors de l'Église point de salut, » disait-on à l'époque où le clergé était censé tyranniser les âmes ; on dirait plus justement de ces dernières années : « Point de salut hors de l'opposition. »

Il n'y avait de lumières, d'honnêteté, d'indépendance, de garanties de savoir que dans les rangs hostiles ; le plus vulgaire des déclamateurs se voyait tresser des couronnes, le plus irréprochable des fonctionnaires était dénoncé à la vindicte publique ; peintre, vous faisiez le portrait d'une princesse, vous étiez déshonoré ; poëte, vous osiez paraître à Fontainebleau, le Parnasse se déclarait souillé ; l'athéisme menait à tout ; il suffisait d'une protestation contre un ministre pour gagner un brevet de vengeur. La Fontaine, qui a eu l'imprudence de dire :

Aucun chemin de fleurs ne conduit à la gloire,

se serait rétracté en voyant au milieu de combien

de roses le succès arrivait même aux nullités ; les dernières années de l'Empire, il faut bien l'avouer, ç'a été la fête des mouches du coche.

Espérons que ce trop bon temps est passé : pour notre part, nous demandons qu'hommes et choses soient remis à leur place, et je regarde comme la plus inacceptable des servitudes qu'on ne puisse qu'être conspué en défendant un gouvernement et invilipendable en l'attaquant : il y a encore des naïfs farouches qui se figurent que la qualité de républicain répond à tout ; je crois bien mériter de la République en ajoutant que ce titre ne dispense ni de valeur personnelle, ni de courtoisie, ni d'honnêteté.

Si les leçons de l'expérience ne sont pas lettre morte, l'opposition cessera d'être une tactique universelle de destruction pour n'être plus que l'expression conservatrice des dissidences légitimes. Imaginez une tenue d'États généraux sous une monarchie bien réglée, est-ce que les représentants de la nation se partageraient ainsi les rôles définitifs : applaudisseurs et siffleurs quand même ? Il ne faut pas plus de Carthaginois du lustre que de Romains du lustre ; sanctionnez ce qui est bien, fût-ce une mesure proposée par un ennemi ; repoussez ce qui est mal, la proposition émanât-elle d'un ami, ou autrement ne parlez plus de liberté, puisque vous portez au cou le collier de l'approbation ou de la désapprobation éternelle.

On nous trouvera peut-être un peu candide pour une époque aussi avancée, mais une liberté saine et franche n'a pas besoin de ces manœuvres maladives qui, pour perdre un homme, compromettent le salut d'une nation. C'est au nom de cette liberté loyale que je repousserai l'immorale doctrine de Danton : « Croyez-vous qu'un jacobin ministre soit un ministre jacobin ? » Et je dirai aux adversaires de mon système : Vous n'avez le droit d'attaquer sur les bancs de l'opposition que ce que vous continuerez à attaquer sur les bancs du pouvoir ; vous êtes partisans des clubs, parce que vous voulez vous faire de la popularité et affaiblir le gouvernement dont vous êtes les détracteurs, soit ; mais vous perdez le droit de fermer les clubs quand vous-mêmes prendrez les affaires en main; sinon, quelle moralité découlera de votre contradiction de principe ? Ce serait l'institution légale de la palinodie.

La véritable indépendance consisterait, selon nous, en dehors des concessions de détail, à repousser ce qui est nuisible à un point de vue absolu, quand même cela serait utile à un point de vue particulier; ainsi vous demandez la liberté illimitée de la presse, vous savez très-bien que ce n'est qu'une chimère dont vous feriez justice le

13

jour où vous seriez les maîtres ; pourquoi sacrifier
la cause de tout le monde à votre cause personnelle ? Et puis, défions-nous de ce mirage perfide ;
on vient vous dire d'un ton menaçant : « Songez
que la minorité d'aujourd'hui peut être la majorité
de demain ! » Sans doute, cela ne s'est que trop
vu. La gauche devient droite à son tour, et ce
changement de position peut s'accomplir à plusieurs reprises.

Les Constituants, les Girondins, les Terroristes
et les Thermidoriens sont là pour raconter les dé-
placements successifs de majorités dirigeantes ;
mais ce prestige des oppositions ne peut être in-
défini ; les principes réguliers de toute société sont
au-dessus de ces revirements parlementaires ; quoiqu'un énergumène trouve toujours un plus énergumène qui le détrône, il vient un moment où
l'Absurde se refuse comme substance aux cerveaux
qui en sont le mieux approvisionnés et où l'on
épuise au moins pour un laps de temps le capital
de la sottise humaine.

Une gauche intelligente se dirait : Ne m'admirez
pas autant. Je ne suis pas le point d'arrêt des aspirations de la rue ; c'est pourquoi, au lieu de représenter la première spirale de la vis sans fin des
changements populaires, j'aime mieux faire partie
de la vis fixe des principes de conservation.

Je ne demande pas mieux, si l'on y tient, que de faire la part belle au rôle de l'opposition. J'admets, sous toutes réserves, bien entendu, que l'opposition est l'éclaireur naturel d'un gouvernement, le moniteur du progrès, le contrôleur naturel du pouvoir. Je ne veux point ici me livrer à des récriminations de personnes, mais que se serait-il passé cependant, si depuis longtemps en France l'opposition avait suivi ce noble programme?

Elle n'aurait pas haussé les épaules quand on lui disait que dans les écoles allemandes on enseignait depuis dix ou quinze ans la haine et le mépris de la France; elle aurait passé le Rhin et elle se serait convaincue que douze cent mille hommes tout armés ne demandaient qu'à nous écraser. Elle se serait rendu compte de la formidable puissance de la Prusse, et elle n'aurait pas dit, pour le plaisir de planter une nouvelle fleur de rhétorique, que la force morale vaut mieux que les canons à lonlongue portée; elle ne se serait plus avisée de répéter qu'un pays qui se lève en masse n'a rien à craindre de l'envahisseur. Les guerres de la Révolution avaient dû, cependant, assez l'édifier sur la valeur des volontaires comme expédient; enfin, au risque de fournir des prétoriens à César, elle aurait dit au Gouvernement : « Un peuple étranger menace la France; nous n'allons vous disputer ni les armements ni les levées; un Prussien vaut un Français, ils sont douze cent mille; soyez douze cent mille, et vive la France! » Je ne leur aurais pas demandé de crier : « Vive l'Empereur ! »

Voilà ce qu'eût fait l'opposition, si elle se fût préoccupée plus du pays que de ses aversions personnelles; et voilà pourquoi, à part la personne de M. Thiers, qui a été, mais trop tard, un prophète clairvoyant, on peut dire que si l'imprudence et l'impéritie finales de l'Empire nous ont poussés aux abîmes, l'aveuglement de l'opposition nous a fait faire la moitié du chemin.

Le contrôleur est tenu à plus de vigilance que le contrôlé, autrement sa surveillance serait illusoire. L'opposition ne doit pas être une carrière, c'est un poste ingrat et difficile où l'on se place pour assurer la meilleure marche du vaisseau qui porte la Patrie.

Ce vaisseau sacré, si l'on contribue à le faire échouer sur les rochers cachés à fleur d'eau de ses ambitions personnelles, alors le passager qui s'est attribué le rôle d'éclaireur breveté devient plus coupable que le capitaine!

LE SENS POLITIQUE

——

On se rappelle ce personnage de conte fantastique qui avait perdu son reflet : tous les miroirs du monde, depuis l'eau claire du ruisseau jusqu'à la glace de Venise, lui étaient devenus inutiles; un sort malin lui défendait de retrouver sa propre image. L'antiquité eût fait de cet état bizarre le supplice de Tantale de Narcisse.

N'est-ce pas là un peu le symbole de la France depuis quatre-vingts ans? Elle se cherche toujours et ne se retrouve plus; les mauvais génies ont troublé tant de transparences, brisé tant d'effigies ! Le jour où l'on daignera prier la Science de régler le compte du passé, — jusqu'à présent ce sont toujours les Furies qui font l'addition, — on verra ce que notre malheureux pays a gagné à la grande Révolution; mais on peut dire tout de suite ce qu'il a perdu d'abord dans cette aveugle crise sociale, — la qualité la plus indispensable à une nation,

la faculté dirigeante par excellence : le sens politique.

Nos pères crurent follement édifier l'avenir rien
qu'en démolissant la Bastille ; hélas ! à partir de ce
triomphe ridicule d'une multitude sans armes sur
quelques invalides dont les fusils ne partaient pas,
que de bévues, à commencer par l'anéantissement
de ce magnifique château fort qui représentait une
des plus intéressantes créations du moyen âge !
Cette noble forteresse, qui avait eu l'honneur de
servir de dépôt à l'épargne de Sully, n'était-elle
pas innocente d'avoir été convertie en prison d'E-
tat, comme un soldat qu'on forcerait à devenir
geôlier ? Ne pouvait-on pas la purifier de sa dernière destination sans priver Paris d'une de ses
grandes curiosités d'architecture ? Les pierres,
d'ailleurs, sont-elles responsables des erreurs des
hommes ? Avons-nous abattu, nous autres, les tours
pittoresques de la Conciergerie parce qu'elles
avaient été souillées par les atrocités de 93 ? L'E-
glise a-t-elle jamais songé à jeter bas le Parthénon
pour châtier sur place la Mythologie ?

J'insiste sur ce ridicule de la *prise de la Bastille*,
parce que cette épopée de gaminerie est pour ainsi
dire l'embryon de notre vantardise et de notre esprit de destructivité ; on a depuis, chez nous, démoli une société avec le même amour qu'on dé-

ployait à démolir un simple monument. Si nos
Chambres, perpétuellement envahies par la populace, eussent fait élection de domicile à la Bastille
conservée, de ce palais de l'Arbitraire on eût fait
la Citadelle de la Liberté.

II

Le premier révolutionnaire, ce fut Louis XVI,
ce roi plus honnête que ses sujets et qui détendit
d'une main si libérale tous les ressorts despotiques
de l'ancienne monarchie; certes, nous ne contes-
terons jamais ni la grandeur, ni l'éclat du mouvement de 89, mais une Assemblée réellement politique n'aurait pas rendu impossible au monarque
l'exercice du pouvoir royal ; elle eût fait ce que fit
le Parlement anglais, elle eût creusé avec patience
et fermeté le double lit de l'Autorité et de la Liberté, au lieu de laisser ces deux principes se combattre sans se féconder, comme deux torrents qui
se dévoreraient mutuellement. Ce n'était pas un
bouleversement que demandaient les cahiers des
États généraux, c'était un ensemble de réformes
où l'antique monarchie, qui avait eu la gloire de
faire la France, ne demandait qu'à se retremper
et à se rajeunir, comme le guerrier païen qui se
présentait, aux premiers temps du christianisme,

pour recevoir l'eau du baptême ; une seconde fois
encore on crut devoir démolir la Bastille ; on fit
table rase du Passé avec une légèreté solennelle ;
la noblesse jeta ses principes par la fenêtre avec
plus d'insouciance qu'elle ne jetait l'argent ; on
déchira les voiles du navire comme nuisibles ; on
coupa les mâts comme inutiles ; on brisa le gou-
vernail comme superflu, et le vaisseau de l'État,
rasé comme un ponton, erra dix ans à la dérive !

Il est convenu de ne parler de la Révolution
qu'avec une admiration qui pourrait porter en tête
de chaque éloge : *par ordre;* car les gouvernements n'absorbent pas tout l'élément officiel, et le
peuple a une cour que Louis XIV lui-même, à
l'apogée de la flatterie, n'aurait jamais connue.
Une autorité plus considérable que la nôtre est précieuse pour confirmer ce que nous avancions tout
à l'heure, le défaut de sens politique de nos premières assemblées; écoutez un des parlementaires
les plus sincères et les plus respectés qui aient jamais essayé de concilier la tradition avec le progrès; voici ce que dit le duc de Broglie dans
un beau livre qui mérite de rester : *Vues
sur le gouvernement de la France :* « A l'au-
« rore de notre Révolution, portées par le vent de
« l'enthousiasme populaire, l'Assemblée consti-
« tuante, l'Assemblée législative assiégent à coups

« de décrets l'autorité royale, la démembrent, la
« démolissent pièce à pièce ; détruisent dans la
« justice toute indépendance, dans l'administra-
« tion tout principe de subordination, de hiérar-
« chie ; dans l'armée toute discipline ; tarissant à
« l'envi toutes les sources du revenu public, jus-
« qu'à ce qu'enfin cette autorité rivale, privée de
« tout nerf et de tout ressort, succombe et se
« rende à discrétion. »

Si l'on voulait fonder la République, en admettant qu'un vieil arbre monarchique comme la
France pût être transplanté impunément dans un
sol nouveau, — on ne traite pourtant pas un chêne
de huit cents ans comme une jeune pousse prête
à verdir à tous les souffles, — l'exécution du roi
fut une faute capitale ; d'abord, cette cruauté inutile déchaîna la coalition, ensuite elle équivalut au
plus formidable aveu d'impuissance ; ne pouvoir
tuer la royauté qu'en tuant le roi, c'était douter
de l'idée républicaine. Il ne s'agit même pas ici
de générosité ; mais le bourreau lui-même doit savoir être un homme d'affaires.

III

Maintenant, à quoi servit ce long baptême de
sang et de larmes, cérémonie de l'assassinat qui

13.

dura près de deux ans? A rendre odieux pour un
siècle le nom de la République; et lorsque les
épouvantables souvenirs de cette chasse aux victimes commençaient à s'effacer, 1871 s'est chargé
de rafraîchir l'indignation des honnêtes gens. Des
rhéteurs de bonne volonté se sont souvent ingéniés
à comparer le césarisme moderne au Bas-Empire
romain : il n'y a qu'un régime qui, chez nous,
mérite cette infamante assimilation, c'est la République de 93 et la Commune de 71 ; vous aurez
beau faire, vous ne ferez pas de Napoléon III, tout
détrôné qu'il est, un Caligula ou un Héliogabale,
tandis que les Carrier de Nantes, les Fouquier-
Tinville, les Raoul Rigault et tant d'autres reproduisent trait pour trait ces types d'abjecte tyrannie
et de basse férocité.

Le présent éclaire le passé; on ne fera plus
croire au monde que la société de Louis XVI, cette
société si tolérante, si polie, si délicate, et qui valait mieux que la nôtre, méritait ce châtiment, car
jamais sultan n'eut un régal asiatique de têtes coupées
comme le sultan Faubourg Ier ; nous ne pouvons
même nous résigner à partager sur cette bouche-
rie sans cause la théorie du grand de Maistre; certes, il y avait eu des coupables dans l'ancien régime ;
mais la Terreur, prise en bloc, ce fut le massacre
des innocents.

On se figure, en outre, que cet abîme d'horreurs
était indispensable pour séparer l'ancien monde du
nouveau ; c'est là un leurre abominable et une
épaisse fatuité ; d'abord, l'ancien régime était en
train de mourir de sa belle mort, et il était bien
inutile de traîner à la guillotine un si aimable ago-
nisant; secondement, n'en déplaise aux gens qui
ne demandent des lumières que pour les éteindre,
la Révolution a été beaucoup moins créatrice qu'on
ne le pense ; qu'on veuille bien consulter l'étude si
réfléchie de M. de Tocqueville, *l'Ancien régime et
la Révolution*, on se convaincra que la Révolution
n'a eu qu'à signer ce que l'opinion publique éclairée avait proposé depuis vingt ans; tout ce qu'on
attribue à la Révolution proprement dite, division
de la propriété, centralisation, appartenait déjà à
l'ancien régime ; mais en France, tout en se déclarant qu'on part pour la recherche de la vérité,
on garde ses préjugés comme on garde la chambre,
car on ne lit que ce qui caresse nos passions.

L'optique qu'on adopte pour regarder la Révolution française se compose surtout de ténèbres et
de verres grossissants ; c'est la pure fantasmago-
rie. Le lyrisme, je pourrais dire l'urluberlyrisme,
a enflé sa voix ; les songe-creux ont redoublé de
fausse profondeur, les prêtres de l'idée ont insti-
tué l'Église révolutionnaire ; et, grâce à ce mer-

veilleux concours de réclames, les pygmées sont
devenus des Titans. Les mesures commandées par
le bon sens de tous les siècles se sont transfor-
mées en traits de génie ; on a découvert des mondes
là où il n'y avait que de pauvres lumignons. On a
souvent plaisanté l'adoration monarchique : elle
n'est rien à côté du fétichisme révolutionnaire ;
quand on pense que la France a osé enguirlander
le plus immonde crapaud qu'ait jamais produit le
marais de l'infection humaine, Marat, dont on disait, lorsqu'on mit ses restes au Panthéon : *On
a panthéonisé Marat, mais qui démaratisera le
Panthéon?*

On est redevable à la Révolution de remanie-
ments politiques et sociaux que le progrès naturel
des temps eût opéré ; mais la poser en créancière
de l'humanité pour l'émancipation universelle, cela
peut être de dogme dans les cafés, mais cela n'est
pas soutenable dans les maisons où il y a une bibliothèque. L'Angleterre, le Piémont, les Pays-
Bas étaient libres bien avant nous ; quant au reste
de l'Europe, la Révolution française, au lieu
d'ébranler les trônes, les a consolidés. La démocratie pourrait donc bien dire avec nous : « La
somme des maux qu'a déchaînés la Révolution française l'emporte sur la somme des bienfaits qu'elle
a répandus. »

Supposez que le cours des choses n'ait pas été violemment interrompu et qu'au lieu d'abattre l'arbre de la monarchie séculaire, on l'eût seulement émondé pour lui donner plus de vitalité et laisser de l'air à tout ce qui croissait autour de lui ; admettez que ces deux martyrs que toute la boue des pamphlets ne parviendra jamais à salir, que Louis XVI et Marie-Antoinette soient morts sur le trône au lieu de servir de prédécesseurs sur l'échafaud à Lacenaire et Troppmann, nous aurions gagné au maintien de ces institutions, encore moins imparfaites que perfectibles, la liberté d'abord, la liberté sérieuse et décente, et non cette débauche de bon plaisir représentée par une fille éhontée coiffée d'un bonnet phrygien et qui a plutôt des souteneurs que des soutiens ; nous aurions gagné non-seulement l'intégrité de notre territoire, mais, comme nous le verrons tout à l'heure, le recouvrement de nos frontières naturelles ; nous aurions gagné un budget d'un milliard de moins.

Nous aurions gagné de garder la dignité qui convient à une nation, au lieu de ressembler à des marchands de modes qui traitent les institutions de leur pays comme un article de Paris ; nous aurions enfin gagné de ne pas être énervés, dépravés, et humiliés par tant de changements successifs.

Cette modification aux arrêts du Destin n'eût pas

étouffé le génie de Napoléon, qui eût à coup sûr brillé de moins haut, mais qui, restant sur l'horizon, eût pour plusieurs siècles éclairé l'avenir ; on n'a jamais pensé à l'hypothèse d'un Napoléon qui, surgissant dans les conditions traditionnelles d'une société régulière, n'eût pas eu à rêver pour lui la première place, et se fût contenté d'être le ministre régénérateur de la vieille monarchie, quelque chose comme un Mirabeau armé, ou comme un Bismarck doublé d'un de Moltke à la dernière puissance ; c'eût peut-être été trop peu pour la gloire d'une famille ; mais c'était assez pour la gloire de la France ; quelle leçon, si le génie eût donné cet exemple de discipline ! On peut, d'ailleurs, sans perdre son prestige comme astre principal, devenir le satellite de la Patrie.

C'est un thème banal que de se plaindre de la corruption moderne et de ne l'attribuer qu'aux chefs d'État ; cette décadence morale, plus visible de jour en jour, tient à des causes plus intimes et plus profondes que des volontés personnelles. Les professeurs qui enseignent que l'homme descend du singe font, ce me semble, un peu plus pour le matérialisme que les souverains qui vont à la messe ; mais ce à quoi j'attribue surtout notre infériorité croissante sur les autres peuples, c'est à la périodicité de nos secousses nationales ; les autres

pays savent garder ce qu'ils ont en l'améliorant
peu à peu ; nous, nous devons toujours inaugurer
le régime de l'Idéal, et nous nous mettons tous les
quinze ans sur la paille ; rien n'est plus immoral
que ces caprices de la multitude et ces secousses
périodiques qui remettent en question les intérêts
les plus graves ; l'insécurité du lendemain crée le
besoin des jouissances faciles, décourage les efforts
sérieux, pousse au scepticisme les âmes les plus
tournées vers la foi ; en même temps elles surexci-
tent les appétits vulgaires ; elles font rêver les fortunes faites sur un coup de fusil ; car le pavé des
barricades vaut bien le tapis vert ; il y a toujours
quinze cents fruits secs qui ont à gagner à un renversement ; c'est pour cet état-major des nullités
mécontentes que la société se fait égorger comme
un mouton, après avoir bêlé contre les bergers les
plus inoffensifs.

Paris est un Valparaiso politique où l'on est exposé à de perpétuels tremblements de société ; dans
ces conditions d'instabilité, on ne bâtit plus, on
campe ; tous les couronnements de grandeur ou
de progrès, tous les rêves d'avenir sont interdits
d'avance ; on vit au jour le jour, et le niveau général descend à chaque enfoncement ; la France
est une nation de Sisyphes qui roulent sans fin le
rocher de leur bonheur. Examinez la progression

descendante; la France de la Restauration est plus sincère et plus éclairée que la France de la monarchie de Juillet, laquelle est plus régulière et plus modeste que la France de l'Empire. La société d'aujourd'hui avec sa désagrégation organique vaut-elle autant que la société de 1860? je crains l'inverse, en dépit des sagesses d'en haut; chaque étape révolutionnaire indique ainsi un degré de plus dans la déperdition de valeur générale.

IV

Après tant de défis lancés à l'Europe, et lorsque la France élevée au delà de l'atmosphère humaine avec Napoléon, tombe de si haut qu'elle faillit se briser, un miracle s'opère en notre faveur. La Restauration, pansant les plaies du dehors et du dedans, fait pour ainsi dire une soudure à l'appareil brisé de notre grandeur; en quelques années ce gouvernement, héritier des traditions directes de 89, restaure nos finances, nous relève aux yeux de l'étranger, remet le pays à son rang tout en pratiquant loyalement les libertés nouvelles. Il fallait que le défaut de sens politique qui nous a toujours perdu compromît cette œuvre de réparation intelligente et digne. Je veux que

Charles X, ce gentilhomme couronné, ait fait une imprudence en signant les ordonnances, mais quel moment choisit-on pour envoyer le vieux roi en exil ? le lendemain du jour où il venait, par un mouvement de fierté qui excusait bien des fautes de sa race, de nous donner Alger, la veille du jour où l'alliance franco-russe acceptée en principe allait passer dans le domaine des faits, où le grand mot de Richelieu : « Il faut que la France aille jusqu'où allait la Gaule, » allait s'accomplir.

Les provinces rhénanes, encore françaises de cœur et d'esprit, revenaient à nous; la Belgique ne demandait qu'à se séparer de la Hollande ; nous avions le Rhin, et nous laissions Constantinople à la Russie ; nous donnions une compensation à la Prusse en Allemagne, une compensation à l'Autriche dans les principautés danubiennes, et l'équilibre européen était reconstruit de façon à déjouer toutes les surprises d'ambitions ; en quinze ans, la Restauration eût rendu la France à jamais invulnérable. Il fallut encore que la Révolution dressât son éternel lit de Procuste pour y coucher de nouveau la patrie.

Nous dûmes renoncer à nos plus chères aspirations en changeant les alliances, en même temps que nous changions la dynastie; au moins, avec le gouvernement de Juillet, les institutions libérales

nous étaient restées; de guerre lasse, la France se
faisait à ce régime éclectique, tempéré, et qui convenait à la tendance prédominante, la tendance
bourgeoise. Quel absurde prétexte prit-on pour
chasser le représentant d'une autre branche qui faisait avec tant de civisme son difficile métier de
roi? L'abaissement du cens!

Une autre nation aurait fait crédit à ce vieux
roi dont les années étaient comptées. Elle aurait
remis à une saison plus propice la réalisation de
cette réforme de luxe dont le pays pouvait si bien
se passer. Que de fois nous avons défini la révolution de 1848 la plus inutile et la plus injuste des
révolutions! Écoutez ce qu'en dit le duc de Broglie avec l'autorité de l'homme d'État : « A la
« place des Charles X de l'opposition de 1847, à la
« tête de ces banquets livrés au jugement de l'his-
« toire, supposons des hommes tant soit peu pa-
« tients, tant soit peu clairvoyants, la révolution
« de 1848 n'aurait pas eu lieu. Comme la révolu-
« tion de 1830, la révolution de 1848 a été un effet
« sans cause, une fantaisie désespérée.

« Que voulait-on? La réforme électorale. C'était
« à peu près cause gagnée; la majorité de la
« Chambre élective était à moitié convaincue.

« Pour obtenir quelques jours plus tôt quelques
« noms de plus sur les listes électorales, des hom-

« mes sincèrement attachés à la maison régnante
« ont admis dans leurs rangs tous ses ennemis.

« Quelle citadelle pourrait tenir si la garnison
« en ouvre les portes aux assiégeants? »

Il n'est pas aujourd'hui un homme politique de
quelque valeur qni ne déplore cette révolution de
1830, laquelle a peut-être arrêté à jamais le nouvel
essor de la France; dans une de ses dernières
études, où il se prononce avec tant de fermeté contre
de certaines amnisties qui sont des *lâchetés inintel-
ligentes*, M. Guizot fait remonter à sa vraie date,
aux *glorieuses*, le commencement de notre décadence. O pauvre colonne de Juillet, ce n'est pas
le génie de la liberté, c'est le génie de la servitude
que tu portes!

Enfin, je comprends au 4 septembre l'ouragan
de défaveur qui devait assaillir l'empire; mais en
se plaçant uniquement au point de vue des intérêts de la patrie, était-il politique, en présence de
l'ennemi, de renverser d'un *cœur léger* aussi, l'établissement impérial, et de se couronner de lau-
riers le jour où les difficultés de la victoire ou de
la paix étaient décuplées par cette exécution sans
jugement? N'est-il pas cruel de penser qu'on a
ajouté de soi-même aux rigueurs dont la Prusse
devait nous accabler? Quelques républicains avaient
pourtant la loyauté de dire; « Vingt ans d'empire

encore s'il le faut, mais qu'on nous laisse l'Alsace et la Lorraine ! » Aujourd'hui, ce 4 septembre, si fêté, si encensé, une *glorieuse* au petit pied, apparaît à son tour comme une date néfaste : *Et nunc erudimini, vos qui judicatis reges !*

La morale de tout cela, c'est que la plus fastueuse des révolutions ne vaut pas le plus humble des progrès ; tout le malheur est qu'il y a une lettre de trop au mot révolution : ah ! si la France s'était contentée de l'évolution !

En finissant, je veux consoler les vaincus et les tombés. Un Américain, profond observateur, disait dernièrement : « Chez nous, dans la race anglo-saxonne, les peuples valent mieux que les gouvernements ; chez vous, dans les races latines, les gouvernements valent mieux que les peuples. »

LES MILLIONNAIRES SUBVERSIFS

I

Je viens à mon tour attaquer les *riches;* — c'est une guerre toujours populaire et qui provoque bien des enrôlements involontaires parmi les gens les moins belliqueux; mais je me hâte d'ajouter que ce n'est pas précisément avec le drapeau rouge en tête que j'entre en campagne; aux *riches* que je veux combattre, je ne songe à reprocher ni leur fortune ni l'emploi de leur fortune; je les accuse seulement de faillir à leur mission sociale d'une façon plus grave que par le manque de générosité; la splendeur de leurs hôtels ne me préoccupe guère, c'est la misère de leurs opinions qui me touche; qu'ils aient l'amour de la bâtisse et qu'ils fassent trop remuer de moëllons, c'est leur affaire, mais qu'ils aient en même temps la frénésie de la destruction et qu'ils aident à soulever les pavés, c'est notre affaire à nous, et si l'on tient à licencie pour de bon une fois pour toutes la grande armée

de l'insurrection permanente, je me permets de
dénoncer la compagnie d'élite du désordre.

Quand on veut peindre le personnel des barricades, on met toujours au premier plan *les figures
atroces qu'on ne voit qu'aux jours de révolution*,
et que Béranger aurait pu chanter pour donner un
pendant à ses fameux *hommes noirs*.

> Hommes rouges, d'où sortez-vous?
> Nous sortons de dessous terre.

On se signe d'horreur devant ces bourreaux de
la justice démagogique qui ont le sinistre physique
de l'emploi, — car Monsieur de Paris n'opère pas
qu'à la Roquette, — on s'indigne même, après les
avoir portés aux nues, contre les chefs apparents
de la ménagerie révolutionnaire qui déchaînent sur
une civilisation de pareilles bêtes fauves, mais on
oublie complaisamment les *malins* qui sont restés
dans la coulisse et qui depuis de longues années,
en huilant patiemment les serrures, ont tout dou-
cement préparé l'ouvertures des cages.

Ce sont ces élégants complices du crime ignoble
qu'il s'agit de démasquer.

II

Ils vous inspirent tout d'abord une confiance sans
bornes ; les *gens qui n'ont rien* sont à craindre ;

mais comment se permettrait-on de redouter les *gens qui ont tout?* A qui ce magnifique château Renaissance qui domine cinq cents hectares de bois et de prairies? A un prince de la Bourse, au tout puissant Fincourant, celui peut-être qui disait un jour avec tant de mélancolie, lorsqu'on parlait de l'état très-grave du souverain pontife : « Pourvu que le pape ne meure pas en liquidation ! » Fincourant a je n'ose énumérer combien de mille livres de rente, ses admirateurs ajoutent même parfois d'un ton mystérieux : « *Il ne sait pas ce qu'il a lui-même.* » C'est un des gros propriétaires fonciers de Seine-et-Oise. Eh bien ! Fincourant ne partage pas les préjugés réactionnaires sur la propriété. Chez lui, à dîner, entre l'Yquem 47 et le bordeaux *retour de l'Inde*, il déclare volontiers et avec un petit air assez fat que la doctrine communiste n'a rien qui lui répugne, et qu'il se ferait gloire d'être appelé *partageux* par les imbéciles.

Nota bene. Il est entendu que Fincourant, tout en déclarant que *le sol n'est à personne*, excepte de cette dépossession universelle son château Renaissance et ses cinq cents hectares ; mais il n'en passe pas moins aux yeux des incendiaires de l'avenir pour un *homme avancé;* dans les clubs les plus sérieux, dans ceux même où il faut pour être admis apporter la peau de trois ou quatre sergents de ville, les farouches murmurent : *Fincourant est un bon.* S'il s'agit de fonder un journal digne d'être le gendre du *Père Duchêne,* on peut compter sur sa caisse ; quand il s'agit d'établir les bases de l'anarchie, il a le billet de banque facile. Il faut entendre Fincourant de sa grosse voix éraillée crier en parlant des ministres qui se sont succédé depuis quarante ans : « *Tout ça, c'est de la canaille.* » — Où Fincourant prend-il les honnêtes gens ? — Au siége de la déportation, parbleu ! Bordeaux *retour de l'Inde,* voilà sa cave, probité retour de Cayenne, voilà ses sympathies ; il est

> Ce bourgeois éclairé
> Qui doit donner sa fille au forçat libéré.

Quand verrons-nous ce mariage vengeur ? mais j'y pense, les idées ont marché depuis ce *desideratum ;* le progrès ne souffre plus que l'*union naturelle.* Un jour viendra où l'on étranglera le dernier des prêtres avec l'écharpe du dernier des maires.

III

Je vous présente le vicomte de Sinaï, un des plus redoutables adversaires du fatal principe de la noblesse ; pas besoin de dire que ses armoiries le suivent partout, même en voyage, et qu'à son cercle il ne voterait pas pour un candidat qui aurait trois gouttes de roture dans les veines. C'est avec un respectueux sentiment que les valets de pied à demi prosternés glissent cette phrase : « La voiture de M. le vicomte est en bas. » Ses plus gros fournisseurs ne lui parlent qu'à la troisième personne, et rien n'égale sa fierté quand il donne audience à son tailleur ; pourtant il ne déplaît pas au vicomte, dans ces belles réunions électorales qui font l'ornement de Montrouge, de s'entendre appeler tout court « le citoyen Sinaï, » par un prolétaire qui raccommode les chaussures dans les rares loisirs que lui fait la politique. Élu par le peuple qui admire ses équipages, le vicomte de Sinaï va s'asseoir sur les derniers bancs de la Montagne ; *plus haut encore* ! lui criait sa conscience ; mais l'architecte de la salle n'avait pas prévu tant de scrupule. Il regrette de ne pas pouvoir voter la mort d'un roi ; le doux nom de régicide parfumerait sa vie, mais aujourd'hui — tout dégénère — on ne tue bien que les particuliers. Il est vrai que si une nouvelle occasion s'offrait de compléter sur ce point la parodie de 92, et de mettre un prince en jugement, le génie révolutionnaire serait heureux de répondre par ses cent mille voix, comme à la fameuse séance de la Convention : « La mort ! la mort ! »

En attendant, le vicomte de Sinaï fait ce qu'il peut :

14

il a applaudi à l'assassinat international de l'empereur Maximilien, et il a porté le deuil de cour d'Orsini, en déclarant toutefois que toutes les bombes passées, présentes et à venir, étaient ou seraient l'œuvre de la police; il voudrait même qu'on fît une enquête sur l'affaire de la rue Saint-Nicaise pour achever de confondre le premier consul; quand, dans sa splendide salle d'armes, il vous fait voir des portraits de famille et qu'il vous désigne un jeune homme et une toute jeune fille morts sur l'échafaud, deux têtes charmantes tombées pour la gloire du peuple dans le fatal panier, et qu'on ne peut s'empêcher d'exprimer un sentiment d'horreur pour tant de cruautés :

— C'étaient des parents maternels, répond gravement le vicomte; ils avaient mérité leur sort.

— Comment! une enfant de quinze ans.....

— On conspire à tout âge contre la République.

La Commune a naturellement trouvé dans M. de Sinaï un platonique champion.

— C'est une grande idée, disait-il dernièrement avec un regard de fédéré : la France n'est pas encore assez mûre pour la comprendre.

— Ne confondez-vous pas la maturité avec la pourriture? Quoi! dans cet immense vomissement d'ivrognes auquel on voudrait retourner, vous découvrez un symptôme régénérateur?

— C'est que tout le monde ne sait pas boire le vin des forts.

— Il était terriblement tourné à l'aigre !

Le vicomte ne sourcille pas pour si peu.

— La calomnie a atteint des hommes encore plus généreux, ajouta-t-il ; on a sali Marat.

— J'aurais cru ce phénomène impossible.

Et M. de Sinaï vous démontre avec une spirituelle aisance comme quoi le cardinal Richelieu était un petit monsieur, tandis que Chaumette était un grand homme.

Puis, comme les emblèmes républicains sont naturellement proscrits sous la République, il court s'enfermer dans son cabinet de travail pour se coiffer du bonnet rouge, tout en contemplant son blason.

IV

Celui-ci, c'est un simple bourgeois, c'est Lucullmann, un de nos plus forts actionnaires ; il a l'univers en portefeuille, aussi se préoccupe-t-il peu des petites bourses. Les esprits timides redoutent-ils des crises ? Que lui importe à lui, Lucullmann ? N'a-t-il pas de bons papiers sur toutes les places ? Qu'on brûle le grand-livre, qu'est-ce que ça lui fait ? Il lui restera quatre-vingt mille dollars de rente cinq pour

cent américain. Qu'on mette le feu aux châteaux
de France, il s'en soucie comme d'une allumette
chimique : il a trois maisons à Amsterdam et deux
bonnes fermes en Hongrie ; je ne vous parle même
pas des terrains qu'il possède à Constantinople et
à Smyrne. Aussi Lucullmann hausse-t-il les épaules quand on expose quelques doutes sur la *sagesse
du peuple*. Si on se hasarde à lui dire : « Nous n'a-
vons pas envie d'être pillés. — Il n'y a de pillards
que parmi les gens du pouvoir, » reprend Lucullmann, qui n'admet aucune différence entre un
sous-préfet et un chef de bandes.

Au reste, Lucullmann ne veut plus d'aucune
autorité. A quoi sert un gouvernement? vous de-
mande-t-il d'une voix méprisante. La justice? elle
est vendue. L'Église? c'est une impiété envers la
science. L'armée? c'est une inutilité ruineuse.
C'est la police qui fait les émeutes, c'est la gendarmerie qui suggère l'idée des crimes. Au fond,
le code pénal est un attentat à la liberté humaine.
Le droit de punir est une monstruosité. Personne
ne se déchaîne avec autant d'énergie que Lucullmann contre la peine de mort. Jamais le supplice
de l'archevêque de Paris ne lui causa la centième
partie de l'indignation que produisit sur son respect de la vie humaine l'exécution prématurée de
Troppmann, cet assassin de tant d'avenir.

C'est lui qui faisait remonter à des hauteurs connues de lui seul la responsabilité des atrocités de Dumollard, cet autre homme d'énergie qui nous a été enlevé trop tôt. « Dumollard est innocent, s'écriait Lucullmann, ce qu'on lui reproche est la faute de la société; il fallait donner à cette brute une éducation soignée; on l'a laissé croupir dans l'ignorance, c'est la France qui est coupable; pas un mot de plus, ou je porte plainte contre le président de la cour d'assises. »

Avec quelle sensualité Lucullmann savourait les ignominies qu'on adressait aux reines et aux impératrices ! quel esprit étincelant il accordait aux comédiens ordinaires du peuple, quand ces messieurs déclaraient qu'en principe tous les jeunes princes étaient scrofuleux ! Pendant ces nobles journées de juin 1869, où la démagogie fit l'essai de ses forces naissantes, comme notre héros guettait amoureusement une velléité d'impatience de la part d'un sergent de ville ! je crois même qu'il réussit à faillir recevoir un coup de casse-tête. Quand il ne sera plus, les martyrs réunis pourront, le jour de la fête des morts politiques, aller déposer quelques couronnes sur sa tombe; car il a bien aimé le peuple, Lucullmann !

Qu'aurait-il voulu faire pour lui ! Tout. Qu'a-t-il fait? Rien. Qu'il était sublime quand au Café An-

14.

glais, en buvant du vin à quinze francs la bouteille, il tonnait contre les souffrances des classes opprimées, tout en blâmant hautement la charité chrétienne ! Et lorsqu'en passant près de lui, un bohême du paupérisme criait : *A bas les riches !* Lucullmann saluait avec un sourire ému, comme s'il eût entendu la plus délicieuse des flatteries. Pour lui, tous les fonctionnaires étaient des *laquais*, et ceux-là seuls qui voulaient prendre leur place représentaient les hommes indépendants ; si l'on s'avisait de vouloir raisonner avec lui, d'un geste compatissant le libéral vous imposait silence, jouant l'homme supérieur qui ne daigne pas se commettre avec des intelligences subalternes. Hélas ! que de gens de bon sens ont été les victimes de ces Calinos hautains !

Cet autre est un prince du sang ; on l'appelle Monseigneur, et il n'en est pas moins républicain par la grâce de la Déraison, cette déesse parisienne ; il jouit de tous les avantages qui avoisinent la royauté, il a une maison militaire, une liste civile et sa place à côté du trône ; il n'en déclare pas moins que les couronnes ne sont que du carton doré, et que les monarchies ont fait leur temps ; on le prendrait pour un ennemi du souverain, tant il s'associe avec éclat à cette opposition personnelle qui est peut-être plus fâcheuse et plus injuste que le pouvoir personnel ; on se sert de l'autorité de

son nom et du prestige de son titre pour battre en
brèche le chef de l'État; être de la gauche est un
plaisir si raffiné, même pour les frères d'un monarque! son rôle pourrait être plus utile à la patrie; il vaudrait mieux qu'il atténuât les fautes
commises et qu'il fît habilement valoir les services
rendus; il lui serait facile de réchauffer les tièdes,
de ramener les hostiles, d'être un trait d'union entre
les gouvernés et le gouvernant; il est le conciliateur
né des deux parties; son mauvais génie l'emporte
ou la routine française l'empêche de suivre ce noble
dessein; sans conspirer, il souffle la discorde, il
viole la règle suprême de la hiérarchie dans un pays
où la discipline est la plus laborieuse des vertus;
loin de créer des partisans aux siens, il leur aliène
ceux qui ne demandent pas mieux que de déposer
leurs rancunes, et, déployant en pure perte des talents qui demeurent stériles, cette Altesse ébranle
elle-même le trône où elle aurait pu s'asseoir un jour.

J'aurais le droit de comprendre parmi les *millionnaires subversifs* les riches de l'intelligence
comme j'y comprends les riches de position; princes de la littérature, princes de la philosophie four-
nissent un large contingent à l'attaque de la citadelle sociale, car un jour on prendra la Famille
comme on a pris la Bastille; la crainte de perdre
leur popularité précipite dans la tourbe aveugle

ces dispensateurs de lumières; et l'on voit grisés par l'encens grossier qui s'exhale des bas fonds, des conservateurs de soixante ans devenir les néophytes de la destruction.

Vers la fin de l'ancien régime, la noblesse imprudente se laissait souffleter par la main légère et perfide de Figaro ; sous la monarchie de Juillet, des légitimistes inconséquents ridiculisaient à outrance le chef de la maison d'Orléans, ne s'apercevant pas qu'ils avilissaient la royauté dans la personne même d'un roi qu'ils n'avaient pas choisi. Sous le dernier règne, quelle a été, pendant les dix dernières années, l'attitude de la fraction la plus élégante de la bourgeoisie? Une fronde permanente commencée par l'ironie et terminée par le sarcasme éhonté. Si l'Empire seul avait fait les frais de cette guerre de représailles, car la Révolution avait un Iéna à venger, on eût pu en prendre son parti; mais la plupart des coups destinés à un homme atteignaient la société : mal irrémissible. Tirer de façon à être fatalement frappé par la balle qu'on réserve à l'ennemi, quelle maladresse ! C'est cet ingénieux résultat que n'ont pas su prévoir les gros bonnets de la polémique et de l'épigramme. Quand on leur signalait l'approche de l'implacable ennemi, quand on notait pour eux le bruit des menaces démagogiques, les *mil-*

lionnaires subversifs disaient avec une suprême incrédulité : Le *spectre rouge*, nous le connaissons,
il demeure rue de Jérusalem.

Ce fantôme est devenu une hideuse réalité, et
les rieurs en sont pour leurs gorges chaudes.
C'était charmant de persiffler le monstre révolutionnaire ; mais pendant ces heures d'insolent opti-
misme, il grandissait assez pour étouffer la révolution ; les saints Thomas de salon l'ont enfin vu et
touché, les écailles leur tomberont-elles des yeux ?

Nous avons trop longtemps ressemblé à des gens
qui, placés dans les branches d'un chêne, applau-
diraient à chaque coup de cognée que donnerait le
bûcheron pour abattre l'arbre. Il y a urgence à ce
que les *millionnaires subversifs* ne jouent plus si
magnifiquement le jeu de l'anarchie ; une société
renversée par les pauvres, cela s'expliquerait ; mais
devoir sa ruine aux riches, c'est un contre-sens
trop amer ; et pourtant, cela n'est que trop vrai,
dans cette longue conspiration contre toutes les lois
fondamentales, la multitude n'a été qu'un agent
subalterne ; le vrai coupable, si l'on veut s'en prendre non pas au bras, mais à la tête, ce n'est pas
la blouse, c'est l'habit noir ; que Lazare soit jaloux
de l'opulence d'autrui, c'est un fait banal, mais il
était réservé à notre époque de voir Crésus jeter tant
de bâtons dans la roue de la Fortune.

LONDRES ET PARIS

I

Quand Auguste avait bu, la Pologne était ivre.

La France qui a bu à la cruche empoisonnée de la Révolution, à une cruche qui ne se casse jamais, — entend que tout l'univers soit atteint du mal dont elle est menacée de mourir, si la Providence ne lui envoie pas un puissant médecin, car le prince qu'il nous faudrait maintenant, ce serait un prince de la science ; en attendant, elle se console de souffrir à la pensée que les autres nations sont tout près d'être couchées sur le même lit de douleur ; entre patients, on peut s'entendre : « Regardez plutôt autour de vous, dit-elle aux voyageurs qui semblent moins convaincus de l'état désespéré de l'étranger, un sourd travail de dissolution mine la Russie, cette citadelle de l'Absolutisme ; le dernier moujick aura plus de prestige après dix incendies politiques que le plus formidable des czars ;

dans les pays de l'extrême Nord, l'ardeur des étés est si féconde qu'en deux mois le blé pousse, mûrit et est bon à faucher ; la moisson de la Liberté se fera avec la même rapidité sur cette vieille terre despotique ; la Russie croyait marcher au Panslavisme, elle s'avance à pas de géant vers une conquête bien plus dévorante : le *Pannihilisme* ; l'Humanité semble ambitionner en ce moment le rôle des termites ; son objectif est de réduire savamment en poussière les monuments de sa grandeur ; aux ères précédentes, c'étaient les rois qui usurpaient le titre de *grands* ; la fin du XIXe siècle verra l'avénement d'un souverain autrement irrésistible que Louis XIV et les Pierre Ier : *N'importe-qui-le-Grand.*

En Italie, les volcans démagogiques, un instant assoupis, se réveillent avec une violence jalouse ; ils veulent avoir leurs éruptions comme le Vésuve et l'Etna ; le Pompéï qu'ils espèrent engloutir, c'est la civilisation ; toutefois, ils y mettraient moins de douceur et ne s'arrangeraient pas pour préserver miraculeusement ce qu'ils prétendent anéantir ; le Vésuve savait mal son métier ou il a trahi. En se rappelant que cet agent de destruction s'est comporté cette fois-là comme un habile conservateur de musée, on serait tenté de déclarer que le Vésuve était de la police ; ils n'en sont pas, les mâles

descendants de Spartacus qui crient en ce moment
dans les rues de Rome : *Viva il petrolio !* et qui
promettent au Vatican et à Saint-Pierre le sort des
Tuileries ; quand donc déboulonnera-t-on la colonne
Trajane ? Car, pour en finir avec la vieille société,
et faire décidément table rase, il faut purger le sol
des édifices qui sont les repaires de la superstition monarchique et religieuse, et savoir refuser
le droit d'asile aux chefs-d'œuvre ; tant que les
dômes de Florence ou de Pise resteront debout,
est-ce que l'oppression cléricale ne pèsera pas sur
les tailleurs en chambre ? Tant qu'il restera une
Sainte-Famille dans un musée, n'y aura-t-il pas là
un danger pour les jeunes incrédulités ? L'âge
tendre est si confiant ! On devrait, par prudence,
décréter d'accusation le traître Raphaël ; qu'est-ce
que ces toiles qui nous parlent de luxe et de grands
seigneurs ? Nous ne voulons plus d'aristocratie,
même en effigie ; brûlons ces défis jetés au prolétariat ! qu'ils soient signés de Véronèse ou de Ti-
tien ! quant aux coupables du jour, le Tibre et
l'Arno sont là pour les recevoir. A l'eau, les
hommes ! — Au feu, les choses !

Ainsi pensent les maîtres du mouvement moderne, et il y a là un programme neuf et hardi,
qui tente le gros des imaginations : Érostrate est
devenu légion ; supprimer ces splendeurs tradi-

tionnelles que se léguèrent les siècles, et qui sont comme les décors sacrés de la scène du monde ; tarir toutes les sources du beau, déraciner toutes les fleurs du bien, ramener la création au chaos, c'est faire dater le monde de soi, contentement de vanité que des générations plus timides n'ont pas osé s'offrir ; au contraire, quelle place, au soleil, reconquerra le citoyen qui pourra s'écrier fièrement : « Voilà six cents ans que nos pères avaient l'humiliation de passer devant la Sainte-Chapelle ; j'ai délivré l'horizon de cette tache de pierre.

« Garibaldi-le-Vieux, comme on dit Teniers-le-Vieux, car il y a des fils et successeurs, peut maintenant descendre avec moins d'anxiété dans sa fosse commune : l'œuvre de perdition est sauvée ; du haut de l'enfer, ta demeure dernière, ami Marat, tu peux être content ! ta vengeance, comme la récompense des cheveux blancs de Bebel, ce sera le spectacle de la flambée universelle. Dieu inventa le déluge ; l'homme inventa l'incendie : quelle volupté d'entendre, dans ce brasier fait de trésors, petiller les mîtres, craquer les couronnes, sauter toutes les gloires !

« Mais à l'approche de cette grande nuit, les ossements des esclaves antiques frémissent presque dans leur tombe. Quand le palais Farnèse ne sera plus qu'un monceau de cendres, peut-être une voix

15

autorisée fera-t-elle retentir cette parole biblique :
« Nous vengeons nos frères d'avant Jésus-Christ! »

« L'Espagne, en proie depuis longtemps aux
convulsions chroniques, et où Don Quichotte re-
noncerait, dès la première passe d'armes, à re-
dresser les abus, si le sublime chevalier pouvait
encore apparaître dans ce monde plus positif que
la matière, l'Espagne se relie par les insurrections
populaires de la Catalogne et de l'Andalousie à la
grande conspiration du socialisme contre la société. L'Allemagne du Sud est percée à jour par
des rongeurs mystérieux qui dévorent sa substance ;
la Prusse, gendarme suspect de l'Europe, gendarme
de connivence avec les malfaiteurs ailleurs que
chez elle, sera un jour impuissante à se retourner
contre eux dans son propre domaine ; partout cet
autre équilibre européen, équilibre des intérêts et
des devoirs qu'on appelle l'*Ordre*, est traqué dans
son principe : il n'y a plus que des *ordrivores*.

« Les États-Unis, imprégnés chaque jour par
l'élément dangereux de l'émigration, sont une terre
vierge qui finira par disparaître sous les alluvions
corrompues ; qui prouve, d'ailleurs, que les noirs
aient leurs légitimes satisfactions ? Ces déshérités
du patrimoine de la couleur ont une solennelle revanche à prendre contre les *visages pâles ;* un plan-
teur nègre administrant le fouet à des esclaves

blancs, c'est peut-être le dernier mot de la fraternité transatlantique.»

Mais c'est surtout l'Angleterre qui a le privilége
d'exciter pour ainsi dire la compassion parisienne;
meurtris dans tous les sens, humiliés au dedans
comme au dehors, se croyant peut-être plus déchus
qu'ils ne le sont, une perspective égoïste relève les
imaginations abattues. « Patience, disent les gens
qui ont la parole en France, et ils sont nombreux,
— l'Angleterre va avoir son tour, et sa Révolution
sera autrement terrible que la nôtre : cette île si
fière de son isolement, ce sera un vaisseau qui sau-
tera en pleine mer. »

II

Eh bien! puisque nous faisons dans ces études
la chasse aux illusions nationales, c'est presque
pour nous un devoir d'arrêter au passage cette
banalité compromettante : la prochaine explosion
de l'Angleterre; voilà trente ans que tous les
lundis on nous promet incessamment la première
représentation de cette sinistre tragédie, nous
croyons rendre service aux badauds en les préve-
nant que décidément le spectacle n'aura pas lieu,
et quoi qu'il nous en coûte de savoir qu'ils ont fort
attendu à la porte, nous allons tâcher de les per-

suader de ne plus perdre de temps; c'est toujours un avantage de ne pas renouveler de bail avec les espérances inavouables.

Nous avions une fois défini en deux mots la situation morale respective de la France et de l'Angleterre, nous appelions ces deux pays qui se touchent presque matériellement et qui sont si distants dans l'ordre métaphysique : *Les antipodes mitoyens.* On n'est pas chez nous assez pénétré des divisions profondes qui séparent les deux peuples. Nos publicistes, nos orateurs d'opposition, nos hommes d'État *in partibus* nous renvoient traditionnellement à l'Angleterre avec une mauvaise humeur admirative; les Français, dans leur rage de vouloir s'appliquer les institutions des autres contrées, oublient toujours la première et la plus grave des questions : la différence de tempérament. Que dirait-on d'un médecin qui ordonnerait le même régime aux estomacs délicats et aux estomacs robustes, mettant sur le même pied l'homme de cabinet et le portefaix? Mieux encore, que penserait-on d'un législateur qui imposerait l'usage de la viande aux nations ichthyophages et l'usage exclusif du poisson à une nation essentiellement carnivore? tout le monde crierait au contre-sens : c'est un contresens qui se produit perpétuellement dans le domaine intellectuel, et il faudrait vraiment, pour n'avoir plus

le chagrin d'en voir violer sans le savoir les lois
élémentaires, établir un cours d'hygiène politique.

Comment! nous sommes l'inflammabilité elle-
même, et nous exigeons qu'on nous place dans les
conditions de frottement qui sont sans péril pour
des voisins presque incombustibles! c'est vouloir
qu'on se comporte envers un chargement de nitro-
glycérine avec le sans-façon qu'on déploierait à
l'égard d'une cargaison de pierres meulières. Ne per-
dons jamais de vue cet axiome fondamental quand
nous raisonnons sur les propriétés de notre caractère :
« Les Français sont le plus terrible des mélanges
détonants. »

Examinez le rôle de la presse en Angleterre et le
rôle de la presse en France, et dites si il n'y a que
sept lieues ou une enjambée du Petit Poucet entre
les deux pays; la presse anglaise est libre et mérite d'être libre, mais que de freins volontaires elle
s'impose! que de mesure dans l'appréciation! quel
ton de courtoisie générale dans sa polémique! quel
sens calme et pratique des réalités! Comme rien
de ce qui fait la base essentielle d'une société ou
d'un gouvernement n'est remis chaque matin en
discussion : un manque de respect à la vie privée
est très-rare dans le journalisme anglais, mais il
est puni draconiennement. Il y a quelques mois,
une cantatrice fort riche s'était permis de contrac-

ter mariage avec un gentleman moins favorisé de
la fortune; un organe de publicité avait trouvé
bon, de son côté, de jeter des pierres dans la cor-
beille; les époux portèrent plainte et le juge leur
accorda cinquante mille francs de dommages et intérêts. En Angleterre cela semble tout simple, en
France on ferait une révolution.

Chez nous, c'est le *journal qui fait l'opinon*, et
c'est ainsi que nous avons été souvent victimes
d'une opinion publique factice; chez nos voisins,
c'est *l'opinion qui fait le journal;* ici, ce qui est
imprimé est parole d'Évangile pour le lecteur, en
tant qu'il flatte ses passions, cela va sans dire : un
crèmier, doux comme ses produits, et qui aura di-
géré le *Crapaud sincère* ou bien l'*Ami du Peuple*
pendant trois mois, s'aigrira contre la société au
point de vouloir faire flamber tout Paris; là-bas,
son confrère s'émancipera parfaitement de la lecture
quotidienne de son journal, fût-il le *Reynolds
Reiview*, car dans l'immense mouvement de la
publicité anglaise, il peut se glisser des pamphlets,
mais la violence qui, chez nous, serait volontiers
la note dominante, est au-delà du détroit une dis-
cordance qui se perd dans l'ensemble.

Des meneurs qui ca'omnient la classe ouvrière
nous menacent perpétuellement de la féodalité de
la blouse; il est certain qu'avec l'abominable faus-

sement que la machine révolutionnaire imprime
aux meilleurs esprits, l'émeute a dans cet ancien
royaume de France qui tient à se découronner lui-
même le pas sur la science; en Angleterre, il y a
eu, il y aura encore de terribles agitations populaires, mais d'éminents citoyens sont arrivés à déterminer de larges terrains de conciliation entre
les patrons et les ouvriers : les conseils d'arbitres,
les sociétés coopératives produisent chaque jour de
grands bienfaits. Au lieu de se détester stérile-
ment, les deux parties arrivent à chercher patiemment l'accord de leurs intérêts mutuels; ce n'est
pas le fusil, dans ce pays laborieux par excellence, qui demeure chargé de la solution des problè-
mes sociaux. Avec cette disposition de sagesse
éclairée qui prend le dessus sur la turbulence
aveugle, l'Angleterre, cette terre de refuge qui ex-
cède, selon nous, le droit d'asile du moyen âge,
peut loger impunément ces Mandrins cosmopolites
dont le rêve est d'assassiner le monde. Sa forte et
solide nationalité la garantit des entreprises de
l'*Internationale*.

Chaque pas accompli simultanément sur le sol
britannique et sur le sol français ferait surgir un
contraste : c'est un livre, et non pas un simple cha-
pitre que demanderait un pareil sujet; je veux seulement, pour dessiller les yeux les plus prévenus,

étudier le rôle respectif de ces deux énormes capitales : Paris et Londres.

III

Quand on se retrouve à Paris après un séjour à Londres, il se produit une singulière illusion d'optique ; la grande ville, que nous avions laissée à l'état de colosse, ne nous paraît plus présenter qu'une taille ordinaire. Vous lui reprochiez ses développements babyloniens, elle reprend par l'effet de la comparaison des proportions athéniennes qui vous charment ; Londres est si incommensurable que toutes les distances parisiennes vous semblent diminuées ; et quand, sur ce joli Pont-Royal qu'on n'aura plus, j'espère, la barbarie de penser à détruire, on se rappelle le gigantesque spectacle qui s'impose à la vue sur un de ces ponts de la Tamise qui sont eux-mêmes des mondes, l'idée de la grandeur physique de ce qui vous entoure n'échappe pas à votre raison, mais dans l'ordre de comparaison involontaire, Paris n'est plus qu'une miniature de l'immensité.

C'est assez dire le volume extraordinaire d'un centre comme Londres ; c'est l'infini de la bâtisse, infini qui vous fait soupirer après un coin de terre qui ne soit pas une rue ; il faut tant de voyages

pour sortir de cette prison de pierres! Eh bien,
cette cité, qui représente à elle seule le huitième
de la population de tout le Royaume-Uni, est gardée
par quatre mille soldats ; Paris a eu souvent besoin pour se tenir tranquille d'une armée de plus
de cent mille hommes.

Avec une pareille importance matérielle, deux
fois plus considérable que celle de Paris, Londres
pourrait avoir la prétention de diriger l'Angleterre
et de se déclarer la tête de la nation, comme si les
provinces faisaient simplement l'office de membres
inférieurs. C'est là l'outrecuidance la plus passion-
née de Paris, laquelle proclame l'égalité en appelant niaisement ruraux les infortunés mortels nés
en dehors de son octroi; on fait toujours piaffer
chez nous le mot magique : *décentralisation,* c'est
le cheval de bataille qui tuera le plus de généraux
sous lui; mais on oublie une chose capitale : c'est
qu'il faut que la décentralisation s'établisse dans les
esprits avant de pouvoir passer dans le domaine
des faits; vous voulez émanciper la province, et
vous entendez que Paris garde tous les monopoles;
c'est là une contradiction dont je vous défie de vous
tirer.

C'est précisément l'honneur de l'Angleterre de
comprendre et d'appliquer cette décentralisation morale dont je viens de parler. Londres, cet univers

15.

concentré, ne joue pas en Angleterre un rôle plus accaparant que ne jouerait en France Orléans ou Châlon-sur-Saône. Si l'on faisait chez nos voisins une distinction entre les habitants du reste du pays et les habitants de la capitale, ce serait plutôt, à l'inverse de ce qui se passe chez nous, en faveur des *ruraux*. Chacun sait qu'on appelle *cockney* l'homme qui ne quitte jamais Londres. En France, ne jamais quitter Paris n'est pas un ridicule, c'est une gloire. Il y a une vérité sérieuse sous cette plaisanterie légendaire, c'est, qu'en fait, la capitale de l'Angleterre est partout et nulle part. Londres est un comptoir, un lieu d'amusement à une saison déterminée. On y fait des affaires ou on s'y délasse, puis on repart. Ce n'est pas une résidence fixe. Rien de nomade comme le Londonien, rien au contraire de sédentaire comme le Parisien.

L'idée que Londres ou son chiffre de population et son titre politique doit mener les Trois-Royaumes n'entrerait jamais dans la cervelle d'un Anglais. Si Londres, qui appartient d'ailleurs à plusieurs comtés, se plaisait comme Paris à décréter des révolutions nationales, toute la Grande-Bretagne réduirait de suite à néant cette insolente prétention, mais Londres n'a pas la moindre envie de s'arroger cette suprématie. Avec la constitution physique du pays, la grosse tête que Londres figure sur les épaules de l'Angleterre n'emporte pas le reste du corps, tandis que Paris est un hydrocéphale qui confisque toute la vitalité de l'économie générale.

Mais répondront les penseurs, qui déclarent sur les ruines des monuments incendiés par les mains de leurs amis que Paris est une cité auguste, si Londres a cette situation modeste, c'est qu'il n'est pas comme Paris un foyer de rayonnements intellectuels, la capitale du Verbe humain, le laboratoire de tous les progrès. C'est là un gros préjugé pour lequel nous n'aurons pas de complaisance. Londres ne renferme pas moins que Paris de talents distingués, de créateurs originaux, de distributeurs de lumière, mais il n'entend pas être l'œil du monde et la personnification de l'Angleterre. C'est des traits généraux qu'est fait le visage de la patrie.

Vous feignez de redouter, au fond peut-être vous espérez un soulèvement des masses populaires dans cette île où l'aristocratie n'a pas encore reçu le châtiment que lui réserve le code révolutionnaire ; autre bévue : L'Angleterre est un pays aristocratique des pieds à la tête ; nous avons, nous, brisé comme des enfants toutes les hiérarchies sociales, et les Anglais ont pieusement gardé ces lignes de démarcation nécessaire au jeu des rangs sociaux. Sans doute il existe à Londres, — je ne parle pas ici des misérables, — une plèbe à laquelle il ne

manque que l'occasion pour devenir criminelle;
mais tandis qu'à Paris nous voyons la bourgeoisie
et la classe moyenne inférieure pactiser avec la
populace, à Londres, un marchand de fruits ou un
cordonnier prend parti pour les castes élevées ; nul
de ces prolétaires de la veille n'offre cette attitude
malveillante ni ne couvre cette impolitesse à l'état
latent qui caractérisent chez nous les gens venant
immédiatement au-dessus de ce qu'on appelle le
peuple ; les petites gens, à Londres, ont le regard
tourné vers les représentants de leur pays qui font
le plus honneur à l'Angleterre ; rappelez-vous cet
ouvrier qui disait avec orgueil à Mérimée, en voyant
les membres de la Chambre haute se rendre au
Parlement : « Voilà nos vieux lords qui passent. »

Leurs frères de Paris diraient-ils cela, même en
voyant défiler cette noblesse qui, dans l'horrible
guerre que nous venons de traverser, s'est montrée
au premier rang de la bravoure et du dévouement?

Qu'un goujat vous insulte dans une rue de
Paris, un cercle hostile se forme autour de vous ;
à priori vous passez pour l'agresseur. Que le
même accident vous arrive à Londres, tout le
monde prendra fait et cause pour vous ; du côté de
la blouse n'est pas la toute-puissance ; le libéralisme britannique admet que l'habit a aussi quelques droits.

C'est à ces mille petits effets d'une grande cause, l'absence d'envie, qu'on peut hardiment affirmer que la révolution sociale, qu'on prédit en Angleterre, n'est encore que dans le cerveau ignorant des prophètes. Un pays où n'existent pas, de par l'empire de la raison, ces ferments de haine entre les citoyens, qu'on attise toujours chez nous, un pays, dis-je, exempt de cette servitude des bas instincts, n'a pas de 93 à appréhender. L'Angleterre peut avoir perdu beaucoup de son prestige extérieur ; cette nation de Robinsons laborieux se cantonne peut-être trop égoïstement dans son île, mais la décadence intérieure de cette grande civilisation est encore loin des prévisions sensées.

J'en dirais volontiers autant de la situation des autres pays au point de vue intime. La Russie accomplit en ce moment un grand travail d'émancipation, mais paysans et seigneurs n'ont pas besoin du couperet de la guillotine même pour trancher le nœud gordien des difficultés sociales; en Autriche et en Italie, les princes se mêlent au populaire sans rencontrer ces animosités sottes qui, chez nous, sont le fond de l'accueil fait aux grands; le peuple espagnol est trop fier pour se coiffer du bonnet phrygien. Les États-Unis ont l'estomac assez robuste pour digérer même les éléments corrompus que nous leur envoyons d'Europe.

Si, contre toute attente, une Commune éclatait à Londres ou à New-York, la population se lèverait tout entière pour écraser les violateurs du droit public. Les Anglais ont trouvé bon d'accuser de cruauté l'armée de Versailles, mais ils savent bien qu'ils seraient, comme ils l'ont été aux Indes, implacables dans la repression ; les autres peuples ne connaissent ni les sensibilités à rebours, ni les fausses générosités qui nous énervent ; ils sont, surtout la race anglo-saxonne, en pleine possession de leur virilité sociale, et ce n'est pas chez eux qu'après les ignobles crimes de mai 1871 de simples assassins trouveraient l'appui d'hommes au pouvoir pour éluder le châtiment.

Enfin, dernier trait de différence avec nous, l'Angleterre, comme l'Allemagne, a pour se délivrer des mécontents un excellent mécanisme de sûreté : la soupape de l'émigration. Voilà pourquoi nous ne croyons pas que cette fois l'épidémie française fasse en Europe de sérieux progrès ; le virus est localisé chez nous, et au lieu de regretter que le monde n'en soit pas infecté, nous nous applaudissons que les nations qui nous entourent n'aient pas encore le sang vicié ; nous sommes un pays malade, mais entouré de gens bien portants ; il nous est peut-être permis de rêver la contagion de la santé.

DE LA FATUITÉ NATIONALE

—

I

On jouerait gros jeu si on laissait entendre à la seule femme qui puisse compter dans notre vie, que parfois elle s'envoie moralement trop de bouquets, et qu'une ombre de modestie ne saurait nuire à l'éclat de son prestige, pas plus qu'un voile ne retire de charme à la beauté d'un visage.

Nous ne voudrions pas nous brouiller avec la plus auguste des mères, la Patrie, en lui présentant quelques respectueuses observations sur le régime de flatterie qu'elle semble s'être ordonné. Peut-être, après tout, sont-ce ses enfants qui ont tort et ne se montrent pas assez dignes d'elle, et pourtant nous serions tenté de dire tout bas : « La France s'est depuis longtemps trop admirée ; elle paye affreusement cher aujourd'hui les frais de cette extase personnelle. »

Ni l'affection ni la vanité ne nous aveuglent ; quoique notre pays ait été précipité de son rang en toutes choses, d'un mouvement si leste, qu'il faudrait, pour définir cette chute sans précédent dans l'histoire comme rapidité, inventer le terme : *décadence galopante ;* de même qu'en médecine il y a la *phthisie galopante;* nous ne pouvons croire encore que le rôle de cette terre féconde soit terminé, que la société française soit légalement dissoute comme une société commerciale, et que l'étranger, enhardi à nous mépriser, pose en axiome ce paradoxe : « La France est un sol supérieur qui produit un peuple inférieur. »

Mais si au lieu de descendre en nous-mêmes, si au lieu de ne pas nous déclarer plus beaux à chaque crise qui nous défigure, de ne pas nous trouver plus puissants à chaque perte nouvelle qui nous appauvrit, nous sommes des Narcisses éternels qui nous mirons avec complaisance jusque dans le lac de l'adversité, oh ! alors, les peuples *nos frères* auront le droit de nous aborder ainsi : *France, il faut mourir,* et Dieu lui-même, découragé, prononcera cet arrêt définitif qui se formule déjà sur bien des lèvres : *Finis Galliæ.*

Les autres civilisations, jadis brillantes, maintenant éteintes, ont descendu degré à degré, pour ainsi dire, l'échelle de leur splendeur : Rome, Athènes, Bysance, l'Italie de Léon X, l'Espagne de Charles-Quint ont toutes calculé avec dignité leur

lent effacement de la grande scène du monde.
Pour la France, on dirait qu'une main brutale l'a
poussée du soir au matin dans l'abîme ; elle pourrait, si elle daignait prier encore, dire : *De profun-
dis ad te clamavi*. Mais précisément, cette disparition d'une nation qui n'entend peut-être plus être
reine, puisqu'il ne faut plus de royauté, a été si
imprévue et si foudroyante, qu'il reste quelque
chose à espérer de la justice divine ; il y a trop
d'innocents parmi tant de coupables pour qu'un
tel châtiment ne soit pas disproportionné; d'ailleurs
en admettant que Paris ait mérité le feu du ciel,
on peut encore trouver plus de dix justes dans
chacun des vingt-deux arrondissements.

II

Jetons un regard en arrière, quoique ce sentiment de fatuité nationale soit une corruption toute
moderne ; les Rois et même la Révolution avaient
fait grand sans tant parler de leur grandeur ; gâtée
par ses précédents historiques, fière d'avoir séduit
ou dompté l'Europe au temps où elle était en possession de toute sa force et de toute sa grâce, la
France s'est reposée sur la gloire de son passé pour
lui faire les honneurs du présent; parce que l'étin-
celle de 89 avait paru embrasser un vieux monde
fort sec qui, depuis cet incendie dû à l'imprudence,

est devenu beaucoup plus incombustible, quelques
Français solennels, — la solennité et la gouaillerie
font très-bon ménage chez nous, — crurent avoir
dérobé le feu du ciel ; ils se sont dit et ils ont
dit sans vergogne aux autres : « Nous sommes la
lumière ; nous équivalons à l'électricité ; la France
n'a qu'à froncer le sourcil pour que toutes les
monarchies tremblent ; elle est maîtresse du tonnerre ; construisez-vous des citadelles inaccessibles,
ô despotes ! quand il lui plaira, vous serez foudroyés.»

Le mal qu'a produit le succès de surprise de la
Révolution française est immense ; tous les cerveaux
en ont été déséquilibrés ; des légions d'imitateurs
serviles ou baroques ont compromis la valeur relative de l'œuvre première, mais la conséquence la
plus fatale a été la création de cette sottise dogma-
tique affirmant que ce simple mot : *révolution-*
naire, est le *Sésame* qui ouvre les portes de l'impossible ; intelligence politique, art militaire, science
sociale, à quoi bon ? Il suffit d'être *révolutionnaire*
pour tout posséder sans avoir rien appris.

D'autres Français qui voient de plus haut et de
plus loin, ont cependant la faiblesse de croire que
la grandeur d'un pays est héréditaire, et que la
France de Richelieu, de Louis XIV et de Napoléon
n'a que des formalités à remplir pour garder sa
situation en Europe ; ils prennent des météores

pour des étoiles fixes, et, sans souci de l'avenir, chauffent leur patriotisme au soleil de Rocroi ou d'Austerlitz.

Une école pédante et vide, substituant aux réalités pressantes une sorte de lyrisme évasif, a encouragé dans les deux camps cette tendance à la paresse nationale qui fait le fond de notre caractère et qui a besoin, pour être secouée, de la main d'un homme de génie.

Nous nous sommes assoupis dans toutes les quiétudes sur la foi de nos magnifiques destinées antérieures; la France est une Belle au bois dormant dont le réveil a été terrible; aura-t-elle le temps de réparer le dommage causé par ce long sommeil de sa vitalité? En tous cas, il ne faut plus que des docteurs sonores viennent nous enseigner que ce nom magique, la France! avec un point d'exclamation, dispense de tout effort et de toute attention; il ne suffit pas, quand on parle des forces d'un ennemi, de la supériorité d'un rival, du progrès d'une nation voisine, de répondre superbement : « *Qu'importe? nous sommes la France!* » C'est imiter ce sot de qualité qui n'avait pour toute réplique, quand on le mettait au pied du mur, que cette figure de vanité: *Un homme comme moi*, etc. Que de fois la France s'est laissée aller à dire, avec un haussement d'épaules : « *Un pays comme moi!* »

Ce que les effets oratoires et les effets littéraires ont coûté à la France depuis quatre-vingts ans, on ne pourrait le compter sans maudire les virtuoses de la parole et de la plume. La Rhétorique, cette vieille fée fanée qui s'en fait toujours accroire, a pris au bon sens gaulois bien plus de deux provinces.

Vous rappelez-vous ce joli conte de *Jeannot et Colin*, écrit à une époque (1764) où les austères penseurs des cafés chantants s'imaginent que la France, n'ayant pas l'honneur de les connaître, était plongée dans la barbarie ; lorsque Jeannot devient le marquis de la Jeannotière, et qu'on tient conseil sur l'éducation à lui donner : « A quoi sert la géographie ? dit un petit-maître consulté par les parents. Est-ce que les postillons ne se chargeront pas bien de conduire M. le marquis là où il voudra aller ? A quoi sert l'histoire ? Est-ce qu'au dessert on demandera jamais à M. le marquis en quelle année Clodion-le-Chevelu a traversé la Marne ? A quoi sert la géométrie ? Il fera venir un arpenteur. A quoi sert le latin ? Est-ce qu'on chante l'opéra, est-ce qu'on joue la comédie en latin ? » Et le jeune marquis de la Jeannotière apprend tout bonnement à danser.

N'est-ce pas le symbole de cette France nouvelle, qui a bien à faire, quoiqu'elle s'estime bien haut, pour valoir la France ancienne ; à quoi servent les langues mortes? vous demandent d'un ton dédaigneux les gens qui ignorent qu'il y a des langues immortelles, et que Virgile et Horace sont d'adorables contemporains d'il y a deux mille ans? A quoi servent les langues vivantes? demandent de tous côtés les Français du boulevard qui s'imaginent encore comme Figaro que *goddam* est le fond du parler anglais, et que nous sommes au beau temps de Frédéric II, où le français avait, en Prusse même, le pas sur l'idiome allemand?

A quoi sert l'Histoire? elle ne commence d'ailleurs qu'à Pétion ; quel besoin y a-t-il de connaître le caractère et les antécédents des peuples qui nous entourent? A quoi sert la géographie, même pour un général? N'y a-t-il pas des commissionnaires sur les grandes routes? et, comme le marquis de la Jeannotière, on se borne à savoir danser; seulement, ce n'est plus même le menuet qu'on apprend, c'est cet ignoble trémoussement qui passe chez les autres peuples pour notre danse nationale : c'est le cancan.

Ah! si la France pouvait, comme Jeannot dépouillé de toutes ses grandeurs, retrouver un bon et honnête Colin qui lui fasse épouser ses goûts simples et solides! Je ne sais pourquoi la France impertinente, turbulente et marchant à sa perte

me fait penser à M. de la Jeannotière, tandis
que l'heureuse et sage Belgique me fait songer à
Colin.

III

Mais de tous nos manques de tact envers le reste
de l'Europe, je n'en connais pas de plus ir-
ritant et de plus dangereux que cette apocalyp-
tique apothéose de Paris, qui gonfle les plus
grandes bouches révolutionnaires. « Paris, c'est
l'*OEil du monde*, ce n'est pas une ville, c'est la
Ville; c'est le sanctuaire du progrès ; c'est du faubourg Montmartre que partent tous les rayonnements et toutes les transfigurations; le globe at-
tend presque pour tourner que Paris ait daigné
lui permettre de se mouvoir ; la pensée humaine
est suspendue à son souffle ; le rire de Paris, c'est
l'allégresse universelle ; la colère de Paris, c'est la
tempête aux quatre coins du monde.

« Et le peuple de Paris? quel peuple admirable!
à la fois si doux et si terrible, si pénétrant et si
familier ! C'est un agneau et c'est un lion; c'est
un gamin et c'est un penseur, et généreux ! et
fier ! et brisant d'un coup de pouce les chaînes de
tous les despotismes! un géant qui a des grâces de
pygmée, un aigle qui a des agilités de colibri ! Ce

qu'on appelle l'Ame a son domicile légal à Paris. »
Et les bons Parisiens s'attablent flattés pour boire
ces grosses louanges dans la brasserie du Pathos.

Assurément Paris est une des plus imposantes
résidences du progrès, quoiqu'en ce moment, je
sais pourquoi, il ressemble plus à une ville de province qu'à une capitale; s'ensuit-il, que Paris soit
l'*OEil du monde*, et que Rome et Florence n'éclai-
rent pas aussi un peu le continent? Sans doute on
a de l'esprit à Paris, quoique cette denrée soit
singulièrement avariée depuis dix ans, mais les
penseurs croient-ils qu'on ne puisse pas être spirituel à Berlin et à Vienne? La générosité du peuple
de Paris est certainement de dogme pour nous,
mais nous trouvons qu'on se met bien souvent
quinze cents pour jeter à l'eau un malheureux
agent de police, et qu'on s'acharne avec trop de
sollicitude sur les gens tombés, s'agît-il même
d'une femme. Il y a à Paris un mouvement intellectuel toujours contrarié par les agitations grossières de
la rue; mais on *pense* aussi à Londres, à Saint-Pétersbourg et à Stockholm; nous sommes un peuple
grand (jadis nous étions un grand peuple), mais nous
n'avons pas le droit, pour augmenter notre taille, de
nous poser comme une statue sur un piédestal. Nous
représentions l'Athènes moderne; mais avec la rage
de conquêtes qui caractérise l'ère moderne, nous

avons annexé la Béotie. Il règne même dans quelques régions parisiennes une fleur de bêtise spéciale que n'ont pas même connue les Thébains les plus disgraciés des dieux ; beaucoup des éclaireurs du genre humain se croient trop souvent quittes de tout raisonnement en vous criant d'une voix avinée : « *Ah ! malheur !* ou *Ne faites pas le malin.*» On a pu imprimer il y a six mois que des ossements remontant au xviiie siècle étaient les squelettes de religieuses récemment enterrées après avoir naturellement subi les derniers outrages ; pour une cité qui est un phare, c'est lancer des lueurs de lanterne magique ; je crains bien que les voyageurs ne remplacent cette locution prétentieuse, la *Ville-Flambeau,* par cette définition beaucoup plus simple : la *Ville-Flambée.*

C'est avec toutes ces jactances littéraires et politiques que nous avons fini par former la sainte alliance des amours-propres contre la fatuité française.

IV

Sans doute les autres nations ne sont pas à l'abri de l'orgueil ; l'Angleterre dit froidement qu'elle est le premier pays du monde ; la Prusse déclare qu'elle est chargée de la mission de refaire l'Europe ; la Russie peut penser à l'empire définitif du panslavisme ; mais chez tous ces peuples qui n'entendent pas reconnaître aveuglément notre supériorité légendaire, il y a un effort immense pour mettre les résultats à la hauteur des prétentions ; l'Angleterre est une république d'abeilles diligentes, d'où les guêpes sont exclues ; la Prusse est le pays le plus instruit et le plus laborieux de l'Europe ; la Russie gagne chaque jour en lumières et en puissance. Nous autres, nous proclamons très-haut que le monde nous appartient, mais nous ne forgeons plus d'armes pour le conquérir, et nous ne nous faisons plus de titres pour le garder.

La décevante théorie que le Français, en style de troupier, était né *débrouillard*, a tout perdu ; logique, tactique, esprit de suite, sens politique, nous avons méprisé tous ces leviers propres à soulever le monde, et maintenant ils nous le rendent au centuple dans la main des autres. C'est de cette aveugle confiance en nous-mêmes qu'est sortie la fameuse doctrine : « Un Français vaut trois Prussiens. » Les autres peuples ne se livrent pas à ces arithmétiques fantaisistes, aussi arrivent-ils à faire la balance de leurs forces et de leurs ambitions.

Un des derniers traits de notre fatuité nationale, c'est la présomption que la dissolution qui nous travaille menace aussi les autres nations. Laissez faire, disent par exemple des gens qui n'ont jamais

16

étudié les autres pays que dans leur imagination,
l'Angleterre aura son tour ; c'est là un méchant
espoir qui peut flatter notre diminution, mais il ne
repose sur rien de sérieux ; la grande impression
que cause le spectacle de la société anglaise, c'est
l'absence de haine entre les diverses classes de citoyens ; l'envie peut exister à l'état de vice particulier chez nos voisins, on peut affirmer à leur honneur qu'elle n'est pas une lèpre sociale ; assurément,
il y a à Londres une plèbe redoutable dont j'aurais
dit encore il y a quinze mois qu'elle était plus brutale
que la nôtre ; mais dans la sphère où le bien-être
commence, on ne remarque pas comme ici cette
difficulté hargneuse à supporter, chez les autres, la
supériorité de la fortune ou du rang ; en France,
l'artisan pardonne à peine au petit commerçant,
le boutiquier au grand industriel, l'industriel à
l'homme de loisir ; en Angleterre, au contraire,
on est frappé de l'air de santé d'un corps social dont
les membres ne veulent pas connaître l'insurrection des uns contre les autres. L'Angleterre est une
famille ; la France, à certaines phases de son histoire, est une ménagerie dont on n'ose jamais ouvrir
toutes les cages ; de là, pour les Anglais, cette jouissance de la nationalité qui ne nous est permise
qu'aux grands jours ; certes encore l'opinion libérale commet en Angleterre les mêmes imprudences

que chez nous, en caressant la fausse idée philan-
thropique du désarmement ; mais, en gens pratiques,
les Anglais s'en apercevront et, malgré la défiance
de l'élément militaire, traditionnelle chez ce peuple
éminemment civil, les radicaux du Parlement ne
déclareront pas que la force morale tient lieu de
régiments contre l'étranger.

Ce que nous disons de l'Angleterre, on pourrait
le dire de l'Autriche et de la Russie, à laquelle
nous promettons, uniquement par égoïsme, une
prochaine décomposition. Il n'y a que chez nous
qu'on connaisse ces tendresses révolutionnaires qui
sacrifient à quelques personnalités odieuses le salut
d'une société. Il n'y a que chez nous qu'on signale
ce grave symptôme : le ramollissement du cerveau
social. Nous ressemblons aux vieillards qui voudraient
absolument que le monde finît avec eux, ou aux
malades qui se figurent que tout le monde a l'affection dont ils souffrent ; guérissons d'abord, et nous
trouverons, ce qui est vrai, que l'Europe se porte
assez bien pour enterrer ce 19e siècle si troublé, si re-
muant et si stérile.

LE TESTAMENT DE CAÏN

I

Une des formules qui sourient le plus aux vieux novateurs, c'est ce majestueux synonyme de République universelle : *les États-Unis d'Europe*. « Quand l'ancien continent monarchique sera purgé de son dernier roi, s'écrient-ils avec un prophétique enthousiasme, nous imiterons notre glorieuse sœur d'Amérique, et l'Océan Atlantique sera fier de ne plus baigner dans les deux hémisphères que les rivages de la Liberté ; les diverses races de notre sol ne se sont combattues jusqu'ici que traînées au carnage par l'aveugle intérêt des princes ; qu'attendent les peuples pour se jeter dans les bras les uns des autres ? la disparition définitive des trônes, car au fond, les peuples s'adorent, et s'ils semblent toujours s'exécrer, cette apparence n'est due qu'à des manœuvres dynastiques. »

Il y a un genre de sottise emphatique et rêveuse, propre à l'esprit révolutionnaire, et qui substitue les grandes phrases aux grandes réalités ; c'est lui

qui lança jadis dans le monde cet axiome sonore :
Périssent les colonies plutôt qu'un principe ; c'est
lui qui décrétait hier qu'un *peuple qui se lève en
masse pour offrir sa poitrine à l'ennemi est invin-
cible ;* c'est de son inspiration qu'est sorti ce dogme
plus ridicule que la fameuse *loi d'amour* de douce
mémoire, et qu'on appelle de ce nom évangélique-
ment prétentieux : la *Fraternité des peuples.*

Hélas ! en littérature, le roman ne fait tourner
que les jeunes têtes : en politique, il fait tourner
les têtes grises.

La fraternité des peuples ! Vous pouvez tracer en
lettres roses ces mots décevants sur les poteaux
des frontières ; cette inscription aura le sort de
cette monotone trinité épigraphique, dont la France,
à chaque catastrophe, décore ses monuments publics : *Liberté-Égalité-Fraternité,* trois mensonges
qu'effacent les balles et les boulets.

Se figurer que les divisions profondes qui rendent
les races hostiles tiennent uniquement au maintien
des rois est une immense jocrissiade ; Guillaume Ier
redeviendrait simple burgrave de Nuremberg, que
les Prussiens n'en nourriraient pas moins contre
nous cette haine patiente qui est dans leur sang et
cherche des prétextes dans l'Histoire. Le trône de
France est vacant ; la colonne Vendôme est presque
deux fois par terre ; mais nous gênons encore leur

16.

place au soleil : notre gloire passée irrite leur vanité présente. A une phase donnée, sous un grand roi que la démocratie voudrait décapiter dans la tombe, nous avons eu le premier rôle en Europe. Les Allemands nous en veulent de ce que la civilisation ait été si longtemps française ; ils entendent que la civilisation devienne germanique : c'est la mission allemande ! Je parierais qu'ils ont encore sur le cœur la préférence que Frédéric le Grand, l'incarnation de leur génie agresseur, donnait à notre langue sur la leur ; nous avons à expier envers eux les torts de Voltaire ; maintenant, déshonorez, pour leur faire plaisir, Louis XIV et Napoléon, ils ne vous en haïront pas moins, mais ils vous mépriseront un peu plus. Ne cherchez pas dans Iéna dix fois vengé le secret de cette spéculation d'animosité ; malgré Moscou et Sébastopol, le peuple russe a gardé pour la France ses sympathies traditionnelles ; l'Autriche nous a loyalement tendu la main par-dessus le champ de bataille de Solférino.

La véritable Allemagne, *la Fatherland,* nous ne la ramènerons jamais, quelque sacrifice que nous fassions, dussions-nous nous contenter, comme déjà ils nous en menacent, de la France de Charles-le-Chauve. Elle est une ennemie mortelle et immortelle.

Les Anglais qui, par un certain brillant et une certaine courtoisie, ont plus d'affinités avec nous (les exigences de cette qualification *gentleman* — car noblesse de mots oblige — seraient imparfaitement comprises en Poméranie), les Anglais, dis-je, ont, dans quelques régions libérales, du goût pour les Français, mais le vieux fond de la race anglo-saxonne trouve avec les wighs que nous sommes *a bombastic nation*, une nation tapageuse et vide; pour bien de ces protestants qui ne badinent pas avec la Bible, nous sommes seulement des Irlandais plus civilisés; il faut lire les diatribes du plus fantaisiste des historiens de la Révolution française et du glorificateur des électeurs de Brandebourg, Carlyle, pour bien savoir à quoi s'en tenir sur l'opinion intime de toute une classe de la société britannique; les gallophobes ne se sont pas bornés à faire reluire par des flatteries le cuivre des casques Prussiens et l'or des vertus berlinoises; comme si nous n'étions pas déjà assez frappés, on les a surpris pleins de galanterie pour le sinistre carnaval de la Commune, que chez eux ils n'eussent pas toléré vingt-quatre heures. Ce qu'il y a de charmant, par parenthèse, et ce qui nous paraît assez curieux à noter, c'est que beaucoup d'Anglais éprouvent une certaine satisfaction d'amour-propre à croire qu'ils font partie

de la grande famille allemande; ils ne se doutent
pas des plaisanteries cruelles que lancent contre
ces petits-cousins impuissants les feuilles germaniques; se rattacher comme origine à la nation qui a
produit Blücher et Bismarck, c'est commettre une
erreur semblable à celle où nous tombons quand
nous jugeons à propos de prendre notre part de la
décadence des races latines; l'Angleterre a, comme
la France, un sang mêlé; mais ce qui domine dans
l'une est l'élément scandinave, comme ce qui pré-
vaut dans l'autre est l'élément celtique. A son honneur, l'Angleterre n'est pas une race germanique;
à notre gloire, la France n'est pas une race latine;
cela posé, je reviens à mon étude comparée de la
fraternité des peuples.

Les Italiens, — exceptons-en peut-être leur roi,
contrairement au préjugé démocratique,— ne nous
pardonnent plus, maintenant que nous sommes
malheureux, de les avoir secourus; leurs journaux,
fidèles échos de l'opinion publique, disent tous les
jours à notre endroit les Vêpres siciliennes de l'i-
ronie. Les Espagnols nous regardent d'un air dé-
fiant; nous indisposons les Belges pour qui, d'ailleurs, nous sommes injustes, par notre humeur
versatile et notre frivolité. Viennent les Danois et
les Suédois, qui abhorrent la race allemande et qui
ne peuvent être pour nous que des alliés platoni-

ques, et la Pologne, qui a contre elle amis et ennemis.

Les prétendus *États-Unis d'Europe* sont, comme
on voit, à couteaux tirés, et, pour notre part, nous
enregistrons dix inimitiés pour une sympathie ; si,
au lieu de chanter des cantiques d'amour à l'humanité, nous avions eu des yeux pour voir et des
oreilles pour entendre, la France aurait compté non
sur sa force morale terriblement énervée par tant
de révolutions, mais sur une puissance matérielle
intelligemment organisée ; seulement, nos graves
penseurs employaient leur plus belle éloquence à
dire : « Mes frères, désarmons. » A chaque déclara-
tion de paix, l'Allemagne répondait par la création
d'un nouveau parc d'artillerie.

O philanthropes ! apprenez qu'il y a des Caïns
collectifs, et que ce n'est pas la faute des princes
si la Force déteste la Grâce, si la Pesanteur a horreur de la Légèreté, si la Rudesse est implacable
pour le Raffinement ! le plus séduisant des colibris
ne trouverait pas grâce devant le plus chauve des
vautours.

II

Une des illusions de la vieille et de la jeune démocratie, qui ont sur ce point uni leur inexpérience,

c'est de croire que la République était un mot magique qui allait faire tomber les trônes en poussière. Le mot magique a été crié à toutes les frontières, et les trônes n'en ont paru que plus solides.

C'est que l'Europe, qui a pu être surprise en 92,
époque de conquêtes faciles contre des armées mal
commandées, est aujourd'hui plus fortement constituée que jamais au point de vue monarchique;
plus sage et plus éclairée que nous, l'Europe, que
nous avons fatiguée de nos secousses stériles, s'en
tient à ses gouvernements, et le bonnet phrygien
au delà de Belleville a encore moins de prestige
qu'une couronne.

La République devait être une traînée de feu qui
devait embraser tout le continent; à la voix de
cette vieille sirène, les armes fratricides devaient
tomber des mains; hélas! nous n'avons rencontré
comme adhésion que les hommages polis de la
Suisse et que les compliments railleurs de l'Amérique, qui se moque de notre inaptitude à la vocation républicaine. Mais j'admets un instant que le
rêve des utopistes, ces éternels bourreaux du bon
sens, se réalise, et que notre pauvre globe, si tour-
menté par la gestation démocratique, accouche définitivement de la République universelle; pensez-
vous que les peuples abdiqueraient leurs prétentions réciproques, leurs rivalités naturelles et leurs

querelles d'amour-propre? C'est regarder l'humanité à travers des lunettes roses.

Est-ce que les Républiques grecques n'ont point passé le plus beau de leur existence à se dévorer les unes les autres? Est-ce que la République romaine n'a pas promené par toute la terre son despotisme solennel? Est-ce que les Républiques italiennes ne sont pas une Saint-Barthélemy à l'état chronique?

Et si vous refusez au Passé le droit d'être invoqué pour les besoins de la cause, que vous enseigne le Présent?

Quatre-vingts ans à peine après sa fondation, la République des États-Unis se déchirait dans une convulsion atroce, et l'antagonisme du Nord et du Sud, antagonisme dû plus à une question de tarifs qu'à une pensée d'émancipation généreuse, coûtait la vie à près de trois millions d'hommes, carnage sans précédent dans les hécatombes qu'on met au passif des rois.

En ce moment, quel exemple donnent encore les républiques de l'Amérique méridionale? On se traque comme des bêtes fauves de voisins à voisins; on dirait qu'un messie a édicté ce commandement sacrilège : *Détestez-vous les uns les autres!* tant ces *frères* du même lit déploient d'acharnement dans l'extermination mutuelle !

Sont-ce les Charles-Quint, les Louis XIV ou les Napoléon qui leur mettent les armes à la main?

La guerre est un fléau qui se passe très-bien de l'hypothèse des rois.

Ainsi, c'est bien entendu, nous en avons fini pour toujours avec cette vieille forme monarchique, à laquelle il restait pourtant à nous délivrer de l'oppression des *petits*, après nous avoir délivrés de l'oppression des *grands*; le dernier prétendant est mort en demandant à Félix Pyat pardon pour ses ancêtres; les peuples sont rendus à eux-mêmes — cadeau douteux; — il n'y a plus de César à l'horizon; on n'entrevoit même plus d'Augustule.

Pensez-vous que la République allemande vous rapporterait sur un plat d'argent les clefs de Metz et de Strasbourg? Oseriez-vous croire que la République russe baisserait pavillon devant la Pologne? La République italienne vous confirmerait-elle la cession de Nice et de la Savoie, — ces deux larcins monarchiques, pour don de joyeux avénement? La République anglaise vous restituerait-elle vos colonies?

Je vous concède que l'univers lassé aspire à la paix; mais, même en l'absence de conquérants, ne surgirait-il pas des citoyens orgueilleux qui rêveraient pour leur pays des satisfactions de vanité et de grandeur? Est-ce que ce sont les Guillaume Ier qui font les Bismark, et les Victor-Emmanuel qui font les Cavour? — Pas plus que ce ne sont les George III qui font les William Pitt, et les Louis XIII qui font les Richelieu.

Il suffit d'une volonté audacieuse, énergique, s'inspirant des secrètes aspirations qui couvent dans les âmes, pour entraîner après elle tout un peuple électrisé; il n'est besoin, pour ce prestige du génie, ni d'un trône ni d'une cour; vous biffez les rois d'un trait de plume, c'est fort glorieux, mais vous ne bifferez pas aussi facilement les grands citoyens. Vous organiserez des banquets où au dessert on portera des toasts attendris, et, le lendemain, dès le premier prétexte fourni à la mauvaise humeur, John Bull reprendra cette locution tombée en désuétude *French dog!* et frère Jonathan, qui doit du reste sa fortune à la monarchie, car il y a des rois plus généreux que les Républiques, armera son revolver à quinze coups sur son vaisseau cuirassé.

Vous reprochez aux souverains leur soif de larmes et de sang. Les consulte-t-on, ces pauvres populations que s'annexent si fièrement les superbes Républiques? Mais la démocratie a deux poids et deux mesures; quand nous occupions provisoirement Mexico, nous étions d'odieux despotes; quand les

17

États-Unis s'empareront sans autre forme de procès du territoire mexicain, ce seront des libérateurs. La conquête au nom du césarisme, c'est une barbarie ; la conquête au nom de la doctrine de Monroë, c'est la civilisation : le pavillon de la République couvre toutes les inconséquences.

Les rois, que l'opinion vulgaire prend pour des promoteurs de guerres entre les peuples, ne sont, dix-neuf fois sur vingt, que le bras armé de la nation. Suppose que la Russie, — qui n'en a pas la moindre envie, car notre exemple ne tente personne, — s'émancipe du czarisme ; pensez-vous que l'esprit moscovite ne survive pas à la forme de gouvernement ? La Russie, qui aspire à avoir sa part au soleil, renoncera-t-elle, de par les qualités d'abnégation que suggère la république, à ses vues sur Constantinople ? Mais, à défaut d'un empereur, un simple soldat qui relèverait le drapeau de l'ambition nationale mettrait debout toute la nation. Les peuples, livrés à eux-mêmes, au lieu de s'embrasser, auraient une tendance naturelle à s'étouffer : ne vous fiez pas à ces plèbes cosmopolites et internationales qui crient à Londres ou à Genève : Vive la France ! ils représentent le compérage de la révolution, mais non l'esprit du pays.

Je crois, au contraire, que ce sont les rois et les formes monarchiques qui retiennent les vastes brutalités de peuple à peuple. Sans l'empereur Alexandre, en 1815, si l'on eût écouté la volonté allemande, la France eût été déjà démembrée.

C'est le roi Louis-Philippe qui pendant dix-huit ans a maintenu la paix en Europe, et il est juste d'ajouter que les gens qui se plaignent aujourd'hui des souverains belliqueux lui ont alors sévèrement reproché ses tendances tranquilles ; croyez-le, les foules sont plus despotiques et plus haineuses que les Cours ; les diplomates dont fait fi aujourd'hui la fatuité de l'esprit moderne, ce sont le plus souvent des témoins qui arrangent à l'honneur des parties, les duels, — toujours imminents, — de peuple à peuple.

Il n'y a que le christianisme qui puisse changer l'horrible maxime : *Homo homini lupus*, en celle-ci : *Homo homini agnus*. Mais tant que ce n'est que la philosophie qui s'en chargera, on peut rayer cette expression béate : *La Fraternité des peuples*, du dictionnaire du sens commun.

RÉPONSE A UNE QUESTION

I

Il y a près de dix-neuf cents ans, Dieu se faisait homme avec une humilité que ne connaîtront jamais les philosophes. Aujourd'hui l'homme se fait Dieu avec une impudence de parvenu et crucifie les autres sur le calvaire de son orgueil. De ces formules de divinisation, il en est une qui m'irrite surtout, car jamais affirmation plus superbe n'a reçu de plus sanglants démentis.

— L'humanité ne recule jamais ! s'écrient avec audace ces admirateurs de leur temps — (où l'admiration va-t-elle se nicher ?) — et ils choisissent, pour lancer ce défi à la Providence, l'heure où la plus ignoble des barbaries vient souffleter aux applaudissements de la foule la plus brillante des civilisations.

L'humanité ne recule jamais ; elle avance sans cesse, parfois du pas chancelant d'un ivrogne fédéré, mais elle n'en avance pas moins ; quant au Progrès, ce Juif errant qui empêche tout le monde de s'asseoir, il marche toujours, fier et résolu à supprimer ce qui le gêne dans sa route. Est-ce une erreur de mes sens? je croyais parfois l'avoir vu tomber.

Ainsi le chaos mérovingien succédant à l'harmonie de la civilisation gallo-romaine ne constitue pas un *recul !* Les cent cinquante ans d'anarchie et de ténèbres qui suivirent chez nous ce 13° siècle si lumineux et si fécond que la Renaissance faillit dater de lui, représentent une *marche ascendante !* La France des sans-culottes est un *progrès* sur la France de Colbert, de Lionne et de Louvois! Et la Restauration avec les de Serres, les Villèle et les Richelieu devrait être jalouse de la Commune avec ses Billioray et ses Johannard.

Oh ! je sais bien où le bât blesse les penseurs, eux qui trouvent mauvais que le vicaire de Jésus-Christ soit déclaré infaillible : ils trouvent tout simple que leurs plus monstrueuses conceptions d'ordre social reçoivent la prime de l'infaillibilité ; ils ont eu de véhémentes indignations contre le *pouvoir personnel*, mais c'est leur propre personnalité qu'ils flattent quand ils déclarent que le peuple souverain n'est pas sujet à l'erreur ; ils ne démolissent ses autels consacrés que pour s'en élever à eux-mêmes ; au fond, ils diraient volontiers ceci, s'ils faisaient encore à Dieu l'honneur de croire en lui :

« Dieu se trompe, mais l'Humanité est impeccable ! »

Et lorsqu'on dérange ce 93 céleste, lorsqu'on ne se prête pas aux complaisances d'optique, lorsqu'on perce cet odieux calcul de l'amour-propre, les penseurs se drapent dans leur majesté et vous foudroient de cet argument décisif :

« Mais enfin, monsieur, vous qui blasphémez contre le siècle de M. Quinet, à quelle époque auriez-vous donc voulu vivre? »

C'est à cette question solennelle que nous allons tâcher de répondre avec discernement, n'étant pas trop ébloui par le soleil contemporain qui laisse s'accomplir sous lui tant d'horreurs nouvelles.

II

Nous ne ferons pas au monde moderne l'injure d'aller chercher dans le monde antique de meilleures applications d'existence ; à coup sûr, il eût été plus noble de voir édifier le Parthénon que de voir brûler les Tuileries; avoir entendu dans cet air suave et léger qui lui servait d'atmosphère, le bruit d'ailes de la Grèce, cette abeille des nations qui composa de toutes les fleurs intellectuelles un miel sacré pour le reste de l'humanité; s'être associé, perdu dans la foule qui se pressait le long des

Propylées, aux splendeurs du règne de Périclès,
ce grand homme qui disait à son lit de mort :
« La seule gloire que je réclame, c'est de n'avoir
pas fait porter de robe de deuil à un de mes concitoyens ; » s'être senti respirer à côté de Sophocle,
de Phidias et de Socrate, c'est là un rêve compa-
rable au vœu que formerait l'homme mûr de re-
vêtir la robe de jeunesse immortelle.

Notre ambition ne va ni si haut ni si loin ; certes, s'il était permis de choisir sur terre la date de
son passage, nous aurions été heureux aussi de
rencontrer le siècle d'Auguste, ce chêne immense
à l'ombre duquel trouva surtout un abri le *roseau
pensant.* Si jamais l'ordre régna dans l'univers, ce
fut sous l'ami couronné d'Horace et de Virgile ; il
est vrai qu'il laissa de marbre cette Rome qu'il
avait trouvée de brique, et que cela peut choquer
les puritains ; mais qu'importe aux incendiaires?
Si l'on nous reprochait d'accepter le bienfait de la
sécurité des mains d'un républicain devenu empereur, et si Auguste semble trop épicurien aux
austères, nous aurions encore pour bien placer notre parcours terrestre l'admirable époque de Marc-
Aurèle, ce Saint-Louis du paganisme. Nous aurions eu le droit, — si difficile à exercer aujour-
d'hui, — de former quelques projets d'avenir, car
Marc-Aurèle succédait lui-même au plus sage et

au plus doux des princes, à Antonin-le-Pieux, et de 138 jusqu'à 180, pendant quarante-deux années, la terre eut le loisir d'être heureuse.

Nous ne voudrions même pas trop humilier l'époque actuelle en adoptant une de ces phases privilégiées qui, dans notre histoire, correspondent aux ères créatrices où le génie humain fut si puissamment en possession de lui-même ; qu'y a-t-il, par exemple, de plus beau pour la France que les vingt premières années du règne de Louis XIV ? Quel cortége de grands seigneurs de l'intelligence autour du plus patricien des rois ! On se plaint aujourd'hui de la disette d'hommes capables ; quelle moisson de noms illustres ! Colbert, Louvois, Lionne, Séguier, Condé, Turenne, Vauban, Bossuet, Racine, Molière, La Fontaine, Puget, Perrault. C'est-à-dire que, contrairement à ce qui se passe, partout la médiocrité semblait étouffée par le génie ; il est convenu que la République est une mère féconde, et que la Monarchie est une marâtre stérile ; il est décrété que, sous le pouvoir absolu, les mérites ne peuvent pas surgir !

Comme le doigt de Dieu casse ces arrêts de l'orgueil vulgaire ! et que le monde démocratique est pauvre en récolte à côté du monde royal ! Il est vrai qu'il n'y a pas de nos jours un ouvrier laborieux qui travaille autant que travaillait Louis XIV ;

notre temps mou et hâbleur ne connaîtra plus ces
activités laborieuses et discrètes ; mais nous avons
des moyens adorables de compenser tout ce qui
nous manque ; nous supprimons les rôles difficiles
que nous ne saurions plus remplir ; Louis XV avait
des diplomates de premier ordre, et dont la correspondance est une mine de lumières ; l'école moderne dit intrépidement : «A quoi sert la diplomatie?
le télégraphe suffit. «Elle disait avec non moins de
candeur, il y a dix-huit mois, quand sur les
boulevards les marmitons criaient : *A Berlin!* « A
quoi sert l'art militaire? »

Lionne et Turenne n'avaient pas, eux, la fatuité de
prétendre qu'un appareil électrique est supérieur à
un négociateur habile, et que le général Boum est
l'égal des grands stratégistes.

Et nous, qui souffrons aujourd'hui de voir la
France humiliée et diminuée, n'eussions-nous été
au temps qu'un petit bourgeois vêtu de drap som-
bre, ou qu'un pauvre artisan augmentant encore
les *Embarras de Paris* chantés par Boileau, nous
aurions été fiers de la grandeur et du rayonne-
ment de la patrie ; notre civilisation était une seconde fois maîtresse du monde, Louis XIV aurait
pu dire ce mot fameux qu'on a prêté au prince de
Bismarck : «L'Europe, c'est nous. » Jamais, sur
tous les continents, nous n'avions occupé un pa-

reil rang ni pris une plus souveraine attitude; être
Français, c'était déjà avoir des lettres de noblesse
aux yeux des autres nations ; on n'avait pas encore
inventé l'énervante doctrine de la *fraternité des
peuples ;* qu'importait d'être le dernier dans la société, quand la France marchait la première !

III

Trouvez-vous que nous nous fassions la part trop
facile et que nous profitions trop complaisamment
des interrègnes de l'anarchie ? car le calme n'est pas
de ce monde, il n'y a ici-bas que des accalmies.
Êtes-vous d'ailleurs tenté de nous faire observer
que nous n'avons trouvé à placer dans des temps
plus propices que des fragments d'existence ? voulez-vous que nous vous tracions d'une date à
une autre le tableau de toute une carrière ? don-
nons-nous la main et remontons le cours des années, plus léger et plus limpide lorsqu'il n'a pas
encore traversé la Révolution, comme la Seine est
plus transparente et plus pure lorsqu'elle n'a pas
encore traversé Paris.

Nous avons quinze ans à la mort de Louis XIV.
Les huit années de la régence et les trois années
du ministère du duc de Bourbon, nous sont données pour dépouiller le collége, apprendre le

monde et satisfaire au plus indulgent des dictons :
Il faut que jeunesse se passe ! Si quelque marquise
a eu des bontés pour vous (aujourd'hui ce n'est
plus là que les débutants font leur éducation), je
ne veux pas le savoir, quoiqu'on soit en pleine révolte contre l'austérité du grand siècle. Je dois
encore craindre l'ombre de Mme de Maintenon.

Nous nous marions au moment où arrive au
pouvoir le vénérable et spirituel Fleury, celui qui
signait jadis : « évêque de Fréjus par l'indignation
divine. » Nous voilà assurés de seize à dix-sept années de paix et de prospérité ; avec ce second Régent, un Régent ecclésiastique, nous sommes en sûreté, nous pouvons poursuivre une entreprise du-
rable, faire honorablement notre fortune et élever
nos enfants dans le respect de Dieu et même du
roi, car, à cette époque, le régicide pas plus que
l'athéisme ne sont dans les cœurs. On s'en aperçut
quand Louis XV étant tombé malade à Metz, où il
allait rejoindre l'armée, ce qu'on appelle aujour-
d'hui le *peuple* fit faire partout des prières pour
son rétablissement. On le vit à son retour, lorsque
ce que nous nommons maintenant des *prolétaires*
lui décernèrent le titre de *Bien-Aimé*. Hélas ! en
France, trop d'amours sont passagères. Mais je reviens à notre premier protecteur.

On a prétendu que la Fortune n'aimait pas les

vieillards ; à coup sûr elle fit une exception pour les
hommes. Le cardinal de Fleury fut regardé, dit Voltaire, comme un des hommes les plus aimables et de la
la société la plus délicieuse jusqu'à «l'âge de soixante-
« treize ans. Quand, à cet âge où tant de gens se re-
« tirent du monde, il eut pris en mains le gou-
« vernement, il fut estimé comme un des plus
« sages. Depuis 1726 jusqu'à 1742, tout lui pros-
« péra. Il conserva jusqu'à près de quatre-vingt-
« dix ans une tête saine et libre d'affaires. »

Autre leçon donnée par la Providence à ceux qui
criaient niaisement : « *Place aux jeunes,* » comme
si la sottise ou l'esprit avait un âge déterminé ; on
enseigne maintenant le respect des cheveux noirs
et le mépris des cheveux blancs.

Nous choisissons pour marier nos enfants une date
charmante, le point culminant de l'élégance et de la
courtoisie française, la bataille de Fontenoy, —
1745. — Nous n'avons rien à craindre pour leur
premier établissement ; la paix d'Aix-la-Chapelle,
1748, va donner à la France ses huit plus belles
années, comme développement industriel et social.
Quant à nous, après avoir vu Mme Dubarry remplacer
Mme de Pompadour, la Diane de Poitiers du dix-
huitième siècle, et assisté à la dissolution de quelques
parlements rebelles, nous nous retirons à la campagne pour goûter le repos qui nous est dû et re-

tremper notre activité (1760). La guerre de sept ans nous semblera moins fatale pour nous dans ses conséquences.

Nous reparaissons avec Louis XVI et Marie-Antoinette, ce couple innocent dont Michelet a dit : « L'avénement de l'honnête jeune roi s'asseyant avec sa jeune épouse sur le trône purifié de Louis XV, avait rendu l'espoir à la vieille société ! » Quelle détente universelle ! quel libéralisme émanant de la couronne ! Le règne de Louis XVI fut une longue nuit du 4 août. L'imprudent monarque se désarma lui-même avec une générosité sans égale, et les hautes classes suivirent son exemple. Jamais la France n'avait paru plus près de ce but décevant qu'on appelle le progrès : « Un noble enthousiasme, écrivait Malesherbes, animait tous les esprits... » « Celui qui n'a pas vécu, disait M. de Talleyrand, dans les années voisines de 1789, n'a pas connu le plaisir de vivre. » En fait de science de la vie, on peut en croire M. de Talleyrand.

Quoique les champs nous aient rajeunis et quoique les centenaires aient été moins rares au dix-huitième siècle qu'au nôtre, il faut savoir se borner, et si vous le désirez nous nous arrêterons à la date de l'Assemblée des notables — 1787 — pour prendre congé de cette société si brillante et si polie, et qui va bientôt se dissoudre ; nous n'avons pas à nous plaindre ; soixante-douze années non interrompues de tranquillité et d'enchantement nous ont été accordées.

Aujourd'hui, la maxime qui est dans la bouche de tous les niais est celle-ci : « Vous comprenez que quand un gouvernement a duré quinze ans... » N'est-ce pas là en quelque sorte la plus cruelle glorification de l'ancienne société par la nouvelle ? A cette fin de l'âge d'or, on ne remettait pas en question tous les matins la raison d'être d'un gouvernement. *« Le roi est mort, vive le roi ! »* était la devise conservatrice par excellence : aujourd'hui, on crie : *« A bas tout le monde ! »* et l'on vit entre deux démolitions.

Mais, objecteront les penseurs qui se complaisent à interroger les abîmes, mais la Bastille, les lettres de cachet, le supplice du chevalier de la Barre, etc. !

Nous détestons plus qu'eux les abus de l'ancien régime, car nous les détestons quand ils se reproduisent dans la société nouvelle : il n'y a pas encore trois mois, Mazas était la néo-Bastille, et Raoul Rigault expédiait plus de lettres de cachet que Louis XV n'en signa dans tout son règne.

Mais les grandes généralités dominent les faits particuliers. Sans nous faire les admirateurs du passé, quelle différence en sa faveur avec le présent ! Avons-nous aujourd'hui la sécurité du lendemain? où sont les riantes perspectives d'avenir? Nous ne connaissons plus que les sursis; est-ce qu'en 1765, pour prendre la période la plus incriminable du dix-huitième siècle, est-ce que les bases éternelles de la société étaient menacées par les termites du socialisme; est-ce qu'un libre penseur eût songé à brûler les églises, à partager les biens et à déclarer la famille une institution attentatoire à la patrie? Sondez à l'heure qu'il est combien le sol est miné sous nos pieds, et dites-nous si cette menace éternelle n'est pas autrement sinistre que les petites misères de l'ancien régime.

Quand, en 1772, on passait sur le Pont-Royal, il n'arrivait à personne de jeter avec inquiétude les yeux du côté de Notre-Dame de Paris; en 1872, on regarde instinctivement si la vieille et vénérable cathédrale est encore à sa place; les Vandales n'épargnent même plus ce qui fait partie de la gloire commune : ne leur demandez pas de respecter un chef-d'œuvre ou une merveille; ils tueraient leur mère d'un coup de pied.

Ah! vous prétendez, poëtes et philosophes, que l'humanité ne recule jamais; eh bien, elle fait aujourd'hui ce que n'eussent pas osé faire les Cabochiens et les Maillotins de sinistre mémoire, elle marque du talon de sa botte sale le visage de la patrie; vous déclarez qu'elle s'achemine à de plus hautes destinées ; nous trouvons qu'elle retourne à la bête fauve.

Que de fois, il y a quelques années, beaucoup de nous regrettant le pittoresque de l'ancienne société, et, énervés par la prostration de la société actuelle, que de fois beaucoup de nous disaient en manière de plaisanterie : pourquoi ne sommes-nous pas nés il y a cent ans ?

Aujourd'hui, c'est très-sérieusement que nous adressons ce reproche au sort ; il lui était si facile de changer un chiffre à notre millésime particulier et de nous faire naître en 1727, car à l'heure qui sonne avec des notes de glas, l'existence de gens qui croient encore à tout ce qui fit l'honneur et l'éclat de la société française est de jour en jour menacée de devenir un anachronisme.

LE PÉTROLE INTELLECTUEL

Une chose curieuse me frappe dans cette crise où la logique reçoit tant d'affronts ; jamais les penseurs, les philanthropes, les humanitaires, tous les gens qui savent si bien s'aimer en ayant l'air d'aimer les autres, n'ont réclamé plus impérieusement des lumières pour leurs dernières classes d'électeurs ; les hommes de bonne volonté qui cherchent des remèdes à tant de maux se joignent à ces entrepreneurs publics de doléances ; c'est un concert sur toute la ligne : « L'instruction obligatoire ! qu'il « soit interdit à un cantonnier de ne plus savoir « lire et écrire ! Quand les valets de chambre sau- « ront l'histoire des Valois, la domesticité sera « moralisée ; n'éprouvons plus l'humiliation d'en- « tendre dire à un compatriote par un étranger : « Comment, monsieur, vous n'êtes même pas en « état de vous rendre compte de notre supériorité ! « Guerre aux ténèbres ; paix aux flambeaux ! »

Et précisément jamais époque, — avec beaucoup

de savoir dans quelques régions spéciales, — ne
fut plus volontairement ignorante que la nôtre; les
alarmistes qui parlent de leur ton le plus menaçant
de la nécessité *d'instruire les masses*, commencent
par ne plus s'instruire eux-mêmes ; les riches crient
sur les toits des pauvres : Il faut lire ! — et beaucoup n'ouvrent plus un livre; on a un fumoir, on a
une salle des ancêtres au second étage, on a une
serre dans son cabinet de toilette, mais on n'a plus
de bibliothèque; on est trop pressé pour avoir le
temps de découper une *Revue*. On déjeune d'un
entrefilet et de la correspondance Havas, on dîne,
quand on a très-grand appétit, d'un premier Paris
et d'une Chronique, avec quelques nouvelles à la
main pour dessert; une fois par an, à la campagne,
quand on n'a rien à faire, et qu'il pleut comme à
Saint-Malo, cette citerne fortifiée, on daigne parcourir un roman bien scandaleux, qui représente
les cantharides littéraires, et voilà toute la nourriture
intellectuelle des beaux fils de la fin du dix-neuvième
siècle : si vous leur proposiez de donner une simple audience à Montaigne ou à Bossuet, eux qui ont
fait tant de cérémonies pour traiter l'esprit de
M. Rochefort, ils hausseraient les épaules; ne vous
hasardez pas à leur nommer Homère ou Virgile, ils
vous riraient au nez en vous demandant si vous les
prenez pour des Bénédictins. Vous leur répondez

modestement qu'au moins ils se devraient à eux-
mêmes de faire quelque chose pour leurs contemporains, qu'ils auraient pu, sans trop de souffrance,
lire la *France nouvelle* de Prévost-Paradol, un livre
prophétique, ou la remarquable étude sociale de
M. Le Play, *l'Organisation du travail*. Ils vous
répondront avec un petit bâillement dédaigneux :
Est-ce que nous avons le temps ?

Je le connais ce refrain de la paresse mondaine;
car la société compte plus de cancres que le collége, des cancres en habit noir et en cravate blanche qui nous affirment gravement que la *France
date de* 89 (voilà pour l'histoire), et qui prétendent
parfois que Damas est un port de mer (voilà pour
la géographie); *n'avoir pas le temps!!*

On a le temps chaque jour de consacrer quatre
heures à causer de l'infériorité des gouvernants et
de la supériorité des gouvernés, car tout Français a
son plan de gouvernement dans sa poche; *on a le
temps* chaque nuit de dédier quatre autres heures
à la bouillotte, ce jeu qui élève l'âme; *on a le temps*
d'examiner à la loupe les beautés de *l'OEil crevé*,
une parade facile qui ne demandait pas dix-huit
mois d'application; *on a le temps*, dans l'intérieur
des terres, de poursuivre de l'aurore au crépuscule
un perdreau réfractaire, et sur le littoral de dépenser régulièrement trente-six heures par semaine

à venir voir arriver le bateau ; *on a le temps*, sur ce pauvre boulevard, le souffre-douleur des désœuvrés, de promener sans relâche son individu entre le coucher du soleil et le coucher du gaz ; *on a le temps* de collectionner des timbres-poste de toutes les nationalités, admirable emploi de la vie terrestre.

Mais *on n'a pas le temps* d'entrer dans un musée et d'accorder dix minutes à Raphaël ou à Léonard de Vinci ; *on n'a pas le temps* de connaître un de ces livres qui sont l'honneur éternel de l'esprit humain, les *Soirées de Saint-Pétersbourg*, par exemple, ou les *Pensées* de Joubert.

Pour les Anglais, le temps est de la monnaie sonnante ; pour les Français, le temps n'est qu'un assignat.

Ah ! s'ils savaient seulement dérober deux ou trois heures par semaine au club ou au café, ce second grand corps de l'État, comme ils rentreraient délicieusement en possession d'eux-mêmes, ces serfs de la routine qui ont la rage de se poser en hommes libres ! Que de précieux loisirs ils retrouveraient, eux qui se plaignent que les journées sont trop courtes pour faire son devoir d'être intelligent. Il leur serait si favorable, pour la santé spirituelle, de faire prendre quelques bains à leur intelligence ! Les besoins de propreté ne sont pas

moins nécessaires à l'esprit qu'au corps, et l'ignorance crasse n'est pas sans analogie avec l'incurie
physique.

Au moins ils ne s'exposeraient pas à dire comme
un bel esprit du petit journalisme à propos de
l'éminent auteur de l'*Histoire romaine à Rome*.
— « Qu'est-ce que c'est que ça, Ampère ? connais pas ! »

C'est à force de dire : *Connais pas*, aux notions
les plus sérieuses et les plus importantes, qu'on se
figure que les *peuples sont des frères* et que les
Bavarois ne demandaient qu'à tomber dans nos
bras. Si on avait lu cette revue d'Augsbourg où ceci
était imprimé tout vif : « Quand nous serons à
Paris, n'oublions pas de nous conduire conformé-
ment au sentiment national germanique ; ne laissons debout aucun des monuments de cette grande
prostituée de la civilisation, » on n'eût pas été
tenté, même avant la guerre, cette guerre où la
désillusion l'emporte encore sur la dévastation, de
continuer à appeler l'Allemagne : une douce et
poétique nation ; on saurait que depuis quarante
ans un militarisme âpre et dévorant a remplacé les
qualités idéales que prisait encore Mme de Staël
chez nos terribles voisins. Jusqu'en 1830, l'Allemagne se personnifia, si l'on veut, dans la pâle et
blonde Gretchen ; aujourd'hui Gretchen est deve-

nue un carabinier blanc et ne fait pas de quartier
à la civilisation.

Quand on met si ardemment à l'ordre du jour
la question d'instruire le *peuple*, rien n'est plus
dangereux que le défaut de culture intellectuelle
chez ceux qui sont ses précepteurs naturels ; si
vous détournez un paysan de sa charrue pour lui
apprendre à lire cette inepte théorie que le 9 ther-
midor a été un malheur pour la France et qu'on a
dérangé l'œuvre de Robespierre, le J.-J. Rousseau
de la guillotine, mieux vaudrait que ce paysan
ignorât pour toujours l'alphabet ; si l'on embauche
un tisserand qui gagne honnêtement sa vie pour
faire entrer dans son humble tête les indignations
démocratiques contre l'*infâme capital*, il y aurait
un peu moins de trouble dans ce bas monde si
vous laissiez tranquillement cet artisan à son métier ; si vous préparez ce vigneron à découvrir que
l'homme vient du singe (et il est en train d'y retourner, seulement c'est du singe-tigre qu'il s'agit),
n'appelez pas *lumières* votre œuvre d'incendie ;
vous n'éclairez pas les intelligences, vous y mettez
le feu.

Rien de plus consolant en apparence que ce *Credo*
à la mode : « La France sera sauvée quand tout le
monde saura lire ; » je ne partage pas absolument
cette théorie de l'âge d'or ; cela dépend de ce qu'on

lira. Si c'est le *Père Duchêne* ou le *Mot d'Ordre*,
prenez garde aux néophytes de la lecture. Au fond,
je crains bien que la société ne dorme qu'avec une
bien médiocre sécurité la tête appuyée sur cette
nouvelle pierre philosophale.

La grosse question, ce n'est pas l'Instruction ; c'est
l'Éducation ; au nom de quel principe élèverez-vous
l'enfant du pauvre? Dieu? les *penseurs* ne veulent
plus qu'on prononce ce nom illégal, et l'athéisme
ne demande qu'à devenir irréligion d'État; la morale indépendante? où a-t-elle sa sanction? l'égalité?
vous savez comme nous que c'est la plus hypocrite
des chimères.

Ah! si en même temps que vous instruisez ce
pauvre petit berger qui garde son troupeau, si,
dis-je, en lui révélant la grammaire et le calcul,
vous lui apprenez qu'il y a un ordre social comme
il y a un ordre naturel, qu'il ne faut ni détester son
maître, ni battre sa mère quand elle sera vieille,
tout en allant au cabaret protester pour les droits
imprescriptibles de l'humanité, peut-être au lieu de
faire de cet être inoffensif un galérien de l'avenir,
aurez-vous préparé un honnête homme de plus.

Mais si le journal ou le livre lui porte une monstruosité de ce genre émise par un de nos *penseurs*
accrédités : « L'enfant a toujours plus d'expérience
que ses père et mère, puisqu'il est en avance de son

âge sur ses parents : ainsi Frédéric a quinze ans ; son père a quarante ans ; donc Frédéric a une expérience de cinquante-cinq ans, donc son père lui doit le respect, » etc. ; si, répété-je, l'instruction ne sert qu'à fausser son esprit ou son cœur, je retourne la fameuse proposition et je dis : Quand tout le monde saura lire, la société sera perdue.

Il y a, depuis dix ans, un tel déluge de sophismes que l'arche du bon sens, qui contient une paire de toutes les vérités raisonnables, a peine à se tenir sur ces eaux perfides ; donner de l'instruction à tout le monde sans le contrepoids sévèrement équilibré de l'éducation, cela équivaut à donner des fusils à tout le monde, une façon ingénieuse de permettre aux citoyens de tirer les uns sur les autres. Tout le monde doit être armé, disait-on il y a dix-huit mois ; tout le monde doit être instruit, s'écrie-t-on aujourd'hui ; prenons garde de créer une garde nationale intellectuelle que nous serions aussi forcés de dissoudre.

Le dix-neuvième siècle, si infatué de lui-même, ne tarit pas en railleries sur les temps qui ont eu le mauvais goût de le précéder. Quelle solennelle perruque que Louis XIV ! Ne préférez-vous pas l'époque sans tête de 93 ? Quel corrompu que Louis XV ! Les mœurs sont si pures à Belleville !

Il y a une circonstance atténuante à présenter

en faveur de ces époques déshéritées : on ne faisait
pas tant de train autrefois à propos des connaissances morales et littéraires ; il n'y avait pas comme
aujourd'hui des Beaucaire spirituels où se tient la
foire aux lumières ; mais on était plus instruit :
l'aristocratie qui, sur d'autres points a gardé sa supériorité, recherchait avec plus de délicatesse les plaisirs de l'esprit ; les saugrenuités incendiaires des fée-
ries modernes n'eussent pas suffi aux grandes dames
et aux grands seigneurs d'autrefois ; l'esprit lui-
même avait sa noblesse et ne songeait pas à déroger.

La bourgeoisie d'alors était plus lettrée et plus
instruite que la bourgeoisie actuelle ; il n'était
pas de petit rentier de province qui n'eût ses clas-
siques reliés en veau plein, avec un joli sinet de
soie rouge ou verte ; le plus sauvage était familier
avec Horace et Cicéron et s'intéressait aux vers
latins qui venaient de paraître ; maintenant, on ne
lit plus le latin, mais par contre on ne lit plus le
français ; la devise antique était : *Otium cum dignitate* ; la devise contemporaine serait volontiers :
Otium sine dignitate.

Cet amour des lettres entretenait une politesse
de l'esprit qui menait tout naturellement à la politesse des manières, et on aura beau couper la tête
aux riches et aux nobles, la politesse est encore ici-
bas la seule grande égalitaire.

18

Quant aux gens de la campagne, ils ne savaient pour la plupart ni lire, ni écrire, mais ils étaient polis, pleins de respect et d'attachement; ils avaient cette dignité qui vient de la conscience saine et droite ; il ne se croyaient pas déshonorés d'appeler l'évêque ou le châtelain : Monseigneur. (Depuis longtemps les libres penseurs disent malicieusement *monsieur* tout court à un prélat.) Mais ces mêmes *ruraux* se seraient estimés atteints dans leur honneur s'ils avaient détourné une parcelle du bien de leur maître ; on appelle aujourd'hui leur dévouement *servilité*, mais ces gens serviles n'eussent pas fait pour cent écus de six livres la moitié des bassesses qu'on voit faire à beaucoup de leurs descendants pour une pièce de cent sous.

Il m'a été donné de pouvoir encore voir des paysans de l'ancien régime; ils étaient, il est vrai, plus assidus à l'église qu'au cabaret, mais on sentait chez eux tant de loyauté et de modestie, qu'ils se rapprochaient de vous, bien plus que certains gros bonnets de village qui tonnent en ce moment contre tous les pouvoirs. Leurs petits-fils aujourd'hui se plaisent parfois à insulter le curé et à menacer le château. Ils pérorent au club, ils lisent les journaux, ils sonnent les droits de l'homme avec des cors de chasse, ils appellent *brutes* leurs aïeux (car eux aussi avaient des aïeux), mais je ne sais pas pourquoi, ces représentants du progrès rural, je passerais volontiers devant eux en gardant mon chapeau sur la tête ; quant aux *brutes*, tout simples paysans qu'ils étaient, si j'avais l'honneur d'être marquis ou comte, je les saluerais avec respect.

LES

GENS QUI CRAIGNENT LES PRÊTRES

———

I

Que penseriez-vous de braves voyageurs qui, tra-
versant une forêt infestée de bandits, appréhende-
raient d'être attaqués par — les gendarmes?

C'est le symbole de beaucoup de *conservateurs*
(qui ne sont, hélas! que des *destructeurs sans le
savoir*). Ils supportent avec un touchant libéralisme, que dis-je? ils recherchent avec une certaine
coquetterie le contact des polissons sinistres qui
forment les incendiaires et les assassins; car la
révolution a ses *préparateurs* comme la chimie, et
la simple vue d'une soutane, fût-elle celle du pasteur qui donne sa vie pour ses brebis, leur cause
une insurmontable horreur.

Ah! je le sais, l'image est bien vieille et bien
imprudente; comparer l'humanité à un troupeau
dont on a la garde, quelle humiliation pour elle!

Appeler sur un ton d'idylle : *brebis* ce qui est si souvent des *hyènes*, quelle méprise ! mais l'Église n'a pas ces secrets de jeunesse qui appartiennent aux *beaux* de la démocratie.

Que de fois nous avons dû souffrir de ce contre-sens étrange ! vous causez avec ce qu'on appelle un galant homme, vous vous entendez avec lui sur cinquante questions ; vous êtes heureux de trouver chez votre interlocuteur ce que donne la bonne éducation : la mesure, le tact, la culture élégante de l'intelligence : vous allez quitter la place, enchanté de constater que le niveau social n'est pas aussi abaissé partout qu'on le prétend. — En prenant votre chapeau, vous prononcez par malheur le nom du vicaire de la paroisse ; voilà le causeur discret de tout à l'heure qui se change en énergumène ; il roule des yeux vengeurs et s'écrie d'une voix terrible comme s'il venait d'échapper aux griffes de l'Inquisition : « Ne me parlez pas des prêtres ! »

Aussitôt vous lui demandez avec intérêt s'il a des motifs de plainte contre le clergé ; les jésuites, si inférieurs comme moralité à Félix Pyat et à Billioray, ont-ils, suivant leur fatale habitude, capté l'héritage de son oncle, un oncle de Californie ? A-t-on administré, malgré le concierge, les derniers sacrements à son voisin, un penseur en retraite qui sacrait toujours? Les sœurs de l'Espérance, qui intriguent si perfidement au lit des malades, auraient-elles excité sa sœur ou sa fille à prendre l'habit de religieuse?

Aucun de ces contre-temps ne lui est arrivé; les *hommes rouges* ont fait parfois l'ornement de sa salle à manger, où ils ont prêché au dessert l'avénement du prolétariat, mot poli qui veut dire le massacre des bourgeois; mais son toit n'a jamais été profané par la présence des *hommes noirs*.

> Hommes noirs, d'où sortez-vous?
> — Nous sortons de dessous terre,

comme chantait ce vénérable Béranger.

Une fois, à sa maison de campagne, un évêque qui allait donner la confirmation dans les villages environnants, a demandé l'hospitalité pour quelques heures; mais, suivant l'aveu des domestiques, *il n'a fait aucun mal.*

Qu'importe? Ce fils dégénéré de Voltaire vous répond avec rage : « Torquemada! la Saint-Barthélemy! les billets de confession sous Charles X! » et il conclut en disant : « Brisons là-dessus! »

Cela n'est que tristement ridicule; voici qui mène au grotesque par l'horreur.

II

Des bohèmes pédants, — les Christs des repris de justice, — qui ont le talent de faire croire aux Carrières d'Amérique qu'ils doivent régénérer l'humanité, sont réunis à leur siége naturel de gouvernement : le café. On n'est admis qu'après avoir prêté serment d'athéisme. Là, entre deux *absinthes*, on discute les conditions de salut pour le peuple menacé par les prêtres. L'un propose gravement de restituer aux citoyens les matériaux des monuments religieux ; le projet est accueilli avec enthousiasme ; un membre timide, qui a encore la superstition du moyen âge, glisse cet amendement : « Je demande qu'avant d'abattre Notre-Dame, nous la fassions photographier par Pilotell. » On hausse les épaules et l'on passe à l'ordre du jour.

Quel serait l'utile emploi des Dominicains ? — S'ils servaient à essayer le fusil anti-clérical. — — Des *ignorantins ?* et l'on appuie dédaigneusement sur l'épithète. — Ce ne sont que des *frères égarés :* on pourrait les rendre à l'agriculture. — Le pape ? on l'enfermera à Charenton. — Les évê-ques ? on fondra leurs crosses pour en faire des médailles commémoratives de l'affranchissement de la France. — Les curés ? ils épouseront leurs servantes. — C'est impossible, dit une voix, puisque le mariage est aboli. Que mettra-t-on à la place de Dieu ? le prolétaire.

Robespierre, au moins, avait trouvé la religion de l'Être-Suprême ; eux inventent le culte de l'Être-Inférieur.

Ces sottises sanglantes, que je demande au lecteur pardon de reproduire, ne devraient pas dépasser le comptoir qui les vit naître ; elles courent les rues de la grande ville, et deviennent l'évangile de toute une population ; la *gouape*, cette immense clientèle, se fait l'apôtre de la nouvelle doctrine embrassée sérieusement par les *travailleurs* qui ne travaillent pas, les petits boutiquiers qui ne pardonnent pas au premier étage, et le troupeau des habitués qui redoutent toujours les empiétements de l'Église sur l'Estaminet.

Au nom de la Commune, — je ne me permettrai plus de dire : au nom du ciel, — je demande en quoi ces martyrs-là peuvent avoir affaire avec le clergé ; ils ne sont à portée ni de ses prières ni de ses foudres. Leur grosse impiété les rejette à dix mille lieues de lui ; c'est comme si un homme placé à nos antipodes se plaignait du bruit que nous faisons sur sa tête ; le prêtre peut avoir accès dans les intérieurs qui sont de ce monde ; mais le domaine immense où grouille le commun des prê-

trophobes n'est pas accessible aux *envahisseurs;*
quel missionnaire se permettrait d'aller prêcher
la foi dans ces pays-là, plus rebelles et plus lointains que la Chine et le Japon ? Qu'ils se rassurent
donc, ces ardents consommateurs qui feignent toujours d'être inquiets ; l'eau bénite ne les atteindra
jamais ; les églises? ils ne les connaîtront que le
jour où ils y entrèront pour les souiller; la messe ?
ils ne l'entendront que le jour où ils iront arrêter l'officiant à l'autel ; les évêques ? ils n'auront à
supporter leur vue que le jour où ils les fusille-
ront.

C'est une grande fatuité de leur part de croire
que le catholicisme nourrit le dessein de les persé-
cuter ; ah! s'il exigeait seulement d'eux le sacrifice du petit verre de la dernière heure, je comprendrais qu'ils criassent à la tyrannie, mais on les
laisse si tranquilles dans la malpropreté de leur
vie que je ne comprends pas que le bourbier s'indigne si fort contre le ciel.

Dites ce que j'écris-là à un de ces bourgeois qui
donnent des leçons au pouvoir, mais qui n'en reçoivent jamais, il secouera la tête avec dédain : « Ce
que je crains, vous rispostera-t-il, ce n'est pas l'*Internationale*, ce n'est pas le *communisme;* le vrai
danger, c'est la papauté. »

J'admire cette conclusion : le pape est la repré-

sentation de tout ce qui est la conservation sociale
à son degré le plus haut et le plus auguste, c'est
Celui dont il faut se défier ; l'homme de confiance,
c'est ce vieux Blanqui qui demande deux millions
de têtes.

— Écoutez donc, vous ne nierez pas que le catholicisme ne soit un éteignoir...

— Dam ! avec tant d'incendies, même dans ce
rôle-là, il aurait encore du bon.

III

Il y a vingt ans que j'assiste à la croisade laïque
entreprise contre les prêtres, et j'avoue ne pas bien
comprendre le motif de cette indignation traditionnelle : j'ai vainement cherché autour de moi des
victimes du clergé ; j'ai habité plusieurs provinces ;
j'ai le plaisir d'avoir des amis à peu près dans tous
les rangs, je n'ai jamais connu quelqu'un qui ait
été molesté dans sa conscience ou troublé dans son
intérieur par les manœuvres cléricales. Pauvres curés de campagne auxquels les gens qui vivent et
meurent au cabaret, reprochent si amèrement un
dîner fait au château, je vous ai vus de près; vous
étiez bien les meilleurs et les plus éclairés de votre village; vous ne passiez pas votre temps à demander des *lumières*, comme les farceurs qui se

contentent si allègrement des ténèbres ; avec vous, on pouvait causer de Virgile ou de Racine, que les coqs de la Commune eussent reniés vingt fois. Modestes vicaires de petites villes, que d'indulgence, que de bonté, j'ai trouvé chez vous, pendant que vos détracteurs péroraient sur l'*égalité*, la *liberté*, la *fraternité*, ces trois Parques du monde moderne !

Je le répète, désireux de savoir à quoi m'en tenir, j'ai fait plus d'une enquête sur les faits et gestes des *hommes noirs*. J'ai demandé aux plaignants : quels griefs articulez-vous? on s'est borné à me parler d'un refus de sépulture sous le règne de Paul-Louis Courier.

O bourgeois, ô prolétaires, ô libéraux en habit noir ou en blouse, qui croyez que le saint tabernacle est la boîte de Pandore, si vous vous donniez la peine de raisonner un peu, vous qui faites sonner si haut les droits de la Raison, cette déesse qui décourage les aliénistes, au lieu de jeter des pavés aux prêtres, vous écarteriez les pierres de leur chemin.

Celui qui écrit ces lignes n'a pas l'honneur d'être un bien strict pratiquant; son témoignage désintéressé n'en a que plus de valeur; il a du moins le respect des grandes choses auxquelles il n'appartient pas tout entier; ces prêtres que vous signalez comme un péril public, qu'apprennent-ils à vos enfants ? le respect des parents. Qu'apprennent-ils aux hommes faits ? le respect de la femme. Pendant que d'autres célèbrent la promiscuité, ils maintiennent dans sa plus exquise poésie la sainteté du mariage. L'esprit révolutionnaire n'enseigne aux peuples que ses droits : l'esprit religieux lui enseigne de plus ses devoirs. Si l'idéal chrétien était réalisé sur la terre, nous arriverions à la vérité dans l'ordre social : le pauvre ne détesterait plus le riche, car de par la charité, la bourse serait presque commune ; l'humble n'abhorrerait plus le puissant, car tous deux s'inclineraient devant un maître supérieur. Les malheureux pardonneraient aux heureux, car ils auraient une porte ouverte sur un monde définitif plus juste et plus doux. Nul ne songerait à attenter au domaine d'autrui, car l'empreinte de la loi serait gravée dans toutes les âmes. Vous dites que la Religion c'est la servitude : nous vous répondons, nous, que la Religion, c'est la liberté.

Vous avez comme nous des parents, des amis qui ont été élevés chez les jésuites ; je ne sais à quoi cela tient, mais ils ont un autre ton, une autre solidité de vues, une autre sûreté de commerce ; ils se sont mariés purs, ils sont ouverts à toutes les idées modernes, et ils valent mieux que vous et moi ; j'ignore où le catholicisme abrutit, mais je sais où il élève.

Ne perpétuons donc pas contre les prêtres ces calomnies qui ne daignent jamais fournir de preuves;
vous parlez de *lumières*. Comprend-on qu'en 1872
il y ait encore des conducteurs de peuples qui osent
dire aux paysans que le clergé conspire pour le rétablissement des droits féodaux? Mais c'est eux
qui sont l'*obscurantisme*. Dans une mémorable
séance de l'Assemblée nationale, un illustre prélat, Mᵍʳ Dupanloup, a fait, avec une sincérité d'é-
loquence qui a gagné ses adversaires eux-mêmes,
justice de cette monstrueuse tactique : « Vous cher-
« chez, nous dit-on, la restauration des droits et
« des corvées; ne serait-il pas temps de ne plus
« abreuver de toutes ces sottises ce grand peuple
« français, si grand quand il n'est pas livré aux dé-
« clamateurs démagogues! »

On l'a vu à l'œuvre pendant les horribles crises
où a failli périr la France, maintenant la fille
aînée de la Révolution; on l'a vu à l'œuvre, ce
clergé si coupable devant les préjugés modernes;
on n'oubliera pas quels nobles exemples il a donnés, depuis ces *ignorantins* s'élançant si brave-
ment sur le champ de bataille pour recueillir les
blessés, quand on ne trouvait plus de brancardiers
laïques, jusqu'à ces admirables sœurs, consolatrices
de la mort qui sont la rédemption vivante des pétroleuses. *Jouir et mépriser*, a dit Montalembert,

19

c'est la devise contemporaine ; *souffrir et respecter*, telle est la devise de ces héroïnes de la charité ; on se rappellera ce frère Antoine qui, traqué par les bêtes fauves de la Commune, endossa l'habit de garde national pour ne pas abandonner ses malades ; on citera à la veillée ces vieux curés qui défendaient si courageusement contre l'ennemi leur église et leur village.

Et l'idée viendra peut-être alors aux détracteurs de reporter leurs regards sur les œuvres quotidiennes du catholicisme, à commencer par cette belle *institution des Petites sœurs des pauvres* qui venge la vieillesse de tant d'ingratitudes ; pour notre part, en ne nous occupant que du temps où nous sommes, nous pensons aux infortunes secourues, aux consciences raffermies, aux trésors moraux sauvegardés, car le prêtre est la sentinelle de Dieu contre l'envahissement de la brutalité humaine, et ce tableau de grandeurs obscures et de dévouements mystérieux, nous le couronnerons par le martyre de ces deux archevêques qui, à vingt ans de distance, bénissent leurs bourreaux.

C'est ce que dans la langue des clubs on appelle les *crimes du clergé*.

DE

L'AVENIR DU TÉLÉGRAPHE ÉLECTRIQUE

—

I

Jadis l'homme était jaloux du ciel ; il exagérait
le spiritualisme pour oublier que la créature terrestre possède un corps.

Aujourd'hui l'homme est jaloux de la matière, il
abuse du principe physique pour oublier que la
créature terrestre possède une âme.

Le monde avait connu cette glorieuse passion :
l'ascétisme ; il est en train aujourd'hui de se laisser
dévorer par un vice qui ravalerait les plus hautains : l'animalisme.

Nous étions nos maîtres, nous commençons à devenir nos propres laquais ; nous obéissons au moindre
coup de sonnette de nos instincts égoïstes, nous ne
savons plus répondre aux appétits insolents ; taisez-
vous ! nous contrarions une définition célèbre en
devenant une *intelligence desservie par des orga-*

nes. Le positivisme et l'égalitarisme, deux frères charmants, nous imposent une livrée un peu voyante, car elle est couleur *sang d'aristocrate*, mais nous nous trouvons si heureux de donner un coup de pied à tout ce qui nous grandit et d'appeler tout ce qui nous rapetisse : Monseigneur !

Il n'y a pas une brute qui, se mirant dans le progrès, ne se mette au-dessus de saint Bernard ou de Bossuet.

On ne se découvre plus devant une église, mais comme on salue le cabaret !

Toutefois une légère inconséquence dépare cette révolution contre Dieu ; autrefois l'homme était continué par l'Infini : il préfère, à l'heure qu'il est aux Tuileries, être borné par le Néant.

Libre à lui de repousser les lumières d'en haut et de se sentir plus fier d'être éclairé par l'incendie.

II

Une des plus insupportables affectations modernes est de paraître toujours plus frémissant que la vapeur et plus pressé que l'électricité, comme si l'on était accablé d'idées ou d'affaires ; concurrence à la nature qui flatte les vanités malades.

Nos pères prenaient le loisir de toutes choses ; ils savaient éconduire un importun pour donner audience à Virgile ou à Homère ; une bibliothèque n'effrayait pas leur patience ; leur attention accordait un crédit suffisant au moraliste, au philosophe, au critique ; ils avaient pour maxime que *le temps ne respecte que son propre ouvrage ;* ils arrivaient lentement mais sûrement à la somme des connaissances humaines, de même qu'ils ne s'indignaient pas de mettre trois jours pour venir de Chartres à Paris. Dans l'ordre moral comme dans l'ordre physique ils prenaient le coche, et ils manquaient moins de rendez-vous que leurs descendants avec tout ce qui est beau et utile.

Nous, il nous faut partout l'*express ;* que nous ouvrions un livre ou que nous entreprenions un voyage, nous sautons les chapitres comme on saute des stations ; nous lisons à toute vapeur sans daigner regarder les beautés de la route ; nous ressemblons à ces gourmands, ennemis de leur propre plaisir, qui avalent sans déguster. Que dis-je ? nous accusons de lenteur la *malle des Indes* elle-même ; trente-huit lieues à l'heure, quand l'humanité a un si long parcours à décrire ! y songez-vous, penseurs à la Crampton ? Sans doute il arrive parfois qu'à force de chauffer à blanc les imaginations, on détermine une explosion de chaudière, mais quand il s'agit d'éviter un retard de quinze secondes, qu'est-ce que le risque de voir sauter une société ?

D'ailleurs, ce n'est plus aux voies ferrées que nous faisons l'honneur de demander les *voies rapides;* notre sauveur, c'est ce long cordon de fil de fer qui suit parallèlement le tracé de la ligne ; la locomotive a beau avoir l'air de nous répéter avec ses orgueilleux sifflements : « Suivez mon panache blanc, il vous conduira au chemin du *veni, vidi, vici,* » elle ne satisfait pas cette génération blasée, qui s'écrie à propos de ses caprices politiques et privés : *J'ai failli attendre !* et qui, dans la fortune, dans la renommée, dans le plaisir, dans les grandes entreprises, rêve l'*instantanéité.*

Nation d'improvisateurs battue par une nation de méditatifs, nous avons élevé l'*impromptu,* ce badinage de l'ancien régime, à la hauteur d'un principe universel ; nous avons traité la guerre sainte comme on traitait un quatrain profane au temps du marquis de Pesay, et nous avons eu affaire à un ennemi qui nous a répondu par des poëmes en douze chants, récités par douze cent mille hommes. Nous voulons tout connaître sans avoir rien appris, et de même qu'il y a les princes de la science, nous devenons les princes de l'ignorance. Sans doute il reste parmi nous des intelligences supérieures qui n'acceptent pas cette règle dérisoire de l'abolition du travail, et qui soutiennent l'honneur du bon sens et du pays ; mais ces guides importuns, on s'empresse de ne pas les suivre ; on aime bien mieux procéder révolutionnairement et être nommé historien, comme au lendemain d'une émeute triomphante on est nommé préfet. Il importerait peut-être, pour répondre aux prétentions germaniques, de prouver que jamais l'Alsace et la Lorraine, par exemple, n'ont été des contrées de race allemande, et que leur annexion à la vieille Gaule n'était qu'une restitution ethnographique ; mais il faudrait, pour bien asseoir son argument, creuser les documents essentiels ; — on ne fait pas de bonnes fondations sans des fouilles profondes, et je vous demande si, avec tant de devoirs à ne pas remplir, l'Humanité a le temps de pâlir sur un bouquin qui ne plaisante pas. Encore si l'on avait glissé ce détail rétrospectif en matière de parenthèse dans *Mlle Giraud, ma femme*, on pourrait s'entendre et avaler une notion sérieuse sans trop faire la grimace, mais charger M. Renan ou M. Littré du soin de réfuter les pédants de Berlin, quelle imprudence ! Il n'y a plus que les amuseurs qui aient la parole, et encore on ne leur accorde que la durée d'un éclair pour l'exposition, l'intrigue et le dénoûment. L'Académie française garde encore une ombre de prestige, mais il existe une *classe* que le sentiment public préfère aux *immortels*, ce sont les *éphémères*.

III

On croit communément que le télégraphe électrique n'est fait que pour transmettre des dépêches
politiques ou commerciales ; son ambition est plus
haute : il prétend remplacer la diplomatie, la critique, la narration et la correspondance ; voyez
comme le terrain est admirablement préparé ! On
pose partout des jalons le long des routes intellectuelles pour installer ce représentant définitif de
l'esprit humain.

Plus de raisonnements, plus de réflexions, plus
de considérations surtout ! Il n'y a rien de plus dé-
considéré que les *considérations*. Des faits ! des
faits, morbleu ! et qu'on les invente quand il ne
s'est rien passé. A bas les idées ! vive l'information !
Voilà la vraie gloire de l'époque. Se recueillir, c'é-
tait bon pour des oisifs qui s'absorbaient dans la
vie contemplative ; les travailleurs du dix-neuvième
siècle ont le devoir de se dépenser à toute heure,
en toute circonstance, car il leur faut à tout prix
préparer la seule nourriture qui convienne maintenant au genre humain : *les nouvelles!* Que de
beaux livres ont donnerait pour un télégramme !
Savoir ce qu'un personnage en évidence a dit le
matin même, ce qu'il a mangé et surtout ce qu'il

va manger, est un impérieux besoin; on est plus
fier de publier le menu d'un dîner que le *Dialogue
d'Eucrate et de Scylla*, par exemple ; Montesquieu,
dans la balance moderne, ne pèserait pas autant
qu'un *reporter*.

Ce n'est pas assez de noter les événements, le
triomphe est de les devancer : rendre compte d'une
première représentation quarante-huit heures avant
le lever du rideau, divulguer un contrat quand l'en-
cre de la signature n'est pas encore séchée, déflo-
rer une pièce nouvelle lorsque le manuscrit est
dans les cartons de l'auteur, éventrer prématuré-
ment le secret d'une négociation diplomatique : tel
est le programme de cette éternelle course au clo-
cher, dans laquelle il est indispensable d'*arriver
premier ou mourir*. On ne peut plus attendre la
venue à terme de quoi que ce soit ; la publicité est
devenue une malheureuse femme qu'on force d'ac-
coucher à trois mois ; toute gestation est sévèrement défendue ; un jour, on vous demandera d'être
mère avant d'avoir conçu, et l'on ne souffrira plus
que les enfants tout faits.

Les hommes à barbe de notre temps arrivent à
ressembler à la fois à des bébés et à des vieillards ;
leur estomac ne supporte plus que les friandises ou
la gelée de viandes ; ne pensez pas à leur offrir
d'autres mots que des bons mots *pralinés* et des

19.

ana où tout le suc d'un récit soit concentré en quatre lignes; c'est déjà pour eux d'une digestion bien difficile; jugez donc, quatre lignes! deux de plus qu'il n'en fallait à Laubardemont pour faire pendre un homme.

On se rappelle, dans la *Vie de Bohême*, de Murger, cet auditeur qui vient d'écouter la lecture d'un sonnet. Eh bien! comment trouvez-vous cela? demande le poëte. — C'est joli, mais ce n'est pas assez long! — C'est un sonnet, reprend l'auteur qui croit apposer un argument sans réplique. — J'entends bien, mais je dis que ce n'est pas tout à fait assez long.

Juste retour, monsieur, des choses d'ici-bas.

C'est maintenant l'inverse qui a lieu : on récite un sonnet : Comment le trouvez-vous? — Charmant, mais un peu long. — C'est un sonnet!!! — J'entends, mais je dis que ce n'est pas tout à fait assez court.

Jugez donc! quatorze vers dans un temps où les minutes sont si précieuses qu'on ne nous accorde que vingt mots, avec la signature, pour transmettre notre pensée, ce qui fait qu'on lit parfois sur une *épreuve* : « *trois mots rayés nuls*, » exactement comme dans les bureaux ordinaires!

Aussi arrive-t-on maintenant à ces appréciations

sommaires qui font le bonheur des anciens em-
ployés du télégraphe :

« Très-joli, le bal de Mme de Berville. Très-réus-
« sies, les glaces. Très-animé, le cotillon. Couché à
« cinq heures vingt-cinq. »

Cette formule abréviative ne concerne pas que le
plaisir; nous l'avons vue s'appliquer aux affaires
sérieuses. Voici comment un publiciste de la jeune
école précipitait une étude comparée des différents
peuples : « Très-pénétrants, les Russes ; très-loyaux,
les Suédois ; très-tenaces, les Anglais ; très-Carthagi-
nois, les Prussiens, etc., etc. » Au fait, pourquoi
des phrases coûteuses, des verbes parasites, des
constructions qui demandent un effort? l'allemand,
le français et l'italien sont des langues mortes
comme le grec et le latin. Il n'y aura plus bientôt
qu'un seul idiome, comme il n'y a qu'une seule
monnaie : le parler nègre.

Dernièrement, à propos des extases où les procédés industriels plongent le monde moderne,
M. Louis Veuillot disait un jour, en énumérant les
ravages du *progrès* : « Un homme qui écrit
mieux que proprement peut-il y penser sans
frémir? que le fil d'archal eût existé il y a deux
cents ans, entre Grignan et Paris, que de con-
solations perdues! Il eût étranglé net les plus
jolies lettres de la marquise, les grâces inimitables

d'un cœur charmant tournaient en brutalités électriques. »

C'est peut-être là le dernier mot du style épistolaire comme de tous les styles. A quoi sert de se perdre dans des circonlocutions, quand le premier venu a la gloire de devenir un Tacite, en apportant dans ses écrits moins de mots que de sens? quel jugement formulé avec art équivaudrait à cette brève communication : « *Princesse Georges. Succès princier. Desclée exquise.* »

Trop longtemps on s'est complu aux périodes savantes, aux tours ingénieux, au choix des expressions et des pensées ; cette rhétorique mérite d'être mise à la retraite, et l'Académie est un lieu d'asile suffisant. On veut aujourd'hui une rédaction rapide comme une pulsation et capable de faire en quelques instants le tour du monde. Il faut qu'on puisse dire :

Le moment où j'écris est déjà loin de moi.

L'Humanité est lasse de tous les feux sacrés ; elle n'entend plus donner et recevoir que des étincelles.

IV

Autrefois, il y a quinze ans environ, il y avait une critique ; on faisait à un livre nouveau l'honneur de le présenter aux lettrés et de le discuter ; on ne regardait pas comme du temps perdu la demi-heure dépensée dans cet échange de courtoisie ; on allait même parfois jusqu'à daigner parcourir l'ouvrage dont il était question.

Aujourd'hui, la chaire de critique a été supprimée dans presque toute la presse ; la bibliographie électrique mentionne au passage, avec un laconisme officiel, les publications récentes, et voilà un auteur inhumé ; c'est de son vivant qu'on lui donne six pieds de terre. Le *Portrait littéraire*, l'*Étude*, la *Causerie du lundi* ne trouvent plus grâce devant l'impatience du lecteur ; il a été reconnaissant à Sainte-Beuve de lui épargner une si grande somme de lecture ; il avait intérêt, comme M. Jourdain, à apprendre, en peu de temps, tout ce qui fait l'homme distingué ; mais on ne l'y prendra plus. Tout ce qui dépassera, à l'avenir, les dimensions d'un alinéa, est proscrit d'avance ; Boileau n'a-t-il pas dit :

Qui ne sut se borner, ne sut jamais écrire.

On ne s'inquiète plus des exigences de la route, des courbes nécessaires, des descentes et des montées ; il faut brûler les idées comme on brûle le pavé ; on se lance à travers l'espace en n'ayant que la célérité pour objectif ; on n'est pas un voyageur, on est un projectile.

Au temps où la France se débattait dans l'ornière monarchique et n'avait pas encore connu la beauté du rail démocratique et social, la littérature spéculative avait sa place dans la librairie ; le moraliste, le philosophe, l'observateur, n'étaient pas absolument classés comme les inférieurs des nouvellistes ; on admettait que découvrir une loi morale ou apporter une réflexion ingénieuse, valait bien l'indication d'un feu de cheminée dans les provinces Baltiques; en pareil cas, une simple hypothèse morale, balancerait une affirmation matérielle ; j'aime mieux une médiocre définition de l'amour ou de l'amitié qu'un renseignement sur la première distribution d'une pièce.

Mais précisément c'est à tout ce qui faisait l'honneur de l'esprit français qu'en veut cet instinct révolutionnaire, adversaire inné de ce qu'on appelait jadis la *société polie ;* si les hommes se déterminent à redevenir des fauves, pour quoi la causerie quand le grognement suffit? A quoi sert le salon quand il n'y a plus que des ménageries où les premiers sujets n'ont qu'un but : manger le dompteur? Que signifient les délicatesses de perception, quand la grossièreté tend à se faire déclarer vertu civique? Quel anachronisme que les raffinements spiritualistes, quand le matérialisme a d'une façon si jacobine simplifié nos fonctions!

Préludes de l'amour, éloquence de la passion, harmonie des sentiments, adorable musique des idées, grâces du langage, vous êtes plus démodés que les cours d'amour ; la brutalité contemporaine n'admet pas ces étapes discrètes ; aujourd'hui Saint-Preux, le grand discoureur, enverrait une circulaire à Héloïse ; la rêverie est le premier des articles de rebut, le romanesque moisit dans les cabinets de lecture oubliés ; la devise de cette société, qui a en horreur le plaisir intellectuel, est anti-cartésienne, elle dirait volontiers : *Je ne pense pas, donc je suis.*

Si encore on ne cessait d'être des hommes de pensée que pour devenir des hommes d'action, on accepterait cette compensation virile ; mais tout ce qu'on a ôté à l'esprit, on ne l'a même pas donné au corps ; chez nous la *bête* est aussi en décadence que *l'ange.* Amollis par une orgueilleuse paresse, énervés par la débauche de la raillerie facile, blasés sans avoir le droit de l'être, méprisant les efforts généreux, achetant ce que nous devrions gagner, ne sachant plus attendre ni prévoir, nous nous trouvons désarmés de toutes nos forces, sans communication avec Dieu, sans pouvoir sur l'homme, jouets du vent des révoltes, esclaves du lendemain, atrophiés au moral et au physique par la jouissance inintelligente, et tout superbes que nous soyons de notre émancipation laïque, au-dessous peut-être d'un pauvre moine du moyen âge.

Le mal n'est pas universel; mais il est répandu au point de gêner ce qui reste de volontés énergiques, comme le débordement d'un fleuve coupe court aux activités sociales; les gens qui voient clair et qui sauraient commander sont entourés d'un réseau d'inerties; comme l'excès de la dépense physique engendre la paralysie, l'exaspération de la vitesse normale doit amener fatalement la torpeur; cette société est destinée à mourir parce qu'elle a vécu trop vite; en attendant, elle donne aux praticiens et aux curieux ce triste spectacle : la danse de Saint-Guy sur un volcan.

Quand nous parlions tout à l'heure du besoin de volonté qui tourmente maintenant l'esprit humain, nous devions faire une exception pour les avocats politiques; il leur est permis, à eux, de prendre tous les *temps* qu'ils veulent; leurs longueurs oratoires charment les champions de la brièveté ; leurs effets de *conciones* trouvent des auditeurs respectueux chez d'anciens chrétiens qui siffleraient des écrivains comme Pascal ou comme de Maistre; leurs prosopopées prolixes caressent des oreilles complaisantes qui partout ailleurs seraient choquées d'une note de trop; la *télégraphomanie*, cette épidémie terrible, n'inquiète pas ces mortels privilé-

giés qui en sont restés aux franchises de Cicéron.
A tout autre les justiciers littéraires mesurent l'espace ou le temps; eux, on les écouterait huit
heures d'horloge. On trouve tant de suavité aux
démolisseurs, et le gros public, qui n'admettant partout ailleurs que des quantités lilliputiennes, souffre là des proportions indéfinies, ressemble à un
Napolitain homœopathe qui ne reconnaîtrait sur
terre que deux ingrédients : les globules et le macaroni.

LES BIENSÉANCES NATIONALES

———

I

En France, il y a deux vices dont la collabora-
tion est précieuse pour l'œuvre de notre diminution; ce que n'accomplit pas la légèreté, c'est l'ingratitude qui s'en charge; on oublie les crimes
comme on oublie les bienfaits; nation pressée de
jouir, hier est déjà pour nous une date périmée;
nous ne demandons qu'à ne plus nous souvenir ni
des assassins ni des défenseurs de la patrie; sous le
roi Louis-Philippe, les beaux esprits riaient au nez
des jeunes gens qui se permettaient d'exprimer
une naïve horreur des *excès* de 93; vous étiez
rangé, malgré vos vingt ans, dans la caste des
douairières, de même que si vous vous avisiez au
21 janvier de vous attendrir sur le sort du roi martyr, vous passiez de plein droit dans les voltigeurs
de l'élégie. S'indigner encore contre Chaumette et
Collot-d'Herbois, sous M. de Montalivet, fi donc!
pleurer Louis XVI, quand le deuil était depuis si

longtemps jeté aux orties, quel ridicule! On a tant de difficulté chez nous à laisser sécher le sang, quand il s'agit de donner un bal; d'ailleurs, la bonne hygiène morale consiste à perdre la mémoire de ce qui attriste; la première des hydro-thérapies se fait avec l'eau du Léthé.

Ce phénomène d'insouciance qui nous frappa jadis au moment où du moins le spectre du passé s'enfuyait à l'horizon, se reproduit plus sensible aujourd'hui qu'il reparaît plus menaçant et plus odieux que jamais, car, d'une part, en présence des Cluseret et des Karl Marx, on serait tenté de reprendre la fameuse prosopopée de Rousseau et de s'écrier : *O Robespierre! que dirait votre grande âme?* et de l'autre : qu'est-ce que les Prussiens à Verdun à côté de cette sinistre occupation d'une partie de la France? la Terreur et l'Invasion, ces deux fléaux maudits par nos pères, nous pensions les connaître; mais comme ces épidémies terribles qui s'annoncent par une première visite moins meurtrière, c'était à notre génération qu'ils réser-vaient leur maximum d'intensité. La destruction de nos monuments, la Prusse à Versailles, la France deux fois égorgée et mutilée, sans compter la pluie de feu dont, par un infernal retour des choses d'ici-bas, ce sont les habitants de Sodome qui me-nacent la cité du Seigneur, qu'est-ce, sinon l'ad-

versité bue jusqu'à la lie ? Les victimes d'autrefois
n'avaient connu que les roses du calice.

Eh bien ! sanglantes orgies de la Commune, for-
midables exécutions de la gloire et de la prospérité
nationales par la haine allemande, Paris brûlé, la
province dévastée, la civilisation retombée au-dessous des plus basses époques du moyen âge, l'ennemi du dedans guettant encore comme sa proie
future ce qui reste de nos âmes et de nos corps,
toutes ces inexorables réalités, il y a un immense
parti d'égoïstes qui prétend les chasser comme un
rêve importun, et qui trouve mauvais qu'on ne
danse de plus belle sur le cadavre de la Patrie.

« Le Rire est la grande mission de la France,
« s'écrient-ils avec une impatience brutale ; la vraie
« croisade du dix-neuvième siècle, c'est la drôlerie.
« Laissons là les habits de deuil ; que les mères
« pleurent chez elles leurs fils ; que les veuves se
« remarient, et que les Chauvins sensibles se con-
« solent en songeant aux conquêtes d'autrefois. On
« n'en vit pas moins bien avec deux provinces de
« moins. Je vous demande un peu en quoi l'Al-
« sace importe à un enfant de la Canebière ? On
« a fait flamber, plus par gaminerie que par mé-
« chanceté, trois ou quatre baraques prétentieu-
« ses qui, d'ailleurs, menaçaient ruine ; mais est-
« ce qu'on a brûlé la gaieté ? C'est vrai, nous avons

« un peu la botte prussienne sur la gorge et la
« main de la Commune sur la figure ; mais pour
« tous ces affronts il y a un meilleur vengeur que
« le travail et le recueillement, c'est le bal de l'O-
« péra ! Quel triomphe pour nous si, à l'étranger,
« même à Berlin, les autres nations qui s'ennuient
« répètent encore d'un ton d'envie : *La France*
« *s'amuse !* »

Courte et bonne! c'était jadis le mot d'ordre des
viveurs pressés ; on conspire pour en faire maintenant la devise d'un grand pays ; la disparition de
l'empire devait comme par enchantement laisser
refleurir des vertus qui semblaient proscrites ; mais
n'en déplaise aux observateurs qui font de la haine
personnelle plus d'abus que les souverains n'ont
fait du pouvoir personnel, la cause du mal était
plus haut et plus loin, et loin que le repentir nous
gagne, nous nous carrons dans l'impénitence finale.
Peut-être sommes-nous arrivés à ce degré d'endur-
cissement où les leçons de l'Adversité ne servent
plus. M. de Montalembert disait, il y a vingt-cinq
ans, que *jouir et mépriser* étaient la formule de la
société moderne. Elle était encore timide alors,
cette formule dissolvante ; qu'elle est impudente,
à l'heure qu'il est ! De bonnes âmes, toujours prêtes
à excuser l'inexcusable, plaident aussi les circonstances atténuantes : « Que voulez-vous ? s'écrient-

elles ; affolée, enfiévrée, énervée, tirée à quatre parties, la France a besoin de s'étourdir. Rendez-lui
ses cafés chantants et ses mauvais lieux élégants, ou
laissez-la mourir ! »

Et l'on ne pense pas plus aux Prussiens de Prusse
que si leurs casques ne reluisaient pas à quelques
lieues de nous, et aux Prussiens de Paris, que s'ils
ne nous menaçaient pas du pétrole universel. Qu'importe que Châlons et Nancy se couchent à huit heures du soir par ordre de la *commandantur*, suivant
un *barbarisme* de barbares, puisque Paris a la permission de minuit? Qu'importe que l'Hôtel-de-
Ville ne soit plus qu'une ruine grandiose, car Paris
ressemble à un renégat qui aurait brûlé jusqu'à
son blason ; rendez-nous les fêtes municipales au
palais du Luxembourg : rentrez, soupirs ! sortez,
violons ! et si quelque peuple voisin, par hasard,
nous conviait à quelque projet de délivrance, nous
répondrions : Nous ne pouvons pas, la France est
invitée pour le premier quadrille.

II

Les dynasties passent, Clodoche reste ; aucun
gouailleur n'a jamais songé à lui contester son
prestige ; on pouvait craindre que le règne de cet
ancien grotesque ne fût un peu contrarié par les

terribles événements de ces deux années sinistres ;
on aurait eu si beau jeu à dire, à propos d'une drôlerie, ce qu'on dit si pertinemment en France à propos d'un Gouvernement : « Que voulez-vous? après
quinze ans de durée, le changement est sacré. »
D'accord, il est impossible d'ouvrir un plus long
crédit aux meilleurs princes et aux plus grands
ministres ; mais on ne compte pas avec une puissance aussi respectée que le roi du cancan : Charles X a pu prendre le chemin de l'exil ; Louis-
Philippe a dû aller mourir en Angleterre, cette
patrie des expatriés, mais Clodoche est inexilable ;
on n'oserait même pas l'interner à Chaillot.

Donc, l'Opéra, ce monument national, qui re-
tentissait il y a dix-huit mois des accents de la *Mar-
seillaise* et du *Rhin allemand*, va maintenant
reprendre ses joyeuses traditions et faire sauter
les vaincus sur les motifs du *Trône d'Écosse*; le
Carnaval, ce patriarche des polissons, s'apprête
à reprendre ses fossiles ébats, comme si la France
n'avait pas été jusque-là suffisamment carnavalesque ; et si vous vous étonnez de la prompte réappa-
rition de ce personnage classique, il vous répondra
avec un coup de pied de figure : « Qu'importe que
« les Prussiens sablent le champagne à Rheims, —
« Rheims, où l'on sacrait nos rois, et où l'on sacre
« maintenant les empereurs d'Allemagne, — est-ce

« que nous n'avons pas cent mille libres danseurs
« à Paris? Allons, un bon mouvement, oubliez le
« casque à pointe et la main aux dames !

    « De l'entrain, morbleu ! qu'avez-vous fait de
« cette vieille gaieté française qui a, dans tous les
« âges, déclaré mort à l'ennui ? jamais on n'a plus
« dansé ni plus soupé qu'en 93 ; on faisait sauter
« les bouchons comme on faisait sauter les têtes.
« La Champagne ne nous est pas prise tout en-
« tière, puisqu'il nous reste le sillery mousseux ;
« quand même nous devrions perdre Épernay, est-ce
« que nous pouvons remplacer l'emploi de la jour-
« née et de la nuit par des élégies qui amusent
« les vainqueurs, car, n'en doutez pas, quand on
« pleure à Paris, on rit à Berlin ; les morts sont
« les morts, ils ont leur fête aussi, chacun son
« tour ; place aux vivants ! N'est-il pas consolant
« de contempler des seigneurs en costume
« Louis XIII et des *malins* sur cette place Vendôme
« purifiée de sa colonne et où, il y a six mois à
« peine, on assassinait des gens désarmés ! Il y a eu
« des gendarmes maltraités par les pelotons d'exé-
« cution ; mais se travestir en gendarme en est-il
« moins une excellente plaisanterie ? »

Et l'on voit défiler à travers ces rues encore mal
séchées du sang répandu, et où l'on traînait les
otages en les assommant de coups de crosse, un

cortége de pitres en délire qui mettrait l'homme au-dessous du bœuf gras, — comme si la seule moralité des crimes publics était le *grand écart!*

Les égoïstes qui, à peine au lendemain de l'enterrement de la patrie, veulent qu'on dise à la douleur : « Passez votre chemin, je vous ai déjà donné, » ressemblent à ces horribles consolateurs qui vous glissent d'une voix insinuante, quelques jours après la perte de votre mère ou de votre enfant : « Quand vous pleureriez pendant six mois, à quoi cela vous avancerait-il ? Il faut se faire une raison. »

III

Et puis, l'on a beau innover, on ne dompte pas la force de choses ; l'état-major de la Drôlerie, cette puissance qu'on salue si bas, ne saurait lui-même empêcher que tous les procédés d'hilarité qui nous charmaient avant ces dix-huit mois de catastrophes ne soient épouvantablement démodés ; le vent de l'adversité fane vite les plus belles fleurs ; il couche encore plus facilement les herbes folles.

Ces tics nerveux de l'esprit que nous prenions pour de l'inspiration joviale, ces *turlututus* qui incarnaient si impertinemment l'inanité française, ces facéties de l'intonation et du geste, ces parades

20

au piment rouge qui convenaient seules à l'estomac des viveurs, en un mot cette immense débauche intellectuelle a perdu son prestige ; les vins ont tourné à l'aigre ; les roses répandent une émanation infecte, les convives ont vieilli de cent ans ; un gamin de Paris qui n'a pas encore de barbe, passe encore, quoiqu'on ait bien surfait cette jeune idole ; mais un gamin de Paris en cheveux blancs, c'est le plus horrible des effets de neige.

Quelle poignante satire il y aurait à faire sous ce titre : *les Gaîtés qui navrent!* A qui n'est-il pas arrivé dans les jours néfastes de réentendre un de ces airs pimpants qui avaient pour la première fois frappé l'oreille pendant les jours heureux? Ils nous font d'un bond parcourir l'abîme qui sépare l'allégresse de l'affliction ; on les bénissait, on les maudirait presque, tant ils enterrent sans cérémonie les dernières illusions, car le glas funèbre n'est pas toujours sonné par la cloche, il est quelquefois tinté par le grelot.

Eh bien! c'est la sensation que produisent aujourd'hui les turlupinades si applaudies avant le fléau prussien ; elles nous racontent si cruellement ce que nous étions et ce que nous ne sommes plus ; elles nous reportent avec une malice si perfide au temps où nous avions tant de foi dans notre invulnérabilité gouailleuse. C'était le général Boum qui commandait alors, et l'on se pâmait en écoutant : *Le sabre de mon père.* Aujourd'hui il y a des pères désolés qui cherchent vainement à côté d'eux une place éternellement vide, car leurs enfants sont morts à Gravelotte ou à Champigny, et il faudrait écrire pour eux : *Le sabre de mon fils.* C'était charmant, quoiqu'un peu niais, d'aller se délecter à l'audition de cette trivialité célèbre : *Rien n'est sacré pour un sapeur;* aujourd'hui, il y a des voix de pauvres soldats couchés dans la tombe et qui répondraient à cette lugubre facétie, *Rien n'est sacré,* etc...: *Si, le devoir !* Clodoche a beau arborer des gibbosités monstrueuses, cet ancien trait de génie nous laisse froids; on bouffonne mal dans un cimetière.

D'ailleurs, un formidable changement s'impose à l'optique universelle, et nous serions impardonnables de ne pas découvrir que nos indulgences étaient des bévues.

Au temps où pousser la joie jusqu'à l'insanité avait l'excuse de nos illusions, il pouvait rester une sorte de bonne grâce dans cette sempiternelle *descente de la Courtille* qu'on faisait subir à toutes choses; tout en haussant les épaules, — car, pour notre part, la pitrerie parisienne nous a toujours paru fort monotone et assez médiocre, — nous nous disions, comme le commun des admirateurs : «Après tout, ce ne sont là que les petits défauts d'un peu-

ple qui a de grandes qualités ; il a besoin de la
contorsion, de la grimace et des quolibets ; mais
c'est la gourme de sa séve, c'est la mousse de son
infatigable frémissement ; ces enfants qui s'amusent, demain seront des hommes ; sous la peau
bariolée de ce Titi à cent mille têtes, il y a un
cœur de héros.» Nous imitions ces pères aveuglés qui
s'extasient à chaque incartade d'un enfant gâté, et
qui s'écrieraient volontiers : « Qu'il est charmant
quand il répond mal à sa mère ! » Nous prenions
pour de l'exubérance de force et de vie ce qui
n'était qu'une excitation malsaine et mécanique ;
nous regardions comme un *trop plein* ce qui eût
dû au contraire révéler le vide des âmes et des
cerveaux ; encore une fois, la tendresse et la fatuité
nationales s'abusaient avec sincérité ; il ne faut pas
être trop sévère pour une erreur généreuse.

Mais quand les yeux les plus prévenus sont des-
sillés, lorsqu'on s'aperçoit que la mousse est tout
le liquide, que la grimace est la seule expression
possible de la figure, que l'orgie est l'ordinaire, que
le trémoussement est la seule attitude, alors il n'y
a pas besoin d'être vertueux pour qu'un atroce dégoût vous saisisse. *Il faut que jeunesse se passe*
est un axiome recevable, mais être condamné à admettre comme pendant : *Il faut que vieillesse se
passe*, est au-dessus des complaisances humaines.

Ainsi, les effroyables coups que la France a reçus depuis dix-huit mois ; l'autel de la Patrie renversé ; la sauvagerie faisant, avec tous les moyens modernes, l'assaut de la civilisation ; le pays démembré ; le drapeau non pas souillé, car les balles qui l'ont troué avaient auparavant traversé bien de nobles poitrines, mais impuissant pour la première fois de sa vie ; tant de sang inutilement répandu ; tant de veuves et tant d'orphelins, rien ne dérange l'égoïsme qui demande à jouir, comme des héritiers qui, le jour des funérailles, s'enivrent à la table du mort. On renvoie à l'école les leçons de l'expérience, l'on reprend les choses juste au point où elles en étaient quand la colère de Dieu a éclaté, et on continue imperturbablement le quadrille interrompu le 7 août 1870 ! C'est beau de savoir oublier, mais perdre si prodigieusement la mémoire, c'est s'offrir aux risées de l'Europe. Le Léthé était un fleuve propice à l'ingratitude ; mais, au moins, il ne débordait pas.

Nous savons bien que les larmes ne sont plus de mode en France, et qu'elles ont surtout le tort d'irriter l'esprit gaulois. L'antiquité tolérait les *pleureuses*, le monde moderne ne souffre que les *rieurs;* pour être admise chez nous, la coupe des lamentations ne doit pas contenir une goutte de trop ; nous n'ignorons pas non plus que, fût-on orphelin de

20.

son pays, « *il faut se faire une raison;* » nous reconnaissons qu'il reste autre chose à faire en face
de l'ennemi qu'à s'essuyer les yeux; nous ne con-
damnons pas cette nation, qui a la nostalgie de la
frivolité, à une gravité d'allures incompatible avec
son caractère; ce que nous lui demandons, c'est ce
que nous demandions au fils même indifférent qui
vient de mettre un crêpe à son chapeau, c'est
d'avoir le tact de sa situation, de s'abstenir au
moins de joies bruyantes, de ne pas s'afficher en public, d'attendre un peu de temps pour reprendre le
cours de la vie ordinaire, de profiter enfin de cette
pénible occasion pour tâcher de contracter des habitudes d'esprit un peu plus nobles; il y a dans la
vie des moments solennels où, sous peine de déchéance définitive, l'on se doit de devenir un autre
homme; comme après des humiliations grandioses,
les citoyens qui ne méprisent pas leur pays ont
l'obligation de devenir un autre peuple.

Mais ce n'est pas même une question de régénération que nous entendons aborder ici; c'est une
question de bienséance : la vérité est un trop grand
mot pour les petites natures, mais ne peut-on, au
moins, exiger d'elles quelques efforts de décorum?
Quand une nation ressemble à une maison mor-
tuaire, elle n'affiche pas des airs de fête; elle est
tenue à mettre une sourdine aux violons. J'ajoute

que dans certaines conditions, cette manie de ré-
jouissances touche au grotesque ; que dirait-on d'un
original qui donnerait une soirée parce qu'il aurait
reçu un affront? Illuminer le soir où l'on vient de
souffler sur votre splendeur, c'est dorer sur tranche
l'ignominie.

IV

De bonnes gens viennent vous dire : « Ne vous y
« trompez pas. Il y a une force d'élan acquise avec
« laquelle il faut toujours compter ; les conversions
« sincères ne s'improvisent pas ; elles se font in-
« sensiblement dans le cœur et dans l'esprit ; sans
« doute ce peuple semble retourner à son vomis-
« sement ; mais c'est le dernier accès de la cor-
« ruption qu'on lui avait inoculée ; c'est peu à peu
« qu'une nourriture délicate et salubre le restau-
« rera tout entier. Les habitudes nuisibles survi-
« vent momentanément aux plus douloureuses ma-
« ladies. La France ne peut recouvrer que lente-
« ment la santé morale après des atteintes aussi
« profondes. Il lui faut deux choses : de bons mé-
« decins et une meilleure hygiène. »

C'est précisément ce régime un peu plus sévère
que j'aurais voulu voir inaugurer chez nous ; ne
peut-on se passer du frelaté à tous ses repas ?

fant-il absolument déjeuner d'une caricature et dîner d'un pamphlet ? Serait-on perdu pour ne pas,
pendant quelques années, circuler en *incroyable*
ou en *chef sauvage?* Qu'on ne nous objecte pas
l'intérêt des petites industries. Nous convenons que
les plaisirs publics donnent du pain à bien du
monde, seulement nous trouvons que c'est un pain
acheté trop cher, et eussions-nous dû ouvrir une
souscription en faveur des bienséances nationales,
nous aurions au moins, pour tout le temps de l'occupation prussienne, proposé le rachat du Carnaval ; il serait plus charmant de passer la nuit à danser si nos compatriotes d'Épernay et de Reims
n'étaient pas obligés, de par le caprice allemand,
à ne pas sortir de chez eux passé huit heures du
soir.

Enfin nous repoussons la théorie que Paris se
doit d'abord aux étrangers, et a la mission d'être
la foire permanente du plaisir européen. Dans le
sens de la dignité, Paris a le droit de s'appartenir ; il n'est pas obligé, avec ses palais détruits
et ses quartiers incendiés, des divertir des voyageurs qui réclament les bals des Tuileries et
de l'Hôtel-de-Ville ; ce serait à désespérer de la
première capitale du monde, si elle était condamnée,
de par la loi de son existence, à être un bazar plutôt qu'une cité. Voilà pourquoi, au risque de dé-

plaire à Oscar-Pacha et aux autres impuissances cosmopolites, nous aurions voulu que les lampions de la réjouissance ne fussent pas allumés si vite au lendemain des sinistres ; je sais bien que le peuple français est condamné au rire à perpétuité, mais on lui aurait certainement permis de rompre sa chaîne pour le temps nécessaire ; le deuil de la Patrie ne se porte pas comme un deuil de cour.

LES MIRAGES

I

Qui donc disait, l'autre jour, en parlant de la France : « Je me sens trop vieux pour un pays si jeune, » et à propos de la race parisienne : « Le peuple de Paris me fait l'effet d'un ami de quarante ans qu'on apprendrait tout d'un coup être un assassin. » Il y a eu, en effet, quelque chose de plus douloureux pour nous que les défaites militaires : ce sont les défaites morales. D'abord, nation injuste que nous sommes, en notre qualité d'Athéniens par la grâce de la vanité, nous jetons, comme on jette l'argent, l'ostracisme par les fenêtres ; et c'est des Prussiens eux-mêmes, témoins irréfragables, qu'il nous faudra apprendre le rôle glorieux de notre armée ; la bataille de Gravelotte, par exemple, ne sera pas, de l'aveu même de l'ennemi, une des moins belles pages de notre histoire ; mais ce qui nous paraît plus humiliant que les victoires allemandes, chèrement disputées, ce sont les victoires faciles de l'anarchie inepte, des grands ins-

tincts ignobles, de l'envie sanguinaire; peu s'en est
fallu que le volcan de la crapule n'engloutît Paris
tout entier, sous sa lave de souillures. La haine germanique avait eu parfois sa grandeur, mais voir des
bouches françaises cracher au visage de la patrie,
il n'y a plus d'Austerlitz qui puisse vous consoler
d'un pareil Waterloo, et nous ne nous attendions
pas à ce que 1871 réhabilitât 93.

Depuis quatre-vingts ans la France malheureusement est une nation qui croit au droit divin de la
Révolution; et elle élève périodiquement à la déesse
Liberté des autels de barricades, où elle sacrifie les
honnêtes gens, comme jadis les prêtres païens of-
fraient aux dieux des victimes consacrées; aux
heures les plus sinistres de ces crises, qui finiront
par emporter le malade, la dignité humaine ne per-
dait pas tous ses droits : les hommes de la Terreur
furent des bourreaux inutiles, mais l'idée d'anéantir
une partie de la civilisation en brûlant le Louvre
n'eût point passé par la tête scélérate de Billaud-
Varennes lui-même. Robespierre serait vertement
sifflé dans les clubs d'aujourd'hui s'il refaisait son
discours sur l'Être suprême, et Babœuf paraîtrait
bien petit garçon dans les conciles de l'*Internationale* : en 1830, la rébellion fut farouche, mais elle
ne fut point vile; les excès qui l'accompagnèrent
ne suffirent pas à la déshonorer; en 1848, ces

mêmes prolétaires, qui maintenant choisissent surtout les églises pour le théâtre de leurs orgies,
prièrent le clergé de venir bénir les arbres de la
liberté ; 1871 s'est chargé de profaner à jamais la
sainteté des insurrections ; on a dit des monarchies
qu'elles étaient tombées dans la boue et dans le
sang, la Révolution du 18 mars s'y est vautrée, et
sans la soûlerie, la vénalité et l'indiscipline, le sang
eût caché la boue ; le vin blanc, la pièce de cent
sous et le défaut d'esprit de suite ont sauvé bien
des têtes. C'est l'histoire de ces escarpes trop épicu-
riens qui, venus dans une maison pour tuer tous
ses hôtes, commencent imprudemment par les plaisirs de la table, et s'enivrent si bien qu'ils oublient
de frapper : le couteau leur échappe des mains.

C'est ainsi que le crime a échappé des mains de
ces régénérateurs qu'on a d'abord entrevus avec
tant d'horreur et qu'on lorgne actuellement avec
tant d'indulgence ; la corruption s'exerçant sur le
corrupteur, l'anarchiste empêché par l'anarchie,
voilà le secret de la longévité première du règne
de la Commune, qui paraissait bien doux aux petites gens. « D'une société qui se décompose, a dit
« Chateaubriand dans ses immortels *Mémoires*,
« les flancs sont inféconds ; les crimes mêmes qu'elle
« engendre sont des crimes mort-nés, atteints
« qu'ils sont de la stérilité de leur principe. »

II

Seulement cette recrudescence d'atrocités accomplies avec tous les perfectionnements modernes contrarie un peu la théorie admirative des *austères penseurs* à l'endroit du noble et chevaleresque peuple de Paris; chacun sait ce que c'est que le *penseur austère* : je n'ai donc pas besoin de décrire longuement ce fléau; du haut de ses cent cinquante mille livres de rente, car il est opulent cet ennemi des riches, le *penseur austère* jette un regard platonique et profond sur les misères de ceux qui souffrent; mais jamais il ne veut les humilier par le prêt ou par l'aumône; il laisse la charité, cette vertu démodée, a cette vieille église catholique qui est la gardienne de toutes les routines; lui, il rêve un état social où jamais un concitoyen ne demandera dix francs à un autre.

Cette perspective lui sourit; il trouve que les crimes sont toujours la faute de la société, et jamais celle des criminels : il s'attendrit avec gravité sur le sort du fossoyeur de la famille Kinck, lequel développa pour le meurtre, grâce à un régime corrupteur, des facultés qui auraient pu être si étonnantes ailleurs; mais il trouve très-bien qu'on tire sur les souverains étrangers, même quand ils sont en visite chez les autres peuples ; entre Troppmann et le czar Alexandre II, il n'hésite pas : c'est naturellement le premier qu'il absout ; *le penseur austère* parle toute sa vie d'amour et de mansuétude et meurt enragé ; que lui importent cependant les persécutions d'ici-bas ? les prolétaires viendront nier Dieu sur sa tombe ; les régicides aiguiseront leur poignard,—l'arme de précision, — sur le fer de son écriteau funèbre, où l'on peut lire : « Ci-gît un admirateur des insurgés et un contempteur des princes. »

Quand on parlait aux *penseurs austères*, des horreurs de 93, auxquels la jeune école fait maintenant les honneurs de pédantes apothéoses, en s'écriant : « Si l'on n'avait pas arrêté l'œuvre de Robespierre, La France était sauvée. » Quand, dis-je, on évoque l'ignoble souvenir de Carrier, ce Caligula sans la pourpre, ou de Fouquier-Tinville, ce Tibère de province, ces philosophes qui en remontrent aux archevêques, en attendant qu'il les laissent fusiller, haussent les épaules et vous répondent avec mépris: « Quel détestable argument que le rappel de 93 ! c'est comme si nous vous jetions à la tête la Saint-Barthélemy... »

A la différence près que nous ne glorifions pas la Saint-Barthélemy, et que vous autres, vous glorifiez 93, à croire que vous désirez prendre des bains de sang dans la baignoire de Marat.

— Est-ce que nous reverrons jamais de pareils excès ? ajoutaient-ils en faisant une légère concession aux opinions timides ; l'écume ne remonte pas deux fois à la surface ; y a-t-il rien de plus doux et de plus fort que le peuple de Paris ? c'est un lion et c'est un agneau ; il a assez rugi, il ne veut plus que bêler. D'un mouvement de sa queue il a renversé trois gouvernements ; mais il est si généreux qu'il pardonnerait même au loup de la fable.

Nous-mêmes, qui nous sommes toujours tenus dans une sage défiance des vertus démocratiques, nous confesserons une illusion ; à suivre ce peuple dont depuis vingt ans le bien-être avait doublé, à le suivre dans ses habitudes intellectuelles et physiques, nous nous plaisions à nous aveugler sur son compte ; nous le surprenions, loustic au théâtre, magnanime au café, cherchant le mot pour rire dans les événements les plus sérieux, charitable dès qu'un accident de la rue mettait sa bonne volonté en éveil, poli et attentif chaque fois qu'il était soustrait à l'influence des meneurs, et nous écoutions volontiers les endormeurs qui nous disaient : « Le peuple de Paris est gouailleur, mais bon enfant : il ne ferait pas de mal à une mouche. »

Nous la connaissons par l'expérience, la tribu des gens qui ne feraient pas de mal à une mouche ; ils font très-bien sauter la cervelle à leurs semblables ; c'est toujours le vieil errement révolutionnaire ; il n'y avait pas d'âme plus sensible que l'âme des guillotineurs : hommes de la nature avant tout, ils se seraient reproché d'ôter une plume à une fauvette ; mais ils ôtaient gaillardement la tête aux femmes et aux enfants.

Quel sublime spectacle ! s'écriait dans son château du canton de Berne le penseur austère qui a des valeurs cosmopolites. Ils viennent de brûler l'échafaud !

Ce superbe holocauste nous donna à réfléchir. A partir de cette cérémonie, nous étions bien sûrs que la peine de mort allait fonctionner plus rapidement contre les *aristos*. (La révolution a la manie des amputations même pour le vocabulaire). On supprimait la guillotine, mais pour la remplacer par un moyen plus expéditif, comme on a aboli la diligence pour la remplacer par les chemins de fer ; la patache de Samson a-t-elle jamais valu l'*express* de la fusillade ? je voudrais seulement qu'on n'attribuât plus aux généraux combattant l'ennemi cette formule fameuse : *Les chassepots ont fait merveille.* Ce n'était pas la peine de tant s'indigner de cette cruauté de langage qui ne concernait que des étrangers, quand on devait si bien la mettre à exécution contre des concitoyens ; après cela, les ôtages ne valaient peut-être pas les Garibaldiens de Mentana.

On disait encore, du temps du célèbre *spectre rouge*, que les bourgeois de Paris plaisantaient avec tant d'agrément et de flair, on disait : ils sont trois mille à Paris, toujours les mêmes, comme les figurants de petits théâtre, et encore sur ce nombre y en a-t-il la moitié qui sont de la police.

Eh bien, comme par enchantement, ce peuple bon enfant, facile, rieur, s'est métamorphosé en une armée de deux cent mille énergumènes, montrant les dents à l'ordre social ; emprisonnant, pillant, mettant le feu, ajoutant l'injure aux supplices, répondant à ceux qui voulaient leur soustraire quelques victimes, et dans cette langue précieuse qui a le bouge pour hôtel de Rambouillet : « Clémence ! c'est le nom de ma portière ! » disant en ricanant à une malheureuse femme qui réclamait un laissez-passer pour son mari : « Nous l'avons là dans nos fusils ; » criant, eux qui avaient trouvé mauvais qu'on touchât à la grande ville dans la rectification du jardin du Luxembourg : « Nous allons faire sauter tout Paris ! »

Vous souvenez-vous, en effet, de ces imposantes doléances sur les quelques arbres enlevés au jardin de feu le Sénat ? On privait la *studieuse jeunesse* de ses ombrages favoris, et les vieillards de leur promenade indispensable, et là-dessus des indignations à perte de vue. « Combien te faut-il, pleurard, pour

21.

tes plates-bandes ? » La perte de l'Hôtel-de-Ville et
des Tuileries, la ruine de tant d'autres édifices laissent plus froids les penseurs. Éternelle parabole de
la paille et de la poutre qui divisera toujours tout
le monde et que ne corrigera jamais personne.

Mais je reviens à cette métamorphose ; quoi, tant
de férocité parmi ces agneaux ! Tant de méchanceté
chez ces êtres qui passaient pour « bons comme du
pain ! » Des sauteuses de bals publics qui deviennent
des furies ! Des petits boutiquiers qui deviennent
des incendiaires !

Ces agneaux-là, si on les enfermait au Jardin des
Plantes, les hyènes leur diraient : *raca.* Je prie le
lecteur de ne pas achever le mot.

III

Si la rhétorique et ses vieilles fleurs disparais-
saient du reste de la terre, on les retrouverait à
Paris soigneusement entretenues par les jardiniers
de la phrase : et puisque nous parlons de mirage,
connaissez-vous un procédé d'idéalisation plus niais
que celui qui consiste à dire, par exemple, à propos d'affreux petits bohêmes qui ne devaient quitter le bésigue que pour les exécutions capitales :
« Ils étaient tous là, ardents de jeunesse, pâles et
indignés. » De quoi s'agissait-il ? Quel crime la so-

ciété avait-elle commis contre ces buveurs d'absinthe qui ne demandaient pas mieux que de devenir des buveurs de sang? la police avait suspendu pour quarante-huit heures la vente sur la voie publique du *Scrofuleux*, organe des jeunes princes.

Nous les avons vues passer souvent, ces *jeunes têtes pâles, ardentes et graves*, et parfois nous nous demandions si nous ne nous trompions pas sur leur compte, si elles ne représentaient pas la Foi, tandis que nous n'incarnions que le Scepticisme.

O sottise des effets solennels! Ces défenseurs du droit devaient, un an plus tard, jouer peut-être en mille points la tête de l'archevêque de Paris et écrire au pétrole *Mane-Thecel-Pharès* sur le Louvre et la Sainte-Chapelle.

Que de fois aussi, quand nous regardions marcher, soucieux et préoccupés, d'autres enfants chéris du peuple, ceux-ci des frères aînés, les autres des Benjamins charmants, que de fois nous nous disions : Peut-être ce futur ministre est-il en possession de la vérité; c'est nous qui avons tort, c'est lui qui a raison, et une fois le portefeuille sous le bras, la septième incarnation de la démocratie se remettait à adorer tout ce qu'elle avait brûlé.

Que de fois encore nous hasardions quelques réflexions de bon sens devant ces faux esprits supérieurs qui, par amour de la liberté, vous coupent

la parole dès le premier mot, comme si vous n'é-
tiez pas dignes de converser avec eux ! Que profes-
saient-ils donc ces maîtres ? — Que les journaux
n'ont aucune influence. La *Lanterne* et le *Mot
d'ordre* l'ont bien prouvé. — Qu'il n'y a pas besoin
d'armée régulière pour défendre un pays. Comment
donc, mais ce sont les vieilles règles de discipline
qui ont tout perdu. — Que le *spectre rouge* était
une invention de la police. Deux cent mille agents
l'ont bien démontré depuis, etc., etc.

Et tous, les uns comme les autres, marchaient
d'un pas confiant vers la cité de l'Idéal, formée
de l'Harmonie et de la Fraternité universelles.

Dans les déserts de l'Arabie, les voyageurs croient
souvent entrevoir à l'horizon, par l'effet de la ré-
fraction, une ville immense et superbe avec ses
tours et ses monuments ; à mesure qu'on approche,
l'illusion s'évanouit.

C'est ce phénomène de mirage qui se produit
dans les plaines arides de la politique ; on a quitté
le terrain solide du bon sens pour aller bâtir sur
les sables de la rêverie démocratique ; on croit fer-
mement discerner au lointain un état social plus
lumineux, plus pur et plus digne de l'humanité ;
sans s'arrêter aux déceptions qui nous avertissent
de retourner en arrière, penseurs austères, lyri-
ques tombés du ciel, fruits secs qui cherchent une

place d'honneur sur l'espalier, ambitieux qui passeraient sur le ventre de la patrie pour arriver à un poste qu'ils ne sauront pas garder ; illuminés et matérialistes, gens de l'azur et habitués de la fange, bêtes à bon Dieu et Satans en habits râpés, professeurs sans élèves, artistes sans public, envieux qui croient voir luire le jour de leurs mérites, tous commandent la manœuvre en avant, au milieu de l'applaudissement universel, et c'est ainsi qu'une société se précipite à marches forcées — vers le Néant.

FIN

TABLE DES MATIÈRES

Paris. — Typographie A. Pougin, 13, quai Voltaire.

A LA MÊME LIBRAIRIE

3921. — Paris, Typographie de A. Pougin, 13, quai Voltaire.